www.tredition.de

Thomas Mader

Quirin findet seinen Weg

Teil eins einer spannenden Reise

Verlag: tredition GmbH, Hamburg

ISBN
Paperback   978-3-7345-0544-7
Hardcover   978-3-7345-0545-4
E-Book   978-3-7345-0546-1

Printed in Germany

Kapitel 1

Als sich Quirin in sein altes Holzbett legte, war es bereits Mitternacht geworden. Durch sein offenes Kammerfenster vernahm er zwölf leise Glockenschläge, die von der weit entfernten Dorfkirche langsam und behäbig in die sternklare Sommernacht entsandt wurden. Todmüde lag er auf seinem harten Strohsack und war nicht einmal mehr imstande, seine Leinendecke über sich zu werfen. Kaum noch konnte er seine Arme heben, starke Rückenschmerzen plagten ihn bei jeder noch so kleinen Bewegung und raubten ihm den Schlaf.

„Ich hasse den Sommer!", murmelte er immer wieder vor sich hin.

Quirin war von der harten Feldarbeit, die er den ganzen Tag verrichtet hatte, völlig erschöpft. Bei dem Gedanken daran, dass die nächsten Tage kaum besser werden dürften, wäre er am liebsten davongelaufen. Seit fast drei Wochen musste er neben all den anderen anstrengenden Arbeiten, die in schier unendlicher Menge auf dem kleinen Bergbauernhof anfielen, auch noch viele Stunden am Tag aufs Feld. Von morgens bis abends hatte er bei sengender Hitze das gemähte, getrocknete Wiesengras zusammengerecht und auf Trocknungsböcke aufgetürmt, damit es auch bei Regen nicht ganz durchnässt wurde. Schließlich konnte man nie sicher sein, ob es nicht doch einmal zu einem Sommergewitter kommen würde. Durch die enorme Hitze war seine Kehle völlig ausgetrocknet, doch Quirin hatte keine Kraft mehr, sich noch einen Schoppen Wasser aus dem Brunnen vor der Haustür zu holen.

„Wenn die nächsten Tage auch so werden, kann ich bald nicht einmal mehr auf den Beinen stehen", murmelte er leise und drehte sich vorsichtig auf die Seite, um seinen Rücken zu entlasten.

Mit müden Augen starrte Quirin die Holzbalken der Kammerwände an, und als ihn mit einem Mal völlige Stille umschloss, versank er, wie so oft in letzter Zeit, in Gedanken. Ihm graute davor, dass er nun, da er diesen Sommer mit der Volksschule fertig geworden war, tagaus, tagein und bis zur völligen Erschöpfung auf dem Hof schuften musste. Nichts als harte Arbeit sah er vor sich, und es gab niemanden, der ihm etwas davon hätte abnehmen können. Seine Stiefmutter, mit der er nun seit dem Tod des Vaters im vergangenen Winter allein auf dem Hof lebte, packte zwar nicht minder hart an, doch auch wenn sie zu zweit waren und ihr Bergbauernhof, verglichen mit den großen Höfen der reichen Bauern im Tal, geradezu beschämend klein war, so fiel für Quirin doch Arbeit in Hülle und Fülle an. Gleichzeitig warf ihr kleines Gehöft aber nur spärliche Erträge ab, sodass an einen Tagelöhner oder gar einen Knecht gar nicht zu denken war. Oft reichte es gerade so eben für Quirin und seine Stiefmutter.

Quirin wälzte seinen schmerzenden Kopf auf dem harten Strohkissen hin und her, als er angestrengt versuchte, zur Ruhe zu kommen. Die Gedanken raubten ihm den Schlaf. Obwohl er todmüde war, fühlte er sich angespannt und nervös, und es verstrichen drei langsame, quälende Stunden, bis ihm schließlich vor Erschöpfung die Augen zufielen.

Am nächsten Morgen wurde Quirin mit einem Mal grob aus dem Schlaf gerissen. Reflexartig schreckte er hoch und saß keuchend in seinem Bett, als seine Stiefmutter nach ihm brüllte.

„Quirin, steh endlich auf!", schrie sie wütend aus der Küche nach oben. „Soll ich hier alles allein machen? An die Arbeit! Heute muss mit dem Heueinlagern begonnen werden! Das Vieh hast du auch noch nicht versorgt, du Taugenichts! Muss ich dich aus dem Bett prügeln?"

„Ich komme!", rief Quirin zurück.

Er war mit einem Schlag hellwach, obwohl er immer noch erschöpft und müde war. Draußen ging gerade die Sonne auf, die beiden Hähne krähten lautstark über den Hof. Viel zu kurz war die Nacht gewesen, er fühlte sich kein bisschen erholter als am Vorabend, im Gegenteil. Sein Rücken war durch die harte Strohmatratze noch verspannter und schmerzte unerträglich. Die wenigen Stunden Schlaf waren wie ein Wimpernschlag vergangen.

Als Quirin aus seinem Bett kriechen wollte, kam seine Stiefmutter schon die Treppe hinaufgestürmt und riss die Tür seiner Schlafkammer auf. Mit dem Kochlöffel in der einen und einem Küchentuch in der anderen Hand stand sie vor ihm, der Kopf hochrot, ihr Blick beängstigend wütend.

„Hast du Wachs in den Ohren?", schrie sie ihn an. „Ich habe schon mindestens drei Mal nach dir gerufen, und du liegst hier faul herum und rührst dich nicht!" Sie hob drohend den Kochlöffel und fuchtelte wild mit ihm herum. „Wenn ich nach dir rufe, hast du da zu sein, du Taugenichts! Du willst dich wohl vor der Arbeit drücken, was? Aber wage nicht einmal, davon zu träumen!"

Quirin sah sie furchtlos an. Er stand auf, ging zu ihr hin und sagte: „Ich träume gar nichts. Dafür habe ich gar keine Kraft mehr. Du hast mir gestern so viel Arbeit aufgebürdet, dass ich kaum noch weiß, wo oben und unten ist."

Er war selbst überrascht, wie ruhig er blieb. Die Alte ging ganz dicht an Quirin heran und sah ihm mit verhasstem Blick in seine haselnussbraunen Augen. Ihr verhärmtes rundes Gesicht war dabei von Wut und Abscheu gezeichnet.

„Ich habe mir das auch nicht ausgesucht, dass mich dein Vater hier mit dir allein zurückgelassen hat. Aber so ist es jetzt nun mal. Und solange dieser verfluchte Hof noch mir gehört, wirst du tun, was ich dir auftrage."

Ihre Stimme war leise, doch der Hass verlieh ihr einen eiskalten Klang. Quirin sah ihr lange in ihre faltenumrahmten wütenden Augen, und als keiner von ihnen weitersprach, breitete sich ein unerträgliches Schweigen aus. Quirins blasse Lippen begannen, zu zittern. Je länger der Junge seine Stiefmutter ansah, umso aufgebrachter wurde er. Eine seltsame Mischung aus Wut und Verzweiflung kochte plötzlich in ihm hoch und fuhr ihm tief in seine Glieder. Er überlegte sich Sätze, die er ihr vor die Füße spucken wollte, spielte mit Wörtern in seinen Gedanken, jonglierte mit ihnen herum, ließ aber schließlich doch jedes Wort wieder aus seinem Kopf verschwinden und sagte nichts. Er sah an ihr vorbei, hielt einen Moment inne, atmete tief durch und ging dann an ihr vorüber, hinaus aus dem Zimmer und die Treppen hinunter. Er verließ das Haus und begab sich zum Brunnen, um sich zu waschen.

Derweil ging seine Stiefmutter wieder in die Küche und kochte eine dicke Brennsuppe zum Frühstück.

Als Quirin hineinkam, stand in der Mitte des Tisches schon der alte Kochtopf. Seine Stiefmutter beugte sich vor die offene Tür des gusseisernen Ofens und warf ein paar Holzscheite ins Feuer. Wortlos ging Quirin an ihr vorbei und setzte sich an den Esstisch. Sie holte zwei Löffel aus der Schublade und setzte sich ebenfalls, legte ihm sein Besteck hin und begann, die leicht angebrannte Suppe aus dem Topf zu schlürfen, ohne ihn dabei auch nur eines Blickes zu würdigen.

„Fang an zu essen", sagte sie in ruhigem Ton und blickte dabei starr auf den Topf. „Du brauchst ein deftiges Frühstück für die Arbeit heute. Wir müssen das Heu endlich fertig machen. Wer weiß, wann es regnet. Und vergiss nicht, die Kühe vorher zu versorgen. Melken und Federvieh mache ich."

Sie sah kurz nach oben, Quirin nickte ganz leicht und begann langsam, Löffel für Löffel, sein Frühstück herunterzuwürgen. Hunger hatte er schon, aber es schmeckte ihm nicht. Die Suppe war angebrannt, dicke alte Brotbrocken und Fettaugen schwammen umher, und versalzen hatte sie seine dicke Stiefmutter auch noch.

Quirin fühlte sich nicht wohl in ihrer Gegenwart. Eine bedrückende Stimmung lag über ihnen. Er dachte an die letzten Wochen, die ihm wegen der harten Arbeit fast den Verstand geraubt hatten, und während Quirin mit seinem Blechlöffel apathisch im Topf rührte, musste er unentwegt über ihren Streit von heute Morgen nachdenken. Die Blicke seiner Stiefmutter, ihr Gesichtsausdruck und ganz besonders der Klang ihrer Stimme hatten sich tief in sein Gedächtnis eingebrannt. Er wusste nicht, wie er damit umgehen sollte – mal wieder. Nicht zum ersten Mal war die Alte kalt und hart zu ihm gewesen, im Gegenteil, noch nie hatte sie Quirin leiden können und hatte ihn stets spüren lassen, dass sie ihn verabscheute. Und nun, da sein Vater gestorben war, wurde ihre Abneigung ihm gegenüber von Tag zu Tag größer. Manchmal kam es Quirin so vor, als würde sie ihn für all ihren eigenen Verdruss verantwortlich machen, als wäre er an allem schuld – an seines Vaters Tod, an der vielen Arbeit und an der Armut, in der sie lebten. Nichts konnte er ihr recht machen, ganz gleich, wie sehr er sich auch anstrengte.

Quirin blickte sie kurz an, sah dann sogleich wieder auf den Tisch und aß weiter. Er wusste nicht, was er ihr gegenüber empfand. Es war kein Hass, jedenfalls kein dauerhafter, und es war auch keine Ablehnung. Vielmehr fühlte er sich traurig und leer, weil sie nie ein nettes Wort für ihn übrig hatte, heute nicht und die letzten Monate auch nicht. Seine Gedanken waren wirr, er wusste nicht, was er fühlte und warum. Quirin wusste nur, dass er sich, wie immer in ihrer Gegenwart, ungeliebt, ja gar verachtet vorkam. Es tat ihm weh, mit welcher Kälte sie ihm immer wieder begegnete, dabei wünschte er sich nichts mehr als die Liebe einer Mutter, auch wenn sie nicht seine leibliche war.

„Ja, mache ich", antwortete er leise und sah dabei nach unten.

Sie blickte ihn kurz an, nickte ihm zu und löffelte weiter. Als sie genug hatte, stand sie auf, heizte den Herd nochmal für das Mittagessen nach und ging zur Tür, holte ihr Kopftuch vom Haken und nahm eine leere Schüssel aus dem Regal.

„Beeil dich endlich", ermahnte sie Quirin bestimmt, „und mach dich an die Arbeit. Bis heute Abend muss das kleine Feld bei der Eiche oben heimgebracht sein. Morgen müssen wir unten anfangen. Wer weiß, wie lange das Wetter mitspielt. Und dass du mir vorher in den Stall gehst. Los jetzt."

Dann lief sie mit wuchtigen Schritten aus dem Haus und begann, die Hühner zu füttern. Quirin saß noch immer am Tisch und würgte sein Frühstück hinunter. Er wollte wieder zu Kräften kommen, auch wenn er sich zu jedem Löffel zwingen musste. Ehe er wieder in seine Gedanken abzurutschen drohte, stand er schnell auf, ließ alles liegen und machte sich an die Feldarbeit.

Wenig später türmte Quirin gerade das Heu auf den kleinen Leiterwagen, als ihn seine Stiefmutter zum Mittagessen rief. Es war mittlerweile sehr heiß geworden, die Sonne brannte unbarmherzig herunter, und unglücklicherweise blies kein bisschen Wind, nicht einmal ein leichtes Lüftchen, nichts, was die Hitze abgemildert hätte. Quirin war völlig durchgeschwitzt, sein Hemd klebte an seiner dürren Brust. Der Grasstaub juckte unerträglich auf der nassen Haut und verklebte ihm die Augen, er konnte sie kaum aufhalten – und er wollte es auch gar nicht. Wie ein Besessener belud er mit all seiner Kraft unablässig den Karren mit Heu und blickte dabei nicht nach links und nicht nach rechts, beinahe so, als gäbe es die Welt um ihn herum überhaupt nicht. Ohne sich auch nur die kleinste Pause zu gönnen, schuftete er unentwegt, warf das Gras in hohem Bogen nach oben, über seinen Kopf hinweg, und schmiss es auf den alten Leiterwagen.

Plötzlich packte ihn jemand am Arm und riss ihn zur Seite. Erschrocken warf er seine Heugabel zu Boden. Als er seine juckenden Augen öffnete, sah er seine Stiefmutter, die schnaufend vor ihm stand. Wütend packte sie Quirin und schlug ihm ins Gesicht.

„Was glaubst du eigentlich, wer du bist, du Taugenichts!", schrie sie ihn an. Er wusste gar nicht, wie ihm geschah. „Du hast die Stallarbeit nicht gemacht! Was habe ich dir aufgetragen? Bist dir wohl zu fein dafür! Ich sage dir, ich vergesse mich noch!" Sie war außer sich vor Wut, Augen und Stimme hasserfüllt. Quirin war unfähig, ein Wort zu sagen. „Komm jetzt, Mittagessen! Und heute Abend schrubbst du mir den ganzen Stallboden auf den Knien, damit du das Gehorchen lernst!", brüllte sie.

Grob packte sie den Jungen an der Hand, drehte sich um und machte sich zum Bauernhaus auf. Quirin, der noch gar nicht begriffen hatte, was passiert war, konnte kaum Schritt halten, so energisch und hastig ging seine Stiefmutter voran, es war schon fast ein Rennen, als ob sie auf der Flucht wären. Sie riss immer wieder mit aller Gewalt an seinem Arm und mahnte ihn so zur Eile an, seine Schulter schmerzte jedes Mal höllisch dabei. So ging es quer über das ganze Feld, mehrmals stolperte Quirin über Mauselöcher und Erdhügel, mit denen der Boden durchsetzt war. Als sie am Haus ankamen, wollte er sich losreißen, doch seine Stiefmutter ließ nicht eine Sekunde locker. Sie schrie wild um sich und schleifte ihn durch den Hausflur bis in die Küche hinein, packte ihn dann an der Brust und schubste ihn auf seinen Sitzplatz. Er knallte mit dem Rücken gegen die harte Holzlehne der Eckbank und stieß sich sein Schienbein am Fuß des Küchentisches. Dann hörte er ein lautes Knallen. Seine Stiefmutter hatte ihm einen zweiten Schlag verpasst, dieses Mal direkt auf sein linkes Ohr. Quirin war für einen Moment beinahe taub und sah, wie sie vor ihm tobte und ununterbrochen brüllte. Erst einige Augenblicke später konnte er wieder ihre hasserfüllte Stimme hören.

„Tausend Mal habe ich dir gesagt, du hast morgens den Stall zu machen, ehe du aufs Feld gehst!", schrie sie ihn an. „Wenn das so weitergeht, vergesse ich mich noch, du Nichtsnutz! Auf dem Feld bist du auch noch lange nicht fertig. Was machst du die ganze Zeit?"

Quirin war wieder bei Sinnen. Er kochte vor Wut und richtete sich entschlossen vor ihr auf. Er brüllte seine Stiefmutter mit all seiner Kraft an, minutenlang. Er hatte einen wahren Tobsuchtsanfall und nahm dabei selbst gar nicht mehr wahr, was er schrie. Vermutlich, dass er seit dem Tod seines Vaters im letzten Winter unentwegt und bis zum Umfallen auf dem Hof geschuftet hatte, dass er sich nie beklagt und immer alles hingenommen hatte und stets bemüht gewesen war, es ihr, verdammt nochmal, recht zu machen. Vermutlich brüllte er auch, weil er seinen Vater jeden Tag vermisste, sich ungeliebt und unverstanden fühlte, weil er sich einsam und verloren vorkam, weil er jeden Tag und jede Nacht diese innere Leere fühlte, die einer Sackgasse glich, aus der es keinen Ausweg gab.

Als ihm die Luft ausging und seine Stimmbänder schmerzten, hörte er auf, zu schreien. Nun stand er vor ihr, durchgeschwitzt, ausgelaugt, mit hochrotem Kopf, und er schnaufte lautstark, um wieder zu Atem zu kommen. So standen sie sich für einen Moment gegenüber, und dieser Moment kam Quirin so lange vor wie ein ganzes Leben. Sie schwiegen beide und sahen einander aufgebracht in die Augen. Eine bedrückende Stille machte sich breit, eine

Stille, die noch unangenehmer war als das Gebrüll davor, und es schien, als ob dieser Moment niemals zu Ende gehen würde.

Dann ergriff seine Stiefmutter, in einer völlig anderen Tonlage, das Wort. Sie beugte sich über den Tisch, ging ganz nah mit ihrem Gesicht an jenes von Quirin heran, so nah, dass er ihren Atem auf der Haut spüren konnte, und sah ihm in die Augen. Ihr Blick war dabei von unbeschreiblicher Kälte und von schier unendlichem Hass durchtränkt, er war so intensiv und beängstigend, dass ihm Quirin fast nicht standhalten konnte. Ihm wurde schwindlig und seine Beine knickten weg.

„Was glaubst du eigentlich, wer du bist?", sprach sie in langsamen, leisen, Furcht einflößenden Worten. „Deine gottverdammte Hexenmutter hatte den Verstand deines Vaters betäubt und ihn so für sich eingenommen. Nur deswegen hatte er sich damals für sie entschieden, und als wäre das nicht schon schlimm genug gewesen, bist auch noch du aus dieser abscheulichen Vereinigung hervorgegangen." Sie ließ ihren Blick nicht einmal von Quirins Augen abkommen. „Deine Mutter war keine von uns, sie war kein Mensch. Keiner weiß, woher sie kam oder was sie bei uns wollte, aber jeder im Dorf wusste, dass sie nicht zu uns gehörte, und niemand wollte sie hier haben. Eine Hexe war sie, ihre Augen, ihre Stimme, ihr bleiches Gesicht, nichts davon war normal. Bis heute redet kaum jemand mit uns, auch mit mir nicht, weil ich nach ihrem Tod deinen Vater geheiratet habe und er damals längst aus der Gemeinschaft ausgestoßen worden war – wegen ihr und wegen dir! Und ich verwünsche den Tag bis in alle Ewigkeit, an dem sie dich zur Welt gebracht hat."

Quirin schluckte. Seine Augen wurden feucht, er atmete nervös und zitterte am ganzen Leib. Schon oft hatte er Ähnliches von seiner Stiefmutter zu hören bekommen, aber so geballt und so hart waren ihre Worte noch nie gewesen. Ihr Blick lähmte ihn regelrecht. Jedes einzelne Wort aus ihrem Mund nahm er tief in sich auf, ihre Sätze brannten sich auf ewig in sein Gedächtnis ein – unwiderruflich, unauslöschlich und für immer da, das spürte er ganz genau. Sie schwieg für einen kurzen Moment und ging dann noch dichter an ihn heran, so dicht, dass sich ihre Gesichter beinahe berührten. Sie verfinsterte ihren Blick ein letztes Mal und sagte mit abgrundtief verachtender Stimme: „Wäret ihr doch nur beide bei deiner Geburt gestorben und nicht nur sie. Dann wäre ich mit deinem Vater glücklich geworden. Ich werde dir nie verzeihen, was deine Anwesenheit aus mir gemacht hat. Ich hasse dich!"

Als sie ihren letzten Satz gesprochen hatte, brach Quirin in Tränen aus. Er stieß den Tisch zur Seite, rannte aus der Küche und knallte die Tür hinter sich zu. Er lief über den Flur aus dem Haus hinaus, vorbei am Hühnerstall, am Misthaufen und an der Scheune, und hetzte bis zum kleinen Feld hinter der alten Eiche. Er rannte und rannte, blickte dabei nicht einmal zur Seite, seine Tränen rollten währenddessen unentwegt über sein schmales Gesicht. Bald schmerzten seine Füße, doch er lief immer weiter, ohne Pause, bis er vor Erschöpfung zu Boden fiel. Er blieb liegen und weinte, wie er in seinem ganzen Leben noch nicht geweint hatte, so lange und so stark, dass seine Augen schmerzten. Ein wahrer Nervenzusammenbruch suchte ihn heim, und es dauerte Stunden, bis er sich halbwegs beruhigt hatte. Da war es schon später Nachmittag geworden. Eine leichte Brise schlich mit einem Mal über die Wiesen, sie machte den heißen Sommertag angenehm kühl. Die Bäume der nahe gelegenen Wälder rauschten leise und beruhigend um ihn herum und ließen ihn allmählich aufatmen. Das gemähte Wiesengras bettete Quirin weich, ein paar getrocknete Halme streichelten ihm zärtlich über seine nassen Wangen. Langsam sammelte er sich wieder, und als er mehr und mehr zur Ruhe kam, begann er, über das Geschehene nachzudenken.

Als Quirin schließlich vom Boden aufstand, ging bereits die Sonne unter. Viele Stunden hatte er noch liegend auf dem Feld verbracht und dabei versucht, seine wirren Gedanken zu ordnen. Doch er war zu keinem Ergebnis gekommen, nicht einmal ansatzweise. Die Leere, die er seit dem Tod seines Vaters Tag für Tag verspürt hatte, stand ihm größer und mächtiger gegenüber als je zuvor, und obwohl er tief in seinem Inneren wusste, dass von dieser Leere eine große, zerstörerische Gefahr ausging, wehrte er sich nicht dagegen. Alles erschien ihm sinnlos, er empfand nichts mehr. Seine Kräfte hatten ihn verlassen, er fühlte sich mit gerade einmal fünfzehn Jahren wie ein alter Mann, ausgelaugt, verbraucht, müde. Quirin ging ein paar Schritte, setzte unendlich langsam einen Fuß vor den anderen und sah dabei unentwegt zu Boden.

Als wenig später die Nacht hereinbrach, ließ er sich erneut in dem ungemähten Wiesengras nieder, zog seine Knie dicht an sich heran und hielt sie mit seinen Armen umschlossen. Er blickte in die Ferne.

Das kleine Dörfchen im Tal war in der Dunkelheit deutlich auszumachen, einzelne Häuser durch Kaminfeuer und Petroleumlampen erleuchtet. Aus den Schornsteinen quoll der Rauch, und wenn man ganz genau hinsah, konnte man sogar die Straßen und Feldwege erkennen. Als Quirin seinen Blick an den Berghängen entlangschweifen ließ, kamen ihm wieder die Tränen. Der kleine Bergbauernhof, sein Zuhause, lag unübersehbar nah vor ihm, nur wenige hundert Meter entfernt. Traurig und erschöpft ließ er den Kopf hängen und wimmerte ganz leise vor sich hin. Er wusste nicht, was er tun sollte. Schon oft hatte er in letzter Zeit darüber nachgedacht, von daheim wegzulaufen, irgendwo hin, vielleicht in eine kleine Stadt, um sich dort irgendwie durchzuschlagen: als Knecht oder Lehrling oder was auch immer. Schließlich war er ja nun mit der Schule fertig und könnte vielleicht eine Lehre beginnen. Alles erschien ihm besser, als jenes Leben, welches er seit dem Tod seines Vaters auf dem Hof führen musste. Oft hatte er sich gefragt, was er noch zu verlieren hätte, wenn er einfach eines Tages weg wäre. Doch er blieb immer wieder an der gleichen Stelle in seinen Gedanken hängen: am letzten Willen seines Vaters.

Wie oft hatte ihm seine Stiefmutter eingebläut, es sei seines Vaters letzter Wille gewesen, dass Quirin am Hof bliebe und diesen eines Tages, wenn die Zeit dafür reif wäre, weiterführte. Dabei hatte sie jedoch stets energisch betont, dass sie selbst das Gehöft geerbt und somit das Sagen hätte. Quirin konnte nicht einfach davonlaufen, zu sehr quälte ihn der Gedanke daran, seinem geliebten

Vater diesen letzten Wunsch nicht zu erfüllen. Gleichzeitig wusste er auch, dass seine Stiefmutter ihn brauchte, niemals könnte sie all die Arbeit allein verrichten. Sie beide wussten das.

Je länger er über all dies nachdachte, umso mehr versank er in seinen Gedanken. Er schloss die Augen.

Er sah seinen Vater vor sich, wie er auf dem Sterbebett lag. Die letzten Tage vor seinem Tod hatte er es nicht mehr verlassen können, zu schwach war er schon geworden. Quirin sah ihn ganz deutlich vor sich, beinahe so, als wäre es gestern gewesen, und er erinnerte sich noch allzu schmerzlich an seines Vaters Gesichtsausdruck, der keinen Hehl daraus gemacht hatte, dass er am Ende ein kranker und gebrochener Mann geworden war. Kaum noch hatte sein Vater in den letzten Tagen sprechen können, die dicken Narbenstränge um seinen Hals hatten seine Stimme förmlich erstickt und ihm das Atmen schwergemacht. Nur allzu gut konnte sich Quirin noch an alles erinnern, ganz besonders auch an jenen Moment, in dem ihm sein Vater scheinbar heimlich und mit letzter Kraft ein Briefkuvert in die Hand gedrückt hatte. Und bis heute fragte sich Quirin, was, verdammt nochmal, in dem kleinen Briefchen gestanden hatte. Er ärgerte sich über sich selbst, dass er den Brief damals achtlos beiseite gelegt und ihn nicht gleich zu sich genommen hatte, aber wer kümmert sich schon um ein Stück Papier, wenn der eigene Vater im Sterben liegt.

Er hatte dieses Briefchen nie wieder zu Gesicht bekommen, seine Stiefmutter hatte es sogleich an sich genommen und Quirin nie zurückgegeben. Mindestens hundert Mal hatte er sie darum gebeten, den Brief lesen zu dürfen, danach verlangt, sie vor Verzweiflung angeschrien, doch stets hatte er statt des Briefes lediglich ein paar saftige Ohrfeigen und wüste Beschimpfungen bekommen. Wieder und wieder hatte seine Stiefmutter ihm gebetsmühlenartig eingebläut, dass in dem Brief stünde, Quirin solle eines Tages das Gehöft weiterführen und bis dahin ihr allein gehorchen. Der Junge hatte damals viele Wochen lang den Brief überall gesucht, als ob er schon zu dieser Zeit gespürt hätte, wie bedeutsam der Inhalt war. In jeder Ecke und in jedem Winkel des Hauses hatte Quirin danach gewühlt und war deswegen oft von seiner Stiefmutter verprügelt worden, weil er seinen Aufgaben nicht nachkam. Dennoch hatte er das Schreiben nie wieder gesehen, bis zum heutigen Tage nicht.

Je mehr er über die Vergangenheit nachdachte, umso wirrer wurden seine Gedanken. Kaum noch konnte er klar denken. Tiefe Traurigkeit umschloss Quirin, sie lähmte ihn förmlich und ließ ihn nicht mehr los. Er fühlte sich einsam, sein Leben zweigte sich vor ihm auf wie ein unendlich großer, dunkler Irrgarten, und er wusste beim besten Willen nicht, welchen Weg er gehen sollte.

Als er viele Momente später seine Augen wieder aufschlug, zog er seine Beine ganz dicht an seinen Körper und kauerte apathisch auf dem Wiesenboden, eine ganze Weile lang, so lange, bis Merthin kam.

Quirin hatte erst gar nicht gemerkt, dass sich jemand neben ihn ins Heu gesetzt hatte. Erschrocken blickte er hoch, weil er plötzlich ein leises Atmen vernahm. Merthin sah ihn freundlich an.

„Ach, du bist es", sagte Quirin und wischte sich mit einer schnellen Handbewegung die Tränen aus dem Gesicht. „Ich hab dich gar nicht kommen hören."

„Ich wollte dich nicht aufschrecken", sagte Merthin, „du hast schon von Weitem den Eindruck gemacht, als ob du lieber alleine sein wolltest. Ich wollte erst gar nicht zu dir hingehen, aber nach einiger Zeit dachte ich mir, du könntest vielleicht Gesellschaft vertragen. Schließlich sitzt du hier mitten in der Nacht auf dem Feld wie ein Häufchen Elend, und das schon seit Stunden. Was ist denn passiert?"

Quirin blickte in die Ferne. Er wusste nicht, was er antworten sollte. Merthin sah ihn kurz an, wandte dann seinen Blick auf die Wiese, zog einen getrockneten Grashalm aus dem Heu und zerknüllte ihn zwischen den Fingern. Die Freunde saßen schweigend nebeneinander, der Wind umwehte sie dabei ganz leicht, und es wurde noch immer nicht kalt. Quirin merkte, wie er innerlich ruhiger wurde. Obwohl er mit Merthin bis jetzt kein weiteres Wort gewechselt hatte und sie sich immer noch anschwiegen, fühlte er sich nicht mehr so einsam und unverstanden. Es tat gut, einen echten Freund an seiner Seite zu haben, jemanden, der einfach da war und einem das Gefühl vermittelte, nicht allein zu sein. Seitdem er denken konnte, war er mit Merthin befreundet, und seit dem Tod seines Vaters war der andere noch viel wichtiger für Quirin geworden. Schließlich kam Quirin kaum vom Hof weg, in der Dorfschule war er bis zum Schluss ein Außenseiter gewesen, und sonst kannte er auch kaum jemanden. Merthin war seit vielen Jahren sein bester und einziger Freund.

„Hat sie dich wieder verprügelt?", fragte Merthin und sah Quirin dabei mit prüfendem Blick an. Dieser saß regungslos neben ihm und schaute unentwegt ins Leere. Quirin verzog keine Miene, sein Gesicht war wie versteinert, der Blick starr und ausdruckslos, fast so, als wäre er gar nicht lebendig. Merthin musterte ihn lange. „Oder hat sie dich wieder mit so viel Arbeit überhäuft, dass drei ausgewachsene Männer Mühe und Not hätten, diese zu erledigen?", fuhr er fort, wandte dabei seine Augen von ihm ab und ließ seinen Blick über die nächtliche Berglandschaft schweifen.

„Beides", erwiderte Quirin leise, seine Stimme hatte dabei weder Klang noch Tiefe, sie war schwach und emotionslos.

Merthin atmete tief durch und ließ den Kopf hängen. Quirins knappe Antwort vermochte mehr als deutlich zu sagen, dass er am Ende seiner Kräfte war, dass er nicht mehr weiter wusste und keinen Ausweg aus seiner Lage fand, wie ein Vieh, dass in eine Falle getappt war. Abermals zog Merthin einen getrockneten Grashalm aus dem Heu, nahm ihn zwischen seine Finger und betrachtete ihn.

„Quirin ...", fing er an zu sprechen und blickte dabei zu Boden, betrachtete den Halm zwischen seinen Händen und hielt für einen Moment lang inne. Merthin atmete schwer, warf das Stückchen Gras mit einer leichten Wut weit von sich, sah mit finsterem Blick in die Ferne und erhob sodann mit bestimmtem Ton seine Stimme erneut. „Quirin, wie soll das, verdammt nochmal, weitergehen?" Merthin sah ihn mit ernsten Augen an. „Seit dem Tod deines Vaters ist kein einziger verfluchter Tag vergangen, an dem du von deiner Stiefmutter nicht geschlagen, gedemütigt, verwunschen oder sonst wie schlecht behandelt worden bist! Wie soll das irgendwie noch anders werden?" Seine Stimme wurde immer schärfer, er musste sich sichtbar zusammennehmen, um nicht die Beherrschung zu verlieren. „Glaubst du wirklich, dass sie sich von selbst ändert? Sie hasst dich, sie hasst den Hof, sie hasst ihr ganzes verdammtes Leben, und das lässt sie jeden Tag an dir aus! Dein Vater liebte deine Mutter und hat deine Stiefmutter deswegen verlassen, damals, vor vielen Jahren, noch vor deiner Geburt. Und kaum war deine Mutter tot, hat sich deine Stiefmutter wieder an seinen Hals geworfen, obwohl sie wusste, dass dein Vater sie nicht liebt! Weiß der Teufel, warum dein Vater dann doch noch deine Stiefmutter zur Frau nahm, doch er liebte immer nur deine leibliche Mutter, bis zu seinem Tod! Deswegen ist die Alte heute ein verbittertes Scheusal, und ihre Wut lässt sie jeden Tag an dir aus, und zwar bis in alle Ewigkeit, da bin ich mir sicher!"

Merthin wurde immer energischer. Er stand auf, stellte sich direkt vor Quirins Füße und packte mit grobem Griff dessen Kopf, um seinen Blick in Quirins Augen bohren zu können.

„Aber ich sage dir eines", fuhr er lautstark fort, „ich werde nicht zusehen, wie sie dich kaputtmacht! Ich werde nicht zulassen, dass sie deinen Willen bricht und auf ewig ihren Frust über ihr eigenes Leben an dir auslässt. Du kannst nichts für ihre Situation, rein gar nichts!"

Merthin rüttelte an Quirin und wiederholte unaufhörlich seinen letzten Satz, so lange, bis Quirin zu wimmern begann, erst ganz leise und kaum merklich, dann immer mehr und mehr, bis er schließlich völlig zusammenbrach und lautstark weinte, so intensiv und ausgiebig, dass er kaum noch Luft holen konnte.

Merthin nahm ihn in den Arm. Quirin presste sein Gesicht gegen dessen Brust und weinte unentwegt und ohne Pause, so lange, bis er völlig erschöpft war und ihm alles weh zu tun schien. Erst dann, nach langen Minuten, beruhigte er sich langsam wieder. Er richtete seinen Blick vorsichtig auf, wischte seine Tränen weg und atmete tief durch. Merthin, der ihn gehalten hatte, stand langsam wieder auf und setzte sich neben ihn. Als die beiden Burschen schweigend in das malerische Bergtal blickten, kamen sie allmählich wieder zur Ruhe. Quirin lehnte vorsichtig seinen Kopf an Merthins Schulter und schloss seine Augen. Eine leichte Sommerbrise umschmeichelte ihn dabei angenehm kühl, sie brachte das Gras hinter der alten Eiche ganz leise zum Rauschen. Der Horizont begann, sich leicht rot zu färben, die aufgehende Sonne umspülte die beiden Jungen allmählich mit warmen Farben und tauchte die Berglandschaft um sie herum in ein beruhigendes Licht.

Kapitel 2

Als Quirin am Hühnerstall des Bauernhofes vorbeiging und schnellen Schrittes über den Schotterweg in Richtung Haustür des alten Wohnhauses schlich, war die Sonne schon fast ganz aufgegangen. Immer wieder blickte er hastig und verängstigt um sich, jedes Geräusch und jede Bewegung, jeder Schatten und jeder Windhauch versetzten ihn in Panik. Schon einmal war er von zu Hause weggelaufen, im Januar war das, und als er damals halb erfroren und ausgehungert wieder heimkehrte, holte seine Stiefmutter statt einer warmen Decke und einer heißen Suppe erst einmal den Haselnussstock aus der Küche. Die Narben auf seinem Rücken hatten ihm noch den ganzen Frühling lang wehgetan, und durch die anstrengende Hofarbeit hatte sich die Ausheilung wochenlang hingezogen.

Ganz vorsichtig und leise öffnete er die Haustür, ging hinein und schloss sie unendlich langsam. Das Quietschen der Scharniere ließ dabei eine Gänsehaut an seinem Nacken entstehen. Als der Riegel endlich mit einem lauten Knall ins Schloss fiel, zuckte Quirin zusammen, er machte keine einzige Bewegung, selbst das Atmen versuchte er, zu unterdrücken. Er hielt inne, horchte und wartete. Im Haus war Totenstille, nichts war zu hören, nur ab und an blies der Wind durch die undichten alten Fenster. Quirin wartete noch einen Moment, dann wandte er seinen Blick von der Haustür ab und drehte sich um.

Als er nach vorne sah, fuhr es ihm durch Mark und Bein. Seine Stiefmutter stand vor ihm, keine drei Meter entfernt. Er bekam Herzrasen und fing an zu zittern, an seinem Hals spürte er seinen rasenden Puls wie ein unerträgliches Pochen. Die Alte stand im Nachtgewand vor ihm, mit dem Haselnussstecken in der Hand. Ihr Blick traf Quirin wie ein Schlag ins Gesicht. Voller Wut, Hass und Verachtung sah sie ihn an. Er wusste nicht ein einziges Wort, das er hätte sagen können, sein Kopf war leer, beinahe so, als hätte er noch nie in seinem Leben auch nur einen einzigen Ton von sich gegeben. Wie angewurzelt stand er da und traute sich kaum, zu atmen.

Plötzlich ging sie mit zwei energischen Schritten auf ihn zu und packte ihn grob am Unterarm, riss ihn in ihre Richtung und zerrte Quirin nach links in die Küche hinein. Dort stellte sie sich ihm mit ihrem dicken, fleischigen Leib gegenüber und sah ihn mit Augen an, die nicht hasserfüllter hätten sein können.

Quirin stand voller Angst vor ihr und blickte auf den Fußboden. Niemand sagte ein Wort, und als eine verstörende Stille die beiden umschloss, glaube Quirin, die Zeit wäre stehen geblieben. Wie eine halbe Ewigkeit kamen ihm diese Augenblicke vor, er fühlte sich dabei so unendlich hilflos und ausgeliefert, so ungeliebt und unverstanden, so verhasst und ganz besonders so allein wie schon lange nicht mehr. Alles hätte er gegeben, damit dieser Moment endlich vorbeiging. Seine Stiefmutter begann, lautstark zu schnaufen, ihre Hand umgriff fest den Stock.

„Dein Gewand", sagte sie mit langsamen, schmetternden Worten. Quirins Herz schlug ihm bis zum Hals, er konnte kaum Schlucken, so sehr schwoll ihm die Kehle zu. „Dein Gewand, verdammt noch mal!", schrie sie ihn voller Wut an.

Quirin brach in Tränen aus und wollte aus der Küche rennen, doch sogleich packte ihn seine Stiefmutter mit ihren fleischigen Händen am Gewand und riss ihm schnaufend das Leinenhemd herunter. Quirin schrie um Hilfe, schlug ihr mit Fäusten in ihren fülligen Leib, doch sie hatte entschieden mehr Kraft und drückte ihn unbarmherzig über den Küchenschemel. Sie hielt ihn am Nacken fest und schnaufte wie ein Tier, als sie zuschlug.

Quirin schrie vor Schmerzen laut auf, der dünne Stock hatte sich tief in seinen Rücken eingegraben.

„Halt dein Maul!", brüllte sie ihn an und schlug erneut mit aller Macht zu.

Er schrie wieder und schlug mit Armen und Beinen nach ihr, doch sie hatte ihn fest im Griff und ließ nicht eine einzige Sekunde von ihm ab. Ihre Wut wurde immer größer, voller Hass und Abscheu schlug sie auf Quirin ein, unentwegt und ohne Pause, mindestens fünfzehn Mal, bis der Stecken abbrach. Dann stand sie vor ihm, war schweißgebadet und völlig erschöpft. Aufgebracht rang sie um Atem. Quirin war unterdessen zu Boden gefallen, weinte aus voller Kehle und krümmte sich vor Schmerzen, das warme Blut lief ihm dabei den Rücken hinunter. Seine Stiefmutter sah ihn an, er lag vor ihren Füßen. Schließlich rannte sie zur Küchentür, riss sie auf und schlug sie hinter sich zu, so stark, dass sie aus den Angeln zu fliegen drohte. Sie stampfte die Treppe nach oben und schrie dabei um sich. Quirin, der noch immer auf dem splittrigen Holzboden der Küche lag, konnte nicht aufhören, zu weinen. Sein Rücken war blutüberströmt und pochte unerträglich. Lange blieb er so liegen und heulte sich die Seele aus dem Leib, und als er nach einer halben Ewigkeit endlich aufstehen wollte, wurde ihm sogleich schwarz vor Augen und er sackte in sich zusammen.

Als er eine Stunde später wieder zu sich kam, vernahm Quirin ein leises Brodeln und Knistern. Vorsichtig hob er seinen Kopf, blickte wie in Zeitlupe um sich und sah den großen verbeulten Kochtopf auf dem Küchenherd stehen. Der Deckel war leicht versetzt aufgelegt, sodass man den Wasserdampf aufsteigen sehen konnte. Sehr langsam und zögerlich rührte er seinen Körper, jede Bewegung schmerzte unerträglich, selbst nach den kleinsten Anspannungen seiner Arme musste er immer wieder minutenlang pausieren, um den Schmerz ertragen zu können. Als er versuchte, einige Momente später aufzustehen, hatte er noch nicht einmal ansatzweise die Kraft dazu.

Plötzlich hörte er Schritte. Schnell legte Quirin seine Hände vors Gesicht. Die Tür flog auf, und seine Stiefmutter polterte in die Küche hinein, ging mit lauten Schritten an ihm vorbei und machte sich an den Herd, um in der Brennsuppe zu rühren. Quirin bewegte sich keinen Millimeter und atmete, so leise er konnte. Er wagte, durch einen kleinen Spalt zwischen seinen Fingern zu spähen, und sah die dicken Füße seiner Stiefmutter in unmittelbarer Nähe vor sich. Ihre abgetragenen Schuhe konnte er wahrnehmen, ihre Kniestrümpfe und einen kleinen Teil ihres Arbeitskleides. Wortlos stand sie vor dem Kochtopf, rührte energisch darin herum und warf dann mit einem lauten Knall den Deckel darüber. Das Scheppern ließ Quirin vor Furcht erzittern. Dann ging sie schnellen Schrittes aus der Küche und schmiss die Tür hinter sich zu, das Knallen des Schlosses fuhr Quirin tief in die Glieder. Er hörte, wie die Alte in der Stube umhertrampelte, konnte jeden ihrer Schritte im Haus spüren, selbst als sie den langen Hausgang bis nach hinten zur anderen Haustür ging. Quirin hörte Schubladen, die hastig aufgezogen wurden, er vernahm ein Rascheln und Scheppern. Seine Stiefmutter musste im Gang vor der Kommode stehen und in ihren Fächern herumkramen. Sie schien etwas zu suchen und schließlich auch zu finden, denn sie schob mit einer ruppigen Bewegung die Schubkästen wieder zu und machte sich erneut in Richtung Küche auf.

Als Quirin sie näherkommen hörte, duckte er sich wieder und presste sein Gesicht an den Fußboden, die Holzsplitter bohrten sich dabei in seine Wangen. Abermals schwang die Tür auf, seine Stiefmutter stampfte mit wuchtigen Schritten zum Herd, zog den Kochtopf vom Feuer, holte ihren Hut vom Haken neben dem Küchenregal, setzte ihn auf und verließ das Bauernhaus, versäumte dabei allerdings nicht, jede Tür mit einem gewaltigen Knall hinter sich zuzuschlagen. Quirin konnte noch einige Zeit ihre Schritte draußen auf dem Kiesweg hören. Ein paar Momente später verstummte alles um ihn herum. Es war mit einem Mal wieder völlig still geworden, nur das Feuer im Küchenofen knisterte zärtlich vor sich hin, es vermittelte dabei eine trügerische Ruhe und ließ Quirin, obwohl er noch immer keinen Handstrich ohne Schmerz tätigen konnte, innerlich langsam aufatmen – und gab ihm für einen Augenblick das Gefühl, er sei außer Gefahr.

Am Nachmittag schlug das Wetter um. Draußen begann sich der Wind, aufzuspielen, er hetzte den Staub über den Vorhof, kroch in jede Ecke und in jeden Winkel des Hofes, ließ im Stall die schweren Schiebetüren zittern, preschte gegen die Fensterscheiben des Bauernhauses und brachte sämtliche Fugen und Ritzen im Gehöft zum

Aufheulen. Der Horizont verdunkelte sich, dicke Gewitterwolken schoben sich allmählich vor die Sonne und machten dem schönen Sommertag den Garaus.

An sich waren diese Wetterumschwünge, angesichts der Höhenlage des Hofes, nichts Außergewöhnliches, mit so etwas musste man auch im Hochsommer in den Bergen jederzeit rechnen. Doch gerade jetzt kam dieses Gewitter für Quirin zu einem Zeitpunkt, der nicht unglücklicher hätte sein können. Er hatte nämlich, nachdem viele Stunden seit den Prügeln seiner Stiefmutter vergangen waren, einen felsenfesten Entschluss gefasst: Er wollte weg, und zwar für immer.

Eine gefühlte Ewigkeit hatte am Boden gelegen, hatte nur noch Angst und Schmerz empfunden, hatte sich gequält mit Gewissensbissen gegenüber seinem Vater, dem er seinen letzten Willen nicht erfüllen würde, hatte sich seinen Kopf darüber zermartert, wie er es anstellen und vor allem wie es nach der Flucht weitergehen sollte, war erfüllt gewesen von Panik und Furcht. Kaum noch hatte er einen klaren Gedanken fassen können und alles verschwommen gesehen, wie durch einen Schleier hindurch.

Nun war es klar.

Er sah keinen anderen Ausweg, er wollte auch nicht mehr darüber nachdenken, zu groß war seine Furcht davor, endgültig den Verstand zu verlieren. Er wollte nur noch weg. Und plötzlich spürte Quirin wieder ein wenig Kraft in seinen Gliedern, sein Blick wurde klarer, er atmete lauter und bestimmter. Von Sekunde zu Sekunde wurde er mutiger, er zog sich unter unendlichen Schmerzen am Küchentisch nach oben, musste dabei immer wieder Luft holen, um die nötige Kraft aufbringen zu können. Doch er wollte nicht aufgeben, im Gegenteil, er biss seine Zähne so stark zusammen, dass ihm die Kiefer wehtaten.

Der Gedanke daran, dass seine Stiefmutter es fast geschafft hätte, seinen Willen zu beugen und ihn innerlich für immer zu brechen, war für Quirin wie ein nicht abreißender Energiefluss, der ihn stärkte, der ihn kräftigte, der ihn härter werden ließ und seine Entschlossenheit tief in seinem Inneren zementierte.

Mit jeder kleinen Bewegung, mit der er sich vom Boden hochstemmte, wuchs sein Mut, und auch wenn er eine halbe Ewigkeit dafür brauchte und sich nur mühsam auf allen vieren in Richtung Stuhl bewegen konnte, er wollte nicht aufgeben, niemals. Langsam ergriff seine zitternde Hand das Bein des Sitzschemels, er zog sich unter größten Anstrengungen daran empor, dabei rastete er immer wieder zwischendurch, um zu Atem zu kommen. Der Schweiß lief ihm in Strömen den Hals hinunter, er rann über den Rücken und vermischte sich mit dem Blut, das schließlich verdünnt zu Boden tropfte, wo es im Nu vom spröden Holz des Fußbodens aufgesogen wurde.

Endlich saß Quirin auf dem Stuhl, schnaufend, erschöpft, aber nicht gebrochen. Er ließ seinen Kopf langsam auf den Tisch sinken, legte seine Stirn auf die Kante und atmete angestrengt. Kaum war er wieder halbwegs zu Kräften gekommen, richtete er seinen Blick nach vorne, seine Augen geöffnet, sein Blick entschlossen, seine Zähne zusammengepresst, und er stand wie in Zeitlupe vom Hocker auf. Seine tiefen Fleischwunden verhinderten, dass er sich ganz aufrichten konnte, sie zwangen ihn fast dazu, sich wieder zu setzen, sie feuerten Schmerzreize in Quirins Kopf, wie er sie noch nicht erlebt hatte. Bei der kleinsten Bewegung wurde ihm beinahe schwarz vor Augen, er stützte sich mit seinen Armen am Tisch ab, um nicht umzufallen. Plötzlich fiel sein Blick auf den kleinen Tonkrug im Küchenregal, das über dem Tisch angebracht war. Seine Stiefmutter hatte darin immer einen Vorrat an selbstgebranntem Obstschnaps, meist aus Birnen oder Himbeeren oder irgendwelchen anderen Früchten, die sie selbst anbauten. Mit seiner verschwitzten Hand griff er hastig danach, riss den Krug aus dem Regal und schmetterte ihn auf den Tisch, nahm den Deckel herunter und schüttete einen großen Schwall in seinen ausgetrockneten Rachen, der Schnaps lief dabei aus seinen Mundwinkeln heraus und tropfte auf Tisch und Boden. Quirin presste die Augen zusammen, als er schluckte. Noch nie zuvor hatte er davon getrunken, aber er musste diese unerträglichen Schmerzen betäuben, egal wie. Er begann, wieder ruhiger zu atmen, die Anspannung ließ etwas nach und er hörte ganz langsam auf, zu zittern. Das Feuer im Ofen war fast zur Neige gegangen, seit Stunden hatte niemand mehr ein paar der kleinen abgetrockneten Holzscheite, die in einem Korb links neben dem Herd bereitstanden, nachgelegt. Quirin spürte, wie seine Kräfte zurückkamen, sie sammelten sich ganz allmählich, wie Morgentau, der an einem kühlen Sommertag auf einem Grashalm kondensierte und sich zu einem kleinen Tropfen vereinigte. Keuchend ließ er seinen Kopf hängen und stützte sich mit seinen Händen am Küchentisch ab, seine Atemluft spürte er dabei als kühlenden Wind auf seiner nassen Brust.

Dann, nach einer halben Ewigkeit, erhob Quirin sein Haupt, atmete erneut tief durch und öffnete anschließend vorsichtig die Augen. Es dauerte einige Momente, bis sein Blick klar wurde, der salzige Schweiß hatte sich wie ein Film über seine Pupillen gelegt und ließ ihn alles wie durch einen Schleier sehen. Er blinzelte mehrmals und drückte mit seinen Liedern das Wasser aus seinen Augen. Als sein Blick aufklarte, erspähte er etwas Unerwartetes. Er sah sich. Der alte, schon etwas matt und trüb gewordene kleine Spiegel an der Küchenwand, direkt unter dem Regal, fing seinen Blick ein und warf ihn zu Quirin zurück. Er sah sein Gesicht, seine durchnässten Haare und seine haselnussbraunen Augen, die ihn selbst anblickten.

Für einen kurzen Moment, es waren nur wenige Sekunden, wurde alles ganz ruhig um Quirin, er hörte weder den Wind, der unentwegt durch sämtliche Fugen und Ritzen des Hauses blies, noch den langsam näherkommenden Donner des Gewitters, und selbst die leise knisternde Glut im Küchenofen schien verstummt zu sein. Ein Schweißtropfen rann behutsam und zärtlich über seine Stirn, floss an seiner Nase entlang und blieb schließlich an seiner Oberlippe stehen. Quirin schloss die Augen.

Mit einem Mal durchzog ein wärmendes, strahlend blaues Licht die Gedanken des Jungen und verdrängte alle Dunkelheit. Völlige Stille umschloss Quirin, er konnte nicht einmal mehr seinen eigenen Atem hören, doch es machte ihm keine Angst, im Gegenteil. Er ließ seine Augen geschlossen und hielt für diesen einen Moment inne, er atmete dabei ganz ruhig und ließ sich innerlich fallen.

Als er in seinen Gedanken versank, sah er mit einem Mal eine hell erleuchtete Frau vor sich. Sie erschien ihm in einem geradezu anmutigen, gütigen und liebenden Licht. Quirin erschrak für einen Moment, doch sogleich wurde er wieder ruhig und war überwältigt und fasziniert von ihrem geheimnisvollen Anblick. Obwohl die Fremde ihr Antlitz nicht preisgab und der Junge ihr Gesicht nicht erkennen konnte, spürte er sofort, dass keine Gefahr von ihr ausging, im Gegenteil. Quirin fühlte sich augenblicklich geliebt und geborgen in ihrer Gegenwart, beinahe so, als würde er dieser funkelnden, fremden Gestalt sehr nahestehen. Als die Leuchtende ihren Arm nach ihm ausstreckte, sah der Junge einen blauen Stein, welchen sie ihn ihrer zarten Hand hielt. Ein beinahe unbeschreiblich schönes tiefblaues Licht ging von ihm aus und strahlte Quirin sanft und gütig entgegen, es umschloss den Jungen förmlich und umschmeichelte zärtlich seinen Leib. Dieses helle blaue Licht, das ihn geradezu schützend ummantelte, schuf für ein paar Sekunden einen sicheren Ort, der ihm Trost, Kraft und Mut spendete und an dem er sich, und wenn es auch nur wenige Augenblicke waren, von allen Schmerzen und Ängsten, von allem Leid und allen Sorgen ausruhen konnte. Es war, als hätte jemand alle Last, die auf seine Schultern drückte, von ihm genommen.

Nach ein paar Momenten völliger Stille spürte Quirin, wie sich der Schweißtropfen seiner Lippe entlangschlängelte. Er bewegte sich ganz behutsam und schlug kleine Wellen, bis er sich schließlich vom Lippenrot löste und mit schier unendlicher Langsamkeit auf den Küchentisch fiel.

Kaum war der Tropfen auf dem abgeriebenen Holz aufgekommen, schmetterte das Gewitter mit einem lauten Donnerknall in die Nacht hinein. Quirin wurde aus seiner Stille herausgerissen und öffnete die Augen. Das Unwetter war unterdessen immer näher gekommen, es bäumte sich draußen mit Furcht einflößender Vehemenz auf und jagte Blitz und Donner über das Land. Der Wind wurde immer ungehaltener, er drückte die Wipfel der Bäume zu

Boden und preschte gegen die Fenster des alten Bauernhauses, als wollte er sie zerbersten. Langsam wurde Quirins Blick wieder klarer, seine Sinne kamen zu ihm zurück, und er begann, seinen Körper wieder zu spüren. Obwohl die Wunden auf seinem Rücken erneut deutlich machten, dass sie noch immer keinen Fingerdeut kleiner geworden waren, fühlte sich Quirin wesentlich wacher, kräftiger und stärker aus noch vor ein paar Minuten.

Noch immer stützte er sich mit seinen Händen am Küchentisch ab und sah in den Spiegel. Einen kurzen Moment lang musste er noch über die geheimnisvolle Fremde, welche ihm in seinen Gedanken erschienen war, nachgrübeln, doch schon beim nächsten Donnerschlag kam ihm siedend heiß seine geplante Flucht wieder in den Sinn. Seine Atemzüge wurden bestimmter, er sah sich selbst in die Augen und erinnerte sich an seinen Entschluss, diesen Ort für immer hinter sich zu lassen. Er richtete sich trotz aller Schmerzen zu seiner vollen Größe auf, erhob sein Haupt und blickte in Richtung Küchentür. Als er die Küchenschürze seiner Stiefmutter neben der Tür an der Wand hängen sah, bekam er plötzlich einen heftigen Schreck. Die Angst davor, dass die Alte jeden Moment zurück sein könnte, versetzte den Jungen schlagartig in Panik. Er wollte schon loslaufen, doch dann setzte sein Verstand ein. Er würde so, wie er dastand – nackt, blutüberströmt und ausgemergelt – nicht weit kommen auf seiner Flucht. Er blickte hastig um sich, fand schließlich seine Kleidung wieder auf dem Küchenboden und hob sie auf.

„Die Wunden", dachte Quirin und ging schleppend zum Bauernschrank rechts neben der Küchentür.

Er wühlte hektisch in den Schubladen herum, bis er schließlich frisch gewaschene weiße Tischdecken fand. Er nahm eine Decke zwischen die Zähne und riss handbreite Steifen ab, vier oder fünf, und wickelte sie um seinen Leib herum. Er presste die Augen vor Schmerzen zusammen und verknotete die Enden an der Seite. Dann warf er sich sein Gewand über.

„Verpflegung", war sein nächster Gedanke und er machte sich daran, sämtliche Schübe und Schränke der Küche nach Essbarem abzusuchen.

Gott sei Dank war es Sommer, so fand er reichlich Obst und Gartengemüse in den geflochtenen Körben unterhalb des Küchenfensters vor, auch einen ganzen Laib Brot und etwas selbstgeschlagene Butter sowie ein Stückchen Rauchfleisch konnte er aus den Vorratsbehältern hervorholen. Eilig legte er alles zusammen und packte es in ein großes Geschirrtuch. Dann lief er aus der Küche auf den Flur und stolperte dabei über seine Lederschuhe, die er sogleich anzog. Besessen von dem Ziel, nie wieder hierher zurückkehren zu müssen, eilte Quirin, soweit es seine Wunden zuließen, durch das alte Bauernhaus und suchte sich hastig sein Marschgepäck zusammen, er durchwühlte sämtliche Schränke und nahm alles an sich, was ihm nützlich erschien. Schließlich ging er sogar in die Schlafkammer seiner Stiefmutter, obwohl sie ihm mehrmals unter Androhung von Prügeln verboten hatte, selbige auch nur zu betreten. Er riss die Tür auf, fand in einer alten Blechdose, die ganz versteckt hinter dem Arbeitsgewand deponiert war, ein paar Geldmünzen, steckte sie sogleich in seine Hosentasche und warf die leere Dose auf das Bett. Unruhig sah er sich um, sein Blick blieb beim Nachtkästchen stehen. Als er sich vor das Kästchen hinknien wollte, um es auszuräumen, brach sein rechtes Knie in den Holzboden ein. Erschrocken sah er nach unten und machte eine unerwartete Entdeckung.

Das Holzbrett war an genau dieser Stelle nicht mit den Trägerbalken vernagelt, sondern nur ganz locker ohne Befestigung darübergelegt. Quirin rutschte zur Seite und hob vorsichtig das lose Brett an. Verwundert blickte er in den darunterliegenden Hohlraum. Er war leer. Eigentlich war er es gewohnt, dass die Holzböden im ganzen Haus knarzten und die Bretter an den Enden auch stellenweise abstanden, aber ein völlig loses, unvernageltes Brett war ihm noch nie untergekommen.

„Egal", dachte er sich und warf das Brett in die Ecke, durchwühlte das Nachtkästchen und war umso verärgerter, als er nichts fand.

Quirin ging zur Kammertür und wollte schon aus dem Zimmer laufen, doch dann hielt er noch einmal einen Moment inne und blickte auf das Loch im Fußboden vor dem Bett seiner Stiefmutter. Als ob er geahnt hätte, dass dieses lose Brett kein Zufall sein konnte, kniete er sich nochmals vor den Hohlraum. Er griff mit seiner Hand hinein, tastete und war umso verblüffter, als er unterhalb des nächsten Brettes etwas greifen konnte. Es war ein Brief, den er schließlich angestrengt hervorholte.

„Ich wusste es!", dachte er und setzte sich vor das Bett.

Hektisch riss er das unbeschriebene Kuvert auf. Als er zu lesen begann, traute er seinen Augen nicht. Es war der Brief seines Vaters. Quirins Herz begann, zu rasen, der pochende Pulsschlag drückte ihm augenblicklich auf die Kehle und brachte seine Hände zum Zittern. Aufgewühlt las er den Inhalt:

17. Dezember 1892
Quirin, Junge, verlasse den Hof, sofort. Er wird kommen. Er wird dir das Gleiche antun wie Gela und mir. Ich sah ihn in meinen Träumen, überdeutlich, er wird dich töten, ich spüre es. Meine Narben schmerzen so sehr, ich kann kaum sprechen. Nimm Gelas Stein. Er ist auf dem Dachboden hinter den Milchkannen versteckt. Nimm ihn, er wird dich beschützen. Lauf sofort davon, weit weg, wo dich niemand kennt. Er wird kommen.

Zitternd legte Quirin den Brief auf seinen Schoß, nachdem er die letzte Zeile gelesen hatte. Eine schreckliche Angst überkam ihn, und als er sich hektisch den Schweiß von der Stirn wischte, konnte er es einfach nicht glauben und las wieder und wieder den Brief. Plötzlich krachte es im Haus. Quirin sprang mit einem Satz vom Boden auf und blickte sich panisch um. Er war sich nicht sicher, ob die Haustür aufgerissen wurde oder ob ein gewaltiger Donnerschlag die Ursache für das Geräusch gewesen war. Der Sturm draußen hatte mittlerweile gewaltige Ausmaße angenommen, es goss wie aus Eimern, und der Wind warf die prallen Regentropfen mit unheimlicher Rohheit gegen die Fenster. Die Sonne war bereits fast untergegangen, doch kilometerlange Blitze machten von Sekunde zu Sekunde die Zimmer im Bauernhaus taghell. Quirin rührte sich nicht einen Millimeter, wie angewurzelt blieb er stehen und horchte. Dann folgte ein zweiter Knall. Dieses Mal war er sich sicher, dass es eine Tür gewesen sein musste, die jemand mit wilder Kraft zugeworfen hatte. Sein Herz fing an, zu rasen, die Angst schnürte ihm den Hals zu, er konnte kaum schlucken. Verkrampft versuchte Quirin, leise zu atmen und sich möglichst still zu verhalten. Plötzlich hörte er energische Schritte, jedes einzelne Knacken der Bodenbretter im Erdgeschoss war überdeutlich zu vernehmen, und je lauter sie wurden, umso panischer wurde Quirin. Seine Gedanken wurden immer ungeordneter, Fragen schossen ihm in den Kopf wie Kanonenkugeln, die sich nicht steuern ließen. War seine Stiefmutter zurückgekommen und rannte nun wutentbrannt durchs Haus, um ihn sich vorzuknöpfen? Oder war es ein Fremder, vielleicht sogar derjenige, den sein Vater in seinem Brief erwähnt hatte und vor dem er auf der Flucht sein sollte? Plötzlich knarrte die Treppe. Schweißperlen flossen langsam Quirins Gesicht hinunter, sie vereinigten sich zu großen Tropfen und fielen lautlos auf sein Gewand. Als die Person nur noch wenige Schritte von der Schlafkammer entfernt war, setzte in beinahe letzter Sekunde Quirins Verstand wieder ein und er versteckte sich mit schnellen, leisen Schritten hinter der Zimmertür. Hastig faltete er den Brief zusammen, stopfte ihn in seine Hosentasche und schmiegte sich so dicht wie möglich an die Kammerwand.

Der Schweiß tränkte seine Kleider und ließ sie dicht an seinem ausgemergelten Körper kleben. Panisch versuchte er, so leise wie nur irgend möglich, zu atmen und ließ dabei die Türklinke nicht einmal aus den Augen. Die Schritte kamen immer schneller und immer lauter in seine Richtung. Mit einem Schlag riss jemand die Kammertüre auf. Quirin fuhr die pure Angst in die Glieder, sein Körper verkrampfte regelrecht, er hätte am liebsten geschrien. Die Tür ging so weit auf, dass er, in der Ecke der Kammer stehend, komplett von ihr verdeckt wurde. Jemand rannte mit energischen Schritten durch das Zimmer, erst in Richtung Kleiderschrank, dann zum Bett und blieb schließlich genau vor dem Nachtkästchen stehen. Für einen kurzen Moment, es waren sicherlich nur wenige

Sekunden, schien alles zu verstummen, kein Atemzug, keine Bewegung, keine Schritte, nichts war zu hören. Weder Quirin noch die Person in der Kammer rührte sich, und es schien, als wäre die Zeit stehen geblieben. Quirins Herz klopfte ihm bis zum Hals, seine Angst umklammerte ihn mit derartiger Kraft, dass ihm schier die Luft zum Atmen genommen wurde. Plötzlich hörte er, wie die Person die alte Blechdose, aus der er das Münzgeld genommen hatte, vom Boden aufhob. Dann krachte es. Das Behältnis wurde mit großer Wucht gegen die Wand geworfen und fiel kurz darauf lautstark auf den Holzboden. Quirin presste voller Panik seinen Körper gegen die Wand, der Schweiß floss ihm in Strömen über das Gesicht, und er fühlte sich, als ob ihm seine Angst das Blut in den Adern gefrieren ließe. Mit einem Mal ging die Person zur Tür. Quirin hielt den Atem an. Die Schritte kamen näher, bis sie schließlich ganz dicht an ihm vorbei und durch den Türstock hindurch auf den Gang polterten, wo sie langsam leiser wurden, in Quirins Schlafkammer innehielten und Quirin allein im Zimmer zurückließen. Sofort erkannte er seine Chance. Ganz langsam und leise drückte er mit verschwitzten Händen die Tür ein klein wenig zur Seite, gerade so viel, dass er sich aus der Ecke wegstehlen konnte. Hastig blickte er um sich, vergewisserte sich, dass niemand außer ihm im Raum war, huschte lautlos zur Türschwelle und blieb stehen. Wie in Zeitlupe schob er seinen Kopf gerade so weit nach vorne, bis er einen kurzen Blick auf den Gang erhaschen konnte. Niemand war zu sehen.

Quirin zitterte. Er wusste, er hatte nur eine Chance, nur einen Versuch, loszurennen, die Treppe hinunterzupoltern und schnurstracks aus dem Haus zu laufen. Plötzlich krachte es gewaltig. Das Gewitter hatte erneut einen ohrenbetäubenden Donnerschlag ausgespuckt, grelle Blitze erhellten die Umgebung und machten die Nacht zum Tag. Quirin, zu Tode erschrocken, rannte einfach los. Mit polternden Schritten lief er zur Treppe, er hatte sie schon fast erreicht, als er plötzlich von hinten an seinem Gewand gepackt wurde. Mit großer Wucht wurde er gegen die Wand geschmissen, und noch bevor er seine Augen öffnen konnte, traf ein harter Schlag sein Gesicht und sogleich ein zweiter und dritter. Als eine Hand Quirins Hals zusammendrückte und ihm die Luft wegblieb, riss er die Augen auf und sah das hasserfüllte Gesicht seiner Stiefmutter. Wutentbrannt quetschte sie seine Kehle zusammen, und überall in seinem Gesicht traten die Adern unter der Haut hervor. Panisch umgriff er ihren dicken Arm und versuchte, ihn wegzureißen, doch es gelang ihm nicht, er hatte einfach nicht genug Kraft. Bei jedem Blitzschlag wurde es taghell im Haus, und er konnte die Alte überdeutlich sehen, ihr tobendes Gesicht, ihre schnaubende Nase, ihre schreienden Lippen und ganz besonders ihre Augen, die nicht hassgetränkter hätten sein können. Quirin bekam keine Luft, er wurde immer panischer und konnte trotz größter Kraftanstrengung den Griff nicht lockern. Seine Stiefmutter schrie unterdessen immer weiter auf ihn ein, sie warf ihm unaussprechliche Worte an den Kopf, verwünschte ihn auf jede nur erdenkliche Art – und schließlich verfluchte sie ihn und seine verstorbene Mutter.

Daraufhin blickte ihr Quirin tief in die Augen. Mit einem Mal spürte er, wie neue Kräfte in ihm aufkeimten. Von Sekunde zu Sekunde wurde er kräftiger, sein gesamter Körper spannte sich an, und schließlich trat er zu. Mit gewaltiger Wucht hatte er seiner Stiefmutter das Knie in den Bauch gerammt, die sofort aufschrie und ihren Griff löste. Quirin holte reflexartig tief Luft, biss energisch die Zähne zusammen, drückte seine Handflächen und sein linkes Bein gegen die Wand und trat mit dem rechten Bein gegen den fülligen Oberkörper, der sich ihm entgegenstemmte. Die Wucht war derart heftig, dass die Frau an die gegenüberliegende Wand geschleudert wurde, wo sie mit dem Kopf aufschlug und danach sogleich in sich zusammenfiel und auf dem Holzboden knallte. Schnaufend stand Quirin vor seiner Stiefmutter, die regungslos vor seinen Füßen lag. Er blickte sie entsetzt an. Schweißgebadet atmete er lautstark aus und fasste sich dabei an den Hals. In seinem Kopf prasselten die Ereignisse auf ihn ein und machten es ihm unmöglich, seine Gedanken zu ordnen. Doch nach nur wenigen Augenblicken kehrte sein Verstand zurück.

Siedend heiß fiel ihm der Brief wieder ein. Begleitet von Blitz und Donner rannte er in die Schlafkammer seiner Stiefmutter zurück, lief zum Nachtkästchen und griff nach der Petroleumleuchte. Hektisch riss er die Schublade auf, kramte energisch und schnaufend darin herum und fand schließlich Zündhölzer. Mit der Lampe in der Hand ging er schnellen Schrittes aus der Kammer, vorbei an seiner am Boden liegenden Stiefmutter, und machte sich in Richtung Dachboden auf. Er versuchte, seine Schmerzen zu ignorieren und riss energisch die Deckentür auf, verscheuchte den aufgewirbelten Staub mit seiner freien Hand und ging hinein. Sein Blick fiel sogleich auf die Milchkannen in der rechten Ecke. Aufgeregt stellte er den Petroleumbrenner neben sich und begann, zu suchen. Er warf die leeren Kannen beiseite, die wie eine Mauer in Reih und Glied vor ihm standen, der Staub verklebte ihm dabei die Wimpern und legte sich als brennender Film über seine Augen. Er nahm die Lampe in die Hand und leuchtete damit die Umgebung aus.

„Die Kiste!", dachte er, als er ganz hinten in der Ecke ein kleines Holzkästchen erblickte.

Das Herz pochte ihm bis zum Hals, als Quirin den Deckel öffnete und hineinsah. Er griff vorsichtig und mit zittriger Hand nach einem Stoffballen. Quirin schluckte. Ganz langsam wickelte er die Tücher auseinander, bis er schließlich, nach mehreren Lagen, einen glasartigen, etwa walnussgroßen tiefblauen Stein vor sich hatte. Erstaunt riss der Junge seine Augen weit auf und musterte ihn ausgiebig. Auf der Stelle kam Quirin die leuchtende Fremde, welche ihm wenig zuvor in seinen Gedanken erschienen war, wieder in den Sinn. Sie hatte genau diesen Stein in ihrer Hand gehalten, da war er sich absolut sicher. Quirin sah den gläsernen Stein intensiv an. Beinahe unwirklich schön fing dieser das Licht der Lampe ein und funkelte zärtlich vor seinen Augen. Für einen kurzen Moment wurde Quirin ganz ruhig, er spürte keine Schmerzen mehr, fühlte sich sicher und geborgen, und jegliche Furcht schien verflogen zu sein. Umso mehr erschrak er, als er von unten seine Stiefmutter mit wütender und schmerzverzerrter Stimme seinen Namen brüllen hörte. Hastig wickelte er den Stein in die Tücher, nahm die Petroleumlampe und eilte zur Deckentür des Dachbodens, rannte die Treppe hinunter und blieb auf der letzten Stufe stehen. Keuchend sah er seine Stiefmutter an, die noch immer auf dem Boden lag, keine sechs Schritte von ihm entfernt. Wütend drehte sie ihren Kopf in seine Richtung und schrie ihn an. Plötzlich erkannte sie, was er in seiner linken Hand hielt. Erschrocken verstummte sie. Mit sehr langsamen, kleinen Schritten ging Quirin auf sie zu und ließ sie dabei keine Sekunde aus den Augen. Sein Herz raste.

„Wie hast du dieses Ding gefunden?", flüsterte sie mit ängstlicher und zugleich hassgetränkter Stimme. Das blanke Entsetzen war ihr überdeutlich ins Gesicht geschrieben. Immer wieder wimmerte sie den Satz vor sich hin, Quirin ging unterdessen näher und näher an sie heran. Voller Angst und Abscheu wiederholte sie ständig ihre Worte, bis sie ihn schließlich anbrüllte: „Ich verfluche dich und deine Hexenmutter bis in alle Ewigkeit! Du Teufel! Du Satan!"

Unentwegt schrie sie Quirin an, dicke Tränen rannen dabei über ihr rundes Gesicht. Quirins Hals schnürte sich zu, tief drangen ihre Worte zu ihm durch und fraßen sich in seinen Kopf. Ein gewaltiger Donnerschlag schallte kurz darauf durch das gesamte Bauernhaus. Kilometerlange Blitze durchschnitten die Landschaft, und der Wind jagte mit gewaltiger Wucht über das Land hinweg. Quirin umklammerte mit festem Griff den Stoffballen und begann, zu laufen. Er rannte an seiner schreienden Stiefmutter vorbei und polterte die Treppe hinunter, schlug unten die Küchentür auf und packte entschlossen das Leinentuch, in das er seine Vorräte gewickelt hatte. Er stopfte hastig den eingewickelten Stein in seine Hosentasche und stolperte aus der Küche. Panisch warf er sich seine Filzjacke über, riss die Haustür auf und rannte, begleitet von den Schreien und Verwünschungen seiner Stiefmutter, in die Nacht hinaus.

Er lief so schnell, wie es seine pochenden Wunden zuließen, der Regen preschte ihm dabei unbarmherzig ins Gesicht und vermischte sich in Sekunden mit seinen Tränen. So rannte Quirin über die Felder, unentwegt und ohne Pause, ohne ein einziges Mal hinter sich zu blicken. Und er hörte erst auf, zu rennen, als er den nahe gelegenen Wald erreichte.

Kaum dort angekommen, brach er zusammen und blieb liegen. Der Waldboden bettete ihn nicht gerade fürstlich, sein Gesicht und seine Hände wurden unbarmherzig von Tannen- und Fichtennadeln, kleinen harten Ästen und Steinen zerkratzt. Quirin spürte es nicht. Er weinte aus voller Kehle. Das Gewitter spielte unterdessen all seine Trümpfe aus, es entsandte ununterbrochen Blitze und Donnerschläge und jagte sie zusammen mit viel Regen über das Land. Das dichte Baumkronendach des Waldes konnte nur wenig gegen die Wolkenbrüche ausrichten. Quirin lag klitschnass am Boden und kauerte sich zusammen. Langsam fand er wieder zu sich. Das hemmungslose Weinen ging in ein kaum zu vernehmendes Wimmern über, und schließlich lag er regungslos auf dem Waldboden, der Regen umspülte ihn dabei mit kaltem Wasser und brachte ihn zum Frieren.

Nach einer gefühlten Ewigkeit richtete er sich auf und krabbelte auf allen vieren zu einem der großen Baumstämme, die sich in seiner Nähe befanden. Er lehnte sich an, kuschelte sich in seine nasse Jacke und vergrub seine eisigen Hände tief in seinen Hosentaschen. Seine rechten Finger ertasteten dabei plötzlich wieder den Stoff, in den er den Stein gewickelt hatte. Er zog ihn aus der Tasche und begann ganz vorsichtig, die Stoffhüllen abzustreifen. Beim Anblick des Steines war er verblüfft, denn er konnte ihn trotz der Dunkelheit ganz genau sehen, ja mehr noch sogar: Quirin sah, wie der Stein, sehr dezent und fast unmerklich, aber dennoch unübersehbar deutlich, in einem subtilen Blau ein klein wenig zu leuchten begann. Eine unbeschreibliche Zärtlichkeit ging von diesem Licht aus, es spiegelte sich in seinen Augen wieder und erleuchtete behutsam und gütig sein Gesicht.

Quirin spürte, wie neue Kraft in ihm aufkeimte. Mit einem Mal konnte er wieder Mut fassen, er hörte auf, zu zittern, und hatte keine Angst mehr. Er streichelte mit seinem Zeigefinger über die glatte Oberfläche des Steins und lächelte dabei, und als er ihn mit seiner rechten Hand schließlich fest umschloss, richtete er zum ersten Mal seinen Blick wieder auf.

„Ich muss zu Merthin", dachte er sich.

Er rastete noch einen Augenblick, wickelte dann behutsam den Stein wieder in seine Tücher, steckte ihn in die Brusttasche und machte sich auf, inmitten der Nacht und begleitet von Regen, Blitz und Donner. Er lief und lief und erreichte schließlich Merthins Waldhütte.

Kapitel 3

Am nächsten Morgen hatte sich das Wetter beruhigt. Ein dezenter Nebel lag über dem nassen Waldboden, als sich die ersten Sonnenstrahlen ihren Weg durch das Unterholz bahnten und vorsichtig durch die Fenster des kleinen Häuschens spitzelten. Quirin hatte sich tief in seine Wolldecke eingekuschelt, denn es war über Nacht recht kühl in der Hütte geworden. Das warme Sonnenlicht fiel direkt auf sein Gesicht und weckte ihn behutsam auf. Als er sich mit verschlafenem Blick umsah, bemerkte er, dass er allein war. Verwundert und müde blickte er auf das leere Bett in der linken Ecke des Raumes, in das sich Merthin gestern Nacht noch gelegt hatte. Quirin richtete sich vorsichtig auf, noch immer schmerzten seine Wunden bei jeder Bewegung unerträglich. Als der Junge behutsam seinen Rücken abtastete, spürte er plötzlich wieder seinen Stein in der rechten Hand, er musste ihn wohl die ganze Nacht festgehalten haben. Er betrachtete ihn ausgiebig. In der heller werdenden Morgensonne, die das Häuschen von Minute zu Minute immer mehr durchflutete, war kein Leuchten oder Strahlen des Steins zu sehen, und dennoch ging von ihm eine unbeschreibliche Anmut und Schönheit aus, die Quirin sehr ruhig werden ließ und ihn zum Lächeln brachte.

Unablässig schaute er sich seinen Stein an und streichelte ihn immer wieder vorsichtig mit den Fingern, und wahrscheinlich wäre das den ganzen Vormittag so weitergegangen, wenn nicht plötzlich die Holztür aufgestoßen worden wäre.

Erschrocken blickte Quirin nach vorne und ließ den Stein reflexartig unter seiner Wolldecke verschwinden.

„So, mein lieber Freund", begann Merthin mit lauter Stimme zu sprechen, „ich würde mal sagen, nach dieser nervenaufreibenden Nacht haben wir uns jetzt erst mal ein ordentliches Frühstück verdient!"

Er stellte einen großen geflochtenen Korb mit allerlei Leckereien auf den Tisch und zog sich seine Sommerjacke aus, warf sie auf sein Bett und blickte zu Quirin. Dieser lächelte ihn erleichtert an.

„Na los, komm, setz dich. Es hilft garantiert keinem, wenn du verhungerst. Bist eh so dünn, da muss man ja schon Angst haben, dass du bei der kleinsten Bewegung abbrichst!", meinte Merthin und zeigte dabei mit seinem Zeigefinger auf einen der beiden Holzstühle, die am Tisch standen.

„Na, die Angst brauchen wir bei dir aber nicht zu haben", erwiderte Quirin mit einem kleinen Lächeln.

„Ja ja, ich hab's verstanden, aber du wirst schon noch sehen, das verwächst sich alles", sagte Merthin und klopfte dabei auf seinen kleinen Bauch. „Außerdem bin ich schließlich auch älter als du, und da braucht man schon ein paar Reserven."

Quirin lachte. Merthin war wirklich ein echter Freund, hatte er doch ein wahrlich üppiges Mahl mitgebracht: Frisches Roggenbrot tischte er auf, dazu für jeden eine große Tasse dicksaure Milch und etwas Butter, außerdem stellte er eine Schüssel mit einem kleinen Rest Gerstengrütze auf den Tisch.

„Hast du die Sachen etwa aus der Küche deines Onkels gestohlen?", fragte Quirin mit großen Augen.

„Nein, nein. Tante Gerthe hat sie mir heimlich in die Hand gedrückt, während mein Onkel noch mit der Stallarbeit beschäftigt war. Gott sei Dank hat er nichts davon bemerkt", antwortete Merthin mit einem Augenzwinkern.

Quirin lächelte ein wenig gequält. Er wusste genau, dass sich Merthin mit seinem Onkel nicht verstand. Kaum ein Tag verging, an welchem sie sich nicht in die Haare bekamen. Deshalb verbrachte Merthin auch jede freie Minute in seinem kleinen Waldhäuschen, das zum Hof seines Onkels gehörte, um dessen Wutausbrüchen aus dem Weg gehen zu können. Quirin hatte sich oft gefragt, warum dieser Onkel Merthin so verabscheute, schließlich konnte sein Freund doch ganz gewiss nichts dafür, dass er ein Waisenjunge war. Gott sei Dank hatte er wenigstens eine mitfühlende, gütige Tante, die ihn schon beinahe mütterlich umsorgte.

„Komm, setz dich, ich habe einen Bärenhunger!", meinte Merthin und griff nach seinem Taschenmesser, um sogleich dicke Scheiben vom Laib zu schneiden.

Quirin merkte erst jetzt, wie hungrig er war. Heimlich steckte er den Stein in seine Hosentasche, legte schnell seine Decke zusammen, warf sich sein Hemd über und setzte sich an den Tisch. Beide ließen sie sich das Mahl schmecken und sahen sich dabei immer wieder grinsend an.

„Also, ich muss ja schon sagen, du hast mir gestern Nacht einen ordentlichen Schreck eingejagt, als du bei Wind und Wetter mitten in der stockfinsteren Nacht an meine Tür geklopft hast!", meinte Merthin und nahm dabei einen kräftigen Schluck Milch. „Das war schon wirklich sehr angsteinflößend. Man weiß doch schließlich nie, wer sich draußen alles so herumtreibt."

„Du weißt, dass ich das alles andere als freiwillig gemacht habe", erwiderte Quirin und sah dabei ins Leere. „Alles andere als das", fügte er noch flüsternd hinzu und spürte plötzlich wieder einen schmerzenden Kloß in seinem Hals.

Merthin blickte ihn prüfend an und sprach zu ihm mit sehr ruhiger und zurückhaltender Stimme.

„Ich denke, du weißt, dass ich dich nicht ausfragen will über Dinge, die dir zweifelsohne Kummer bereiten. Ich will nicht in deinen Wunden stochern, das macht man nicht. Aber wenn du …"

Quirin unterbrach ihn mit einem tiefen Seufzer. „Ich bin doch so froh", sagte er leise, „dass ich mit dir darüber sprechen kann. Aber gestern Abend war ich einfach …"

Seine Stimme wurde immer dünner, das Wasser schoss ihm ungewollt und dennoch überdeutlich in die Augen. Quirin hielt sich die Hände vors Gesicht, aber nur kurz, um sodann nochmals tief Luft zu holen. Er presste seine vollen Lippen zusammen, nahm sich noch einen kleinen Moment, um wieder ruhig zu werden, und begann dann, Merthin zu erzählen, was genau passiert war. Alles erzählte er ihm, so genau und ausführlich er konnte. Und auch, wenn er immer wieder Luft holen musste und in regelmäßigen Abständen seine Stimme keinen Hehl aus seinen Gefühlen machte, merkte er doch, wie gut es ihm tat, über das Geschehene zu sprechen.

Merthin hörte ihm aufmerksam zu.

Schließlich saßen sie sich schweigend gegenüber, und beide konnten nicht glauben, was passiert war, Merthin nicht und Quirin erst recht nicht. Erst nach vielen Minuten brach Merthin das Schweigen. Er wusste erst nicht, was er sagen sollte, denn in ihm machte sich eine sehr unangenehme Mischung aus Mitleid, Wut und Ungläubigkeit breit.

„Also Quirin", begann er schließlich, „ich verstehe das alles einfach nicht. Ich meine, dass deine Stiefmutter zu vielem fähig ist, habe ich selbst oft genug miterlebt, aber das andere …, das, was dein Vater in seinem Brief an dich geschrieben hat, das kann ich einfach nicht glauben." Seine Worte stockten. Beide sahen mit hängendem Kopf auf die Tischplatte. Wieder vergingen Minuten, ohne dass ein einziges Wort fiel. Schließlich fuhr Merthin mit vorsichtigen, behutsamen Worten fort. „Ich meine, Quirin, du weißt, dass ich nichts auf das Dorfgerede über dich und deinen Vater gebe. Aber viele sind der Meinung, dass dein Vater, nach dem Tod deiner Mutter, den Verstand verloren hatte. Manche behaupten sogar, er habe sich einen Strick genommen und konnte es nicht zu Ende bringen, das Aufhängen. Und deshalb, so glauben einige, sah auch sein Hals so vernarbt und abgeschnürt aus." Betreten sah Merthin zur Seite und wagte es nicht, Quirin in die Augen zu sehen. Nervös rutschte er auf seinem Stuhl hin und her und sprach schließlich weiter: „Ich meine, Quirin, vielleicht stimmt das Dorfgerede ja doch. Wer soll dich denn umbringen wollen und vor allem, warum? Das ergibt doch überhaupt keinen Sinn. Vielleicht war dein Vater nicht mehr bei Verstand, als er den Brief schrieb."

Quirin sah Merthin wütend an.

„Du glaubst also auch dem Geschwätz der Leute!", giftete Quirin ihn entschlossen an.

„Nein, ich meine, ja, ich meine, ach, ich weiß es doch auch nicht!", erwiderte Merthin verunsichert und sah beschämt zu Boden. „Ich meine ja nur, dass der Brief für mich keinen Sinn ergibt. Das Geschwätz der Leute kann ich leichter verstehen. Ich meine, wir wissen beide, dass er deine Mutter sehr geliebt hat, er hat es dir selbst zu Lebzeiten oft genug gesagt. Naja, und als sie bei deiner Geburt gestorben ist, da …"

„Da wollte er sich aufhängen und hat es nicht zu Ende gebracht, das willst du doch sagen! Das wollen doch alle sagen! Aber es stimmt nicht, das weiß ich, ich kenne meinen Vater. Er wollte sich nicht umbringen!", schrie Quirin entschlossen und schlug auf den Holztisch.

Merthin sah ihn entsetzt an. Keuchend saß Quirin vor ihm, sein hageres Gesicht zitterte. Eine lange, unangenehme Schweigepause verstrich, ehe der Jüngere sich langsam wieder beruhigte.

„Entschuldige", flüsterte Quirin und blickte betreten zu Boden.

Merthin nahm die Hand des Freundes und nickte ihm zu, ein kaum merkliches Lächeln huschte dabei über das runde Gesicht des Jungen. Nach einer Weile bat Merthin schließlich darum, den Stein sehen zu dürfen. Quirin nickte und holte ihn langsam aus seiner Hosentasche hervor. Er legte ihn auf die Mitte des Tisches und sah Merthin an. Dieser riss die Augen auf und war sprachlos. Mit durchdringenden Blicken fokussierte er den Stein, minutenlang, als gäbe es nichts anderes auf dem Tisch zu sehen. Dann streckte er vorsichtig seine rechte Hand aus, hielt daraufhin inne und blickte Quirin mit fragendem Blick an. Quirin verstand sofort und nickte. Ganz vorsichtig nahm Merthin den Stein in die Hand, drehte und wendete ihn, berührte ihn und ließ ihn nicht eine Sekunde aus den Augen. Schließlich sah er Quirin an. Ihre beiden Gesichter sprachen Bände, und als ob dies nicht alles schon aufregend genug gewesen wäre, sagte der Ältere anschließend etwas, womit Quirin im Leben nicht gerechnet hätte. Vorsichtig legte Merthin den Stein ganz behutsam wieder auf die Tischplatte und sagte dabei leise: „Ich kenne diesen Stein."

Kapitel 4

Seit Stunden gingen die beiden Jungen nun schon über Stock und Stein, liefen über abgelegene Trampelpfade quer durch den Wald und ließen sich vom dichten Unterholz ihre Waden zerkratzen. Merthin hatte immer wieder versucht, Quirin zu einer Pause zu überreden, hatte ihm mindestens hundertmal klargemacht, wie weit es noch sei und dass ihm seine Füße weh täten, doch dieser ließ sich nicht beirren. Obgleich Quirin noch immer starke Wundschmerzen plagten, hetzte er seinen Freund förmlich vor sich her und biss dabei energisch seine Zähne zusammen. Der Gedanke daran, dass er vielleicht etwas über den Stein und damit auch über die seltsamen Halsnarben seines Vaters und das Leben seiner Mutter erfahren könnte, trieb Quirin unermüdlich voran. Entschlossen forderte er Merthin immer wieder auf, er solle ihn so schnell wie möglich zu ihr bringen.

„Ich bin mir gar nicht mehr sicher, ob wir hier richtig sind, es ist Ewigkeiten her, dass ich dort war. Wie soll sich auch ein Mensch diesen Weg merken, so weit im tiefen Wald, verdammt nochmal!", jammerte Merthin und sah dabei Quirin vorwurfsvoll an.

„Dann versuch, dich zu erinnern!", giftete dieser zurück und ließ dabei den Weg nicht eine Sekunde aus den Augen.

Bei jedem Schritt spürte Quirin den Stoffballen in seiner rechten Hosentasche.

„Ich verstehe dich ja, Quirin, dass du unbedingt mit ihr sprechen willst, aber es ist einfach … ach … ich weiß auch nicht, es ist einfach alles so verrückt", keuchte Merthin. „Ich kann einfach nicht begreifen, was passiert ist."

Merthin schnaufte hektisch und wischte sich den Schweiß aus seinem roten Gesicht.

„Ich verstehe es doch auch nicht, aber genau deswegen muss ich ja zu ihr", erwiderte Quirin.

Immer wieder führten sie ähnliche Gespräche und wussten beim besten Willen nicht, wie sie mit all den Ereignissen, die wie ein Sturm über sie hinwegfegten und alles durcheinanderbrachten, nun umgehen sollten.

Und dann endlich, nach langen, zermürbenden Stunden, blieb Merthin plötzlich stehen, sah mit ernstem Blick nach vorne und sagte: „Wir sind da."

„Bist du sicher?", fragte Quirin erschöpft.

Merthin nickte und hielt den Zeigefinger vor seine Lippen.

„Wir sollten ab jetzt leiser sein", flüsterte er und schaute Quirin mahnend an. „Ich habe sie nur ein paarmal getroffen und kenne sie kaum, aber so viel kann ich dir sagen: Sie ist mir nicht geheuer, keine Ahnung, wer sie ist und was sie so alles treibt. Wir sollten lieber vorsichtig sein."

Quirin schluckte. Er spürte, wie ihm der Schweiß über den Hals lief und ganz langsam sein kratziges Leinenhemd klamm werden ließ.

„Lass lieber mich vorausgehen, mich kennt sie schon", sprach Merthin mit gedämpfter Stimme.

Schritt für Schritt schlichen sie leicht geduckt durch das knisternde Unterholz, immer weiter und weiter, bis sie schließlich etwas mehr als einen Steinwurf entfernt vor einem sehr heruntergekommenen, windschiefen Häuschen inmitten des Waldes stehen blieben.

Merthin blickte sich um. „Sie ist da", flüsterte er zu Quirin, stieß ihm dabei in die Rippen und zeigte mit seinem Finger auf den qualmenden Kamin. Ängstlich blickten sie sich an. „Also", flüsterte Merthin, „nochmal gehe ich nicht hierher, deshalb muss es jetzt geschehen! Bleib dicht hinter mir."

Aufgeregt musterte Merthin die Umgebung, wischte sich hektisch den Schweiß von der Stirn und begann dann schließlich in kleinen Schritten, in Richtung Hütte zu schleichen. Quirin folgte ihm mit wachsweichen Beinen, seine Hände zitterten. Der Untergrund antwortete auf jede ihrer Bewegungen mit verräterischem Knistern und Knacken, was die beiden Jungen noch nervöser machte.

Quirins Herz raste. Mit einem Mal standen sie direkt vor der Hütte. Merthin, mittlerweile klitschnass am Rücken, zögerte einen Moment, atmete dann tief durch und drehte sich um. Er schaute Quirin an und nickte ihm zu. Dieser nickte fast unmerklich zurück, und es war gut, dass sie leise sein mussten, denn er hätte vor Aufregung nicht ein einziges Wort sagen können. Merthin ging die letzten Meter zur Tür, blieb schließlich auf einem hölzernen Vorsprung stehen und hob seine Hand, um anzuklopfen. Doch soweit kam er gar nicht.

Plötzlich schlug die Tür auf, knapp an seinem Kopf vorbei, und noch bevor er überhaupt reagieren konnte, flogen ihm schon die Kartoffelschalen ins Gesicht. Eine alte Frau polterte aus dem Haus heraus.

„Ihr Nichtsnutze, ihr Taugenichtse, was fällt euch ein? Verschwindet, schert euch zum Teufel, macht, dass ihr hier wegkommt! Sich einfach anzuschleichen! Haut ab, verschwindet!", fing sie an, mit krächzender Stimme zu schreien, und bewarf Merthin dabei unablässig mit Küchenabfällen. „Was wollt ihr hier, verschwindet! Dachtet ihr wohl, ein altes Weib hört euch nicht mehr, oder was? Aber nicht mit mir, ihr Grünschnäbel! Weg mit euch, haut ab, haut ab!", wetterte sie weiter und begann nun auch, nach Quirin zu werfen.

„Hör auf, hör auf, wir wollen dir nichts Böses!", rief Merthin und hielt sich dabei die Hände vors Gesicht. Die Kartoffelschalen verfingen sich in seinem lockigen Haar und klebten unter seinem Hemd auf der nass geschwitzten Haut. „Hör auf, bitte, du musst uns helfen!", brüllte er weiter.

Plötzlich rutschte er aus und fiel mit dem Rücken auf den Boden. Sofort kam sie angelaufen und schlug mit einem Reisigbesen nach ihm, Merthin versuchte, auszuweichen und packte schließlich nach einigen Schlägen das andere Ende des Besens und hielt es fest. Sie brüllten sich gegenseitig an, denn nun war auch Merthin in Rage. Eine wüste Beschimpfung folgte der nächsten, ihre Köpfe wurden dabei langsam rot.

Plötzlich schrie Quirin laut auf. Merthin und die alte Frau sahen ihn erschrocken an. Quirin, zuerst wie gelähmt von all dem Tumult, stand vor ihnen und zitterte am ganzen Körper, die Hände zu Fäusten geballt. Er hatte derart laut geschrien, dass man es im Wald nachhallen hörte. Mit hochrotem Kopf stand er vor ihnen, rang aufgebracht nach Atem und fiel schließlich auf die Knie. Die alte Frau blickte ihn fassungslos an.

„Bitte", fing er an, zu wimmern, „bitte, du musst mir helfen!"

Die Frau ließ von Merthin ab und ging einen Schritt von ihm weg, auch sie rang nach Luft.

„Wobei?", fragte sie misstrauisch, atmete dabei hektisch und wischte sich den Schweiß an ihrem Ärmel ab.

Merthin stand ganz langsam vom Boden auf, schaute die Frau dabei unablässig an und hob seine Hände in die Höhe, die Alte wich zurück und hielt ihm ihren Besen entgegen. Quirin kniete noch immer. Tränen rannen über sein mageres Gesicht und vereinigten sich an seiner Nasenspitze, wo sie in großen Tropfen zu Boden fielen.

„Zeig ihn ihr", wandte sich Merthin aufgeregt an Quirin.

Nervös blickte die alte Frau die beiden an. Quirin schloss seine Augen, versuchte, sich zu beruhigen, und griff schließlich vorsichtig in seine Hosentasche.

Das Weib verfinsterte ihren Blick. „Was hast du da, was ist das?", fragte sie energisch.

Quirin blickte sie aufgelöst an. Dann wickelte er seinen Stein aus den Stofftüchern und hielt ihn ihr vors Gesicht.

Sie riss die Augen auf, ließ den Besen fallen und ging schnellen Schrittes auf ihn zu. Wie besessen starrte sie Quirins Stein an, blickte dabei nicht nach links und nicht nach rechts, als wollte sie ihren Augen nicht trauen. Erst nach einigen Momenten kam sie wieder zu sich und sah Quirin an.

„Woher hast du diesen Stein?", fragte sie mit mahnenden Worten, musterte Quirin von oben bis unten und sah auch Merthin mit prüfendem Blick an.

Aufgebracht griff sie sich unter ihre Leinenbluse und zog an ihrer Halskette. Lange hielt sie diese umschlossen, ehe sie ihre faltige Hand wieder unter ihrem Gewand hervorholte. Als ob sie in diesem Moment gespürt hätte, dass es die beiden ehrlich mit ihr meinten, reichte sie Quirin die Hand und half ihm hoch. Schließlich fuhr sie fort: „Ich denke, es ist am besten, wenn ihr erst einmal hereinkommt."

Am späten Nachmittag wurde die Sonne mehr und mehr von dichten Wolken verdeckt. Merthin und Quirin saßen auf einer schmalen Holzbank und beobachteten die alte Frau, wie sie aus allerhand Gemüse und Kräutern eine Suppe kochte. Emsig hobelte sie Kartoffelstücke in den Topf, ihr abgetragener, schmutziger Rock wippte dabei hin und her. Von Zeit zu Zeit strich sie sich mit ihren rauen Fingern ihr graues Haar aus dem Gesicht, so lange, bis es ihr zu dumm wurde und sie sich ein Kopftuch nahm.

Das Feuer des Herdes gab ein beruhigendes Knistern von sich, und aus dem brodelnden Topf stieg ein wohlriechender Dampf auf, der sich im ganzen Raum ausbreitete. Der schmackhafte Duft verlieh der Stube eine gewisse Behaglichkeit, was auch bitter nötig war. Dunkel war es hier, der Holzboden uneben und abgelaufen, die ursprünglich weiß gestrichenen Wände von Ruß verfärbt. Zwei sehr kleine Fenster, mit schmutzigen Gardinen davor, ließen nur wenig Tageslicht herein. Wohin die beiden Burschen auch blickten, überall sahen sie Regale voll von Glas- und Tongefäßen mit unterschiedlichsten Inhalten, auch der kleine Tisch links hinten in der Ecke war vollgestellt. An einigen Stellen im Raum hingen getrocknete Pflanzenbüschel von der Decke.

Eine Zutat nach der anderen warf das alte Weib in ihren Kochtopf, schmeckte dabei das Ganze immer wieder mithilfe eines angelaufenen Silberlöffels ab und murmelte unverständliche Wörter vor sich hin.

Merthin und Quirin sahen sich unsicher an. Nur etwa vier, fünf Meter saßen sie von ihr entfernt und waren dennoch beide nicht imstande, ihr Geflüster zu verstehen. Plötzlich stieß Quirin seinen Freund in die Rippen. Ängstlich deutete er mit den Augen auf eine sehr große Katze, die unter dem Esstisch auf einem Teppich schlief und entspannt die Pfoten von sich streckte. So einen großen Kater hatten sie noch nie gesehen, war er doch gut doppelt so groß wie eine gewöhnliche Hauskatze. Die spitzen Pinselohren des Tieres zuckten ab und an mit dem Knistern des Feuers, doch sonst lag die Katze völlig ruhig und gelassen auf ihrem Platz und bewegte in langsamen Schlägen ihren kurzen Schwanz auf und ab.

„Vor Rakin braucht ihr keine Angst zu haben, er ist an Menschen gewöhnt", begann die alte Frau schließlich mit deutlichen Worten zu sprechen. „Ein Luchs, versteht ihr?", fuhr sie fort und sah die beiden Knaben mit ihrem prüfenden Blick an. Quirin und Merthin schluckten und nickten schnell. „Hab ihn im Wald gefunden, da war er noch ganz klein, ein Jungtier sozusagen", meinte sie und kratzte sich ihren faltigen Hals. „Wahrscheinlich ist seine Mutter umgekommen, da hab ich beschlossen, ihn bei mir aufzuziehen, sonst wäre er gestorben … sicherlich."

Sie ging zum Tisch, beugte sich langsam nach unten und streichelte dem Luchs über sein langhaariges, gemustertes Fell. Daraufhin streckte Rakin seine riesigen Pranken von sich und schmiegte sich genüsslich an seinen Teppich.

Ächzend erhob sich die alte Frau wieder und hielt sich dabei das Kreuz. Nun, da sie sich in ihrer Stube so zäh und behäbig bewegte, musste man sich schon sehr wundern, wie sie noch eben zuvor zwei jungen, kerngesunden Burschen mit solch einer Vehemenz entgegentreten hatte können. Sie rührte nochmals schwungvoll in ihrem Topf herum, legte einen Deckel darüber und setzte sich schließlich erschöpft auf einen Schemel, der neben dem Herd stand. Mit einem fleckigen Taschentuch tupfte sie sich den Schweiß von der Stirn, atmete lautstark ein und aus und blickte dann zu den beiden Burschen hinüber.

„Ich bin übrigens Ronda. Ihr müsst es mir nachsehen, dass ich auf diesen Schock erst einmal was kochen musste. Da kann ich einfach am besten meine Gedanken sortieren und mich beruhigen, und essen müssen wir ja schließlich auch etwas, oder nicht?", sprach sie mit alter, heiserer und dunkler Stimme. Die beiden nickten und sahen sie mit großen Augen an. „Mich einfach so zu überfallen, und dann auch noch so heimlich und hinterhältig, das war wahrlich nicht nett!", giftete sie die Jungen an, die verängstigt zur Seite blickten. „Wie seid ihr eigentlich darauf gekommen, dass ausgerechnet ich euch sagen kann, was es mit seinem Stein auf sich hat?", fuhr sie mit strenger Stimme fort und deutete mit ihrem Blick auf Quirin.

Schweigen breitete sich aus. Erst nach einigen Momenten und einem Rippenstoß von Quirin antwortete Merthin.

„Ich habe dich einige Male durch die Gegend streifen sehen, hab dich beim Sammeln wilder Kräuter und Pflanzen beobachtet", begann er, zu stottern, und bemerkte dabei ihren finsteren Blick. „Ohne Absicht, versteht sich, ich lebe schließlich auch die meiste Zeit im Wald, in einer kleinen Hütte, die einst meinem Vater gehörte, und in der ich …"

„Komm endlich zur Sache, Junge!", unterbrach ihn Ronda mit mahnender Stimme.

Merthin schluckte und begann, stark zu schwitzen. Er stammelte vor sich hin, doch sogleich fiel sie ihm erneut ins Wort. „Ich weiß, was du gesehen hast", sprach sie leise. Die beiden schluckten. „Du hast meinen Stein gesehen, nicht wahr?", flüsterte sie und schaute Merthin prüfend in die Augen.

Die beiden blickten sie voller Furcht an. Inzwischen war es immer dunkler geworden, die Sonne war schon fast untergegangen. Das Feuer im Herd spitzelte durch die Eisenringe der Kochplatten hindurch und gab ein klein wenig Licht von sich. Ronda musterte die Jungen lange, dann stand sie auf, ging zu einem kleinen Wandschrank, holte eine alte Petroleumlampe heraus und stellte sie auf den Esstisch, wo sie sie anzündete. Die Knaben wussten nicht, was sie sagen sollten. Eingeschüchtert saßen sie auf ihrer Bank und schwiegen. Ronda zog den Topf vom Herd, rieb sich ihre Hände an ihrer Leinenschürze ab und sagte: „Setzt euch zum Essen, dann will ich euch meine Geschichte erzählen."

Quirin stieß Merthin an und nickte mit seinen Kopf in Richtung Tisch. „Komm, sonst war alles umsonst", flüsterte er ihm sehr leise zu.

Merthin sah ängstlich auf den schlafenden Luchs.

„Er wird euch nichts tun, keine Angst, er spürt, ob man ihm Böses will oder nicht, genauso, wie ich das tue", meinte Ronda, und zum ersten Mal wurde ihre Stimme von etwas Freundlichkeit begleitet.

Nach kurzem Zögern setzten sich die beiden ans andere Ende des Tisches, darauf bedacht, Rakin nicht zu nahe zu kommen. Ronda zog sich ihre schmutzige Filzjacke aus, reichte den Jungen zwei Suppenteller sowie angelaufene Silberlöffel und stellte dann den Suppentopf auf den Tisch. Als sie sich vorbeugte, bemerkten die beiden Rondas Halsschmuck, der nun unter ihrem Gewand hervorgerutscht war.

Quirin traute seinen Augen nicht. Am Ende einer sehr dünnen, silbrig glänzenden Kette hing ein Stein, der exakt so aussah wie sein eigener. Reflexartig griff er sich in die Hosentasche und war für einen Bruchteil einer Sekunde erleichtert, als er ihn ertasten konnte.

„Das ist mein eigener, Jungchen!", ermahnte Ronda Quirin.

Sie hatte ihn sofort durchschaut. Langsam setzte sie sich ihnen gegenüber, versteckte ihre Kette wieder unter ihrer Leinenbluse und faltete sodann ihre Hände vor ihrem Gesicht. Sie starrte auf den Holztisch und hielt einen Moment inne, sicherlich nur kurz, doch für Quirin war es beinahe unerträglich lange. Dann richtete sie ihren Blick wieder auf, sah die beiden mit ihren tiefblauen Augen musternd an und sagte schließlich: „Ihr braucht keine Angst zu haben. Jedenfalls nicht vor mir."

Draußen war es Nacht geworden. Dunkelheit hüllte den Wald ein, und all die wunderschönen Farben der Pflanzen, Sträucher und Bäume wurden in leblose Grautöne verwandelt. Kaum etwas war draußen noch zu erkennen, der mondlose Sternenhimmel spendete nur wenig Licht und tauchte den Wald in tiefe Finsternis. Das Rufen eines Kauzes war in der Ferne zu vernehmen, und ab und an raschelte etwas im Unterholz. Quirin war unruhig. Tausend Gedanken schwirrten in seinem Kopf herum, sie jagten einander und formierten sich zu immer neuen Fragen, auf die er beim besten Willen keine Antwort wusste.

„Vor wem oder was sollten wir denn dann Angst haben? Was meinst du denn damit, Ronda?", fragte Merthin das alte Weib schließlich mit nervöser Stimme und brach damit das Schweigen. Hektisch spielte er mit seinem Suppenlöffel und sah Ronda verängstigt an, seine pausbäckigen Wangen erschienen dabei viel blasser als sonst.

Sie blieb ihm die Antwort schuldig. Stattdessen begann sie damit, die Suppe in die Teller zu gießen, nickte den Jungen zu und begann zu essen.

„Wie seid ihr zu dem Stein gekommen? Ich muss es unbedingt wissen", erwiderte sie schließlich nach einigen Momenten und schaute die Burschen mit finsterem Blick an.

Etwas unruhig rührte sie dabei in ihrem Suppenteller herum, nahm ab und an einen Löffel davon und wischte sich nach jedem Schluck ihre rissigen Lippen an ihrem Ärmel ab.

„Also, naja, ich habe …", begann Quirin mit einem dicken Kloß im Hals zu sprechen, „… ich meine, im Grunde genommen, habe ich selbst keine Ahnung, was es mit dem Stein auf sich hat. Deshalb hoffen wir ja auch, dass du uns helfen kannst. Ich habe den Stein im Haus meiner Eltern auf dem Dachboden gefunden, hab ihn eingepackt und dann …"

Quirin stockte. Angestrengt würgte er seine Spucke hinunter, sein Mund war ganz trocken. Ronda schaute in prüfend an. In der dunklen Stube waren ihre tiefblauen Augen deutlich auszumachen, sie leuchteten geradezu aus ihrem fahlen Gesicht heraus. Quirin, zu mitgenommen von seinen Gedanken, die ihm erneut die letzten Tage und Wochen nur allzu schmerzlich ins Gedächtnis riefen, senkte seinen Kopf und schwieg. Merthin musste ihn nicht anschauen, um zu wissen, was er gerade durchmachte. Schließlich übernahm der Ältere das Wort, erwähnte kurz Quirins Herkunft, seine Stiefmutter und seinen verstorbenen Vater. Nervös kratzte er sich währenddessen seinen dicken Hals und rutschte unruhig auf der Sitzbank hin und her.

Ronda hörte aufmerksam zu, nicht ein einziges Wort schien ihr zu entgehen. Sie blieb ruhig, bis zu jenem Moment, da Merthin ihr von dem Brief erzählte. Erschrocken riss sie ihre Augen auf. Merthin erschrak ebenfalls und schaute sie verängstigt an.

Schweigen breitete sich aus, es umfing sie wie ein Netz, das immer enger wurde. Plötzlich schob Ronda den Teller energisch von sich, hielt sich die Hände vor ihr Gesicht und schnaufte angestrengt ein und aus. Die Burschen fühlten sich immer unwohler. Es ängstigte sie sehr, das Ronda, zuvor noch überlegen und souverän, mit einem Mal auf die beiden einen aufgewühlten und nervösen Eindruck machte. Quirin umklammerte seinen Stein mit fester Faust in seiner Hosentasche und blickte unsicher zu dem alten Weib hinüber. Mehrfach schaute sie sich misstrauisch um, prüfte mit ihrem strengen Blick ihre Umgebung auf das Genaueste und sah dabei immer wieder aus dem kleinen Stubenfenster rechts neben ihr in die Dunkelheit hinaus.

Ein leichter Wind stellte sich mit einem Male ein, er blies über die alten Bretter des Hausdaches und schlüpfte bei jeder Gelegenheit mit einem leisen Pfeifen unter der Schwelle der undichten Haustür hindurch.

„Also", sprach sie schließlich, „ich weiß zwar nicht, warum ich das tue, aber ich folge einfach meinem Bauchgefühl, und das sagt mir, dass ihr Hilfe braucht, nicht wahr, meine Jungchen?"

Ronda versuchte angestrengt, zu lächeln, ihre Augen wurden dabei von zahlreichen, tiefen Falten umrahmt. Die beiden nickten schnell. Mit einem Ruck stand die Alte vom Tisch auf und lief mit tippelnden Schritten zu einem kleinen Holztisch in der Ecke, wo sie sogleich damit begann, zwischen zahllosen Fläschchen und Töpfen herumzuwühlen.

Merthin und Quirin beobachteten jede ihrer Bewegungen ganz genau. Ronda murmelte unverständlich vor sich hin, hielt einige Gefäße nach oben, roch intensiv an ihnen und nahm vom einen oder anderen eine kleine Geschmacksprobe.

„Ah, da haben wir es", flüsterte sie schließlich und kehrte mit einer winzigen Tonschale zum Esstisch zurück. „Nun gut, dann brauche ich jetzt nur noch deinen Stein", sagte sie und schaute Quirin dabei mit großen Augen an.

„Wieso?", stotterte dieser und presste seine Faust zusammen. Merthin stieß ihm gegen das Bein.

„Nun ja, sonst kann ich dir nicht weiterhelfen. Ich muss wissen, was der Stein alles erlebt hat, verstehst du?", sprach sie etwas hektisch.

Quirin schüttelte den Kopf.

„Jungchen, vertrau mir. Ich will dir nichts Böses. Nur so kann ich in die Vergangenheit des Steines blicken, verstehst du das denn nicht?", sprach sie etwas energischer weiter. Ronda streckte ihre rechte Hand aus, sie zitterte ein wenig. Quirin wich zurück und presste seine Faust gegen sein Bein. „Nun mach schon, gib ihn mir, du bekommst ihn auch wieder zurück, versprochen. Nur gib ihn mir, jetzt mach schon", sprach sie immer bestimmender.

Quirin zögerte. Er hatte kein gutes Gefühl dabei, dass er einer wildfremden, unheimlichen alten Frau das vielleicht Kostbarste geben sollte, das er besaß. Merthin stieß ihm immer wieder in die Rippen und forderte ihn mit seinen Blicken auf, der Alten doch endlich zu gehorchen.

„Nun mach schon, her mit ihm, um Himmels willen, Junge, meine Nerven machen das nicht mehr mit. Gib ihm mir!", giftete sie ihn entschlossen an, ihre hängenden Augenlider zuckten dabei unentwegt.

Quirin wusste nicht, was er tun sollte. Ronda legte ihre ausgemergelte Hand auf den Tisch, beugte sich dicht vor sein Gesicht und sah ihm tief in die Augen.

„Willst du nicht wissen, was es mit dem Stein auf sich hat? Wenn du ihn mir nicht gibst, dann wirst du vielleicht nie erfahren, was mit deinen Eltern wirklich geschehen ist", hauchte sie ihm mit leisen Worten zu.

Er konnte dabei ihren warmen, fahl riechenden Atem spüren. Quirin versuchte, ihrem Blick standzuhalten. Das Herz pochte ihm bis zum Hals, als er schließlich seine Hand aus der Hosentasche zog und Ronda wie in Zeitlupe seinen Stein überreichte. Der Gedanke daran, dass er sonst möglicherweise nie die Wahrheit über den Tod seines Vaters erfahren würde, ließ ihm keine andere Wahl.

Schnell griff sie nach dem blauen Kiesel und setzte sich wieder ans andere Ende des Tisches. Sie verschlang den Stein geradezu mit ihren Blicken, als sie ihn gegen das Licht der Petroleumlampe hielt. Dann legte sie ihn auf den Tisch, stand hektisch auf und huschte zu einem Wandschrank, riss die Türen auf und kramte eine grüne Kerze mit einem Messinghalter hervor. Mit einem Rums setzte sie sich wieder an den Küchentisch, stellte den Halter vor sich hin und zündete die Kerze an.

Mit ängstlichen Gesichtern beobachteten die Burschen, wie sie aus der kleinen Tonschale ein grüngraues Pulver zwischen ihre Fingerspitzen nahm und es ganz langsam und vorsichtig in die Kerzenflamme rieb. Ein fürchterlicher Gestank machte sich sogleich breit, sodass sich Merthin und Quirin voller Unmut die Hände vor Mund und Nase hielten und zurückwichen. Ronda hingegen atmete tief ein, geradezu erleichtert schien sie, sie schloss ihre Augen und legte schließlich ihre linke Hand über den Stein. Dann verfiel sie in eine Art Trance.

Die Jungen starrten sie an. Der Dunst der Kerze verflog allmählich und machte das Atmen wieder etwas leichter. Ronda saß ihnen gegenüber und sagte kein einziges Wort. Anfangs bewegte sie sich nicht einen Millimeter, beinahe so, als wäre sie selbst zu Stein geworden. Langsam begannen ihre geschlossenen Augenlieder, zu zucken, zunächst kaum merklich, dann immer stärker. Sie runzelte die Stirn und begann damit, ihre krausen Lippen zu bewegen, als wollte sie etwas sagen. Sie schüttelte den Kopf und presste ihre Handfläche unterdessen fest auf Quirins Stein. Plötzlich bemerkten die Jungen, wie das Gestein unter ihrer Hand zu leuchten begann. Ein immer helleres Blau bahnte sich seinen Weg, während Ronda noch heftiger den Kopf schüttelte und ihre Augenlieder angestrengt zusammenpresste.

„Nein, nein", murmelte sie wieder und wieder.

Immer heller strahlte der Stein, er erhellte die Stube, wie es hundert Kerzen nicht geschafft hätten, und blendete die Burschen aufs Äußerste. Erschrocken sprang Rakin von seinem Teppich auf und versteckte sich mit angelegten Ohren in der hintersten Ecke der Stube. Seine großen Luchsaugen leuchteten den Burschen gefährlich entgegen, sie reflektierten das grelle Licht des Steins und wirkten dadurch bedrohlich und angsteinflößend. Die Jungen klammerten sich aneinander, riefen zu Ronda hinüber, doch sie war längst nicht mehr imstande, die Situation zu kontrollieren. Sie zitterte am ganzen Körper, ihr Gesicht war schmerzverzerrt.

„Nein! Nein!", rief sie gebetsmühlenartig, presste ihre Augenlider energisch zusammen und schüttelte pausenlos ihren Kopf. Plötzlich sah Quirin, wie sich das grelle, blaue Licht seines Steins tiefrot verfärbte. Geradezu betäubend flutete es den gesamten Raum und tauchte jeden Gegenstand dabei in ein flammendes Purpur, beinahe so, als würde ein Feuer ausbrechen. Rakin duckte sich eingeschüchtert und fauchte. Als das glühende Licht geradezu unerträglich grell wurde, sprang der Luchs mit einem gewaltigen Satz aus seiner Ecke heraus und flüchtete durch eine kleine Holzklappe neben der Haustüre ins Freie.

Dann krachte es. Mit einem gewaltigen Schlag wurde die Alte von ihrem Stuhl geschleudert, fiel wie ein Kartoffelsack zu Boden und schlug mit ihrer Stirn gegen den Holzboden. Im gleichen Moment verdunkelte sich die Stube wieder. Der Stein hatte aufgehört, zu leuchten.

Merthin und Quirin schauten sich panisch um, sie schnauften lautstark und waren völlig übermannt von den Geschehnissen. Mit einem gewaltigen Satz sprangen sie von der Bank auf und liefen zu Ronda.

„Oh Gott, Ronda, was ist passiert, was ist mit dir? Hast du dich verletzt?", schrie Merthin voller Panik und kniete sich vor sie hin.

Quirin hielt ihr den Kopf, sie rüttelten an ihrem starren Körper, doch sie lag bewusstlos am Boden, minutenlang.

Plötzlich kam sie mit einem tiefen Atemzug endlich wieder zu sich. Entsetzt starrte sie die Jungen an, aus ihrem Gesicht konnte man mehr lesen, als es tausend Worte hätten sagen können. Sie richtete ihren Oberkörper angestrengt auf, packte Quirin am Arm, Riss voller Furcht ihre Augen auf und wimmerte mit angstgetränkter Stimme: „Oh Gott, ich habe ihn gesehen, ich habe ihn gesehen."

Merthin und Quirin lief es eiskalt den Rücken hinunter.

„Wen, Ronda, wen hast du gesehen?", rief Merthin und blickte sie erstarrt an.

Ronda sah zu Boden und schnaufte wie ein Tier. Zu Tode erschrocken lag sie da und wiederholte ständig ihre letzten Worte. Plötzlich spielte sich der Wind draußen auf. Energisch blies er durch sämtliche Fugen und Ritzen des Waldhäuschens und ließ die Fensterläden aufheulen.

Verstört blickte Ronda aus dem Fenster. Sie richtete sich angestrengt auf, packte die Jungen zugleich an ihren Armen und flüsterte ihnen panisch zu: „Oh Gott, er kommt."

Nur mit Mühe konnten ihr die Burschen wieder aufhelfen, während ein geradezu sturmartiger Wind durch das Häuschen blies und alles zum Klappern und Zittern brachte, was nicht niet- und nagelfest war. Dicke Gewitterwolken zogen plötzlich über dem Wald herauf und verdeckten rasch den gesamten Nachthimmel. Bald waren die Sterne nicht mehr zu sehen, in Sekunden wurden sie von pechschwarzen rauchartigen Wolken verdeckt. Als erste bebende Donnerschläge durch die stockfinstere Nacht schallten, kam blankes Grauen über die Jungen. Verzweifelt packten sie Rondas fleischige Arme und rüttelten daran, doch sie reagierte nicht, im Gegenteil. Sie wirkte wie versteinert. Mit angstverzerrtem Gesicht stand sie da und blickte aus dem kleinen Küchenfenster in die Dunkelheit hinaus. Niemand war zu sehen. Verstört schauten die Burschen ebenfalls nach draußen, und als abermals ein gewaltiger Donnerschlag über das Waldhäuschen hinwegschmetterte, schreckte Ronda plötzlich hoch und war mit einem Mal wieder bei Sinnen.

Hektisch riss sie ihre Arme von den Kindern weg, polterte zu ihrem kleinen Tischchen, wühlte panisch zwischen ihren Gefäßen und Schüsseln, zog schließlich eine kleine Flasche mit braunem Pulver heraus und riss den Korken herunter. Mit wilden Bewegungen verschüttete sie den Inhalt auf dem Fußboden, streute in jede Ecke eine gewaltige Prise und packte sodann die Jungen an ihren Händen.

„In die Nachtkammer, schnell!", flüsterte sie ihnen energisch zu und deutete auf die Tür links neben ihrem Pulvertischchen.

Die alte Frau löschte eilig die Lichter auf dem Küchentisch und schubste die beiden Burschen in ihre Kammer, warf den letzten Rest des braunen Pulvers vor die Türschwelle des Schlafgemachs und eilte anschließend zu einem großen dunklen Kleiderschrank. Aufgebracht forderte sie die Jungen auf, ihr zu folgen.

Das Herz schlug Quirin bis zum Hals, als er mit Merthin und Ronda in der kleinen Geheimkammer hinter dem wuchtigen Kleiderschrank stand. In letzter Sekunde hatten sie ihn auf Rondas Befehl hin beiseitegewuchtet, sich in dem dahinterliegenden winzigen Raum versteckt und ihn mithilfe von rückseitig angebrachten Holzgriffen wieder vor den Eingang geschoben.

Bedrückend eng und staubig war es hier, dicht aneinander gepresst standen sie da und wagten nicht, ein einziges Wort zu sagen. Merthin und Ronda atmeten hektisch, beiden war die nackte Angst ins Gesicht geschrieben. Der aufgewirbelte Staub verklebte ihnen die Augenlider und lagerte sich als widerlich kratzender und brennender Film in ihren Hälsen ab.

Quirin wurde schwindlig. Seine Angst vor dem, was als Nächstes kommen könnte, übermannte ihn mit derartiger Wucht, dass es ihm unmöglich war, Herr seiner Sinne zu bleiben. Er fühlte sich wie gefangen in einem Albtraum, einem Albtraum, der in quälte, zermürbte und zerstörte, der ihn fest im Griff hatte und aus dem er beim besten Willen einfach nicht entkommen konnte.

Der Wind spielte sich unterdessen immer heftiger auf, er wirbelte durchs ganze Haus hindurch und preschte gegen Fenster und Haustür, als wollte er sie eintreten.

Dann pochte es. Mit einem Schlag hatte sich der tosende Wind gelegt und hinterließ eine noch unheimlichere Stille. Quirin, Merthin und Ronda hielten den Atem an. Plötzlich hörten sie einen gewaltigen Schlag. Jemand hatte die Haustür mit brutaler Gewalt aufgetreten. Die drei wussten nicht, wie ihnen geschah.

Ihr Puls raste, als sie mit einem Mal laute, bebende Schritte hörten.

Ronda packte die Hände der Burschen und presste sie an sich. Beinahe schon ohnmächtig vor Angst vernahmen sie die einzelnen Bewegungen des Fremden. Bei jedem Schritt war ein unheimliches, schweres Geräusch zu hören, als würde jemand mit Eisenstiefeln durch das Haus schreiten. Die Dielen in der Küche ächzten angestrengt auf, als der Eindringling darüberlief und sodann damit begann, das Haus abzusuchen. Als er sich langsam in die Nähe der Schlafkammertür begab, war ein Rasseln zu vernehmen. Es hörte sich so an, als würde der Fremde eine schwere, wuchtige Eisenkette hinter sich herschleifen. Jeder einzelne der bebenden Schritte ging Quirin, Merthin und Ronda durch Mark und Bein, der Schweiß rann ihnen in Strömen hinunter, und sie alle verspürten eine geradezu unbeschreiblich große Furcht. Dann blieb der Eindringling an der Türschwelle zur Schlafkammer stehen.

Für einen kurzen Moment war nichts zu hören, nicht das leiseste Geräusch, und es entstand eine unerträgliche Stille. Die drei hinter ihrem Schrank erstarrten und rührten sich nicht einen Millimeter. Plötzlich machte der Fremde vier weitere Schritte und blieb schließlich direkt vor Rondas großem Kleiderschrank stehen. Quirin wusste nicht, wie ihm geschah. Er konnte das Schnaufen des Eindringlings hören. Tief und laut war es, wie das eines wilden Tieres. Ronda führte ihre zitternden Hände nach oben und hielt sie den beiden Burschen vor ihre Münder. Keine Sekunde später zerschmetterte der Eindringling mit einem einzigen Faustschlag die dünnen Holztüren des Schranks. Die Jungen, zu Tode erschrocken, riss es derart, dass Ronda sie festhalten musste, sie presste dabei panisch ihre faltigen Hände in ihre Gesichter und konnte nur mit Mühe verhindern, dass die Burschen zu schreien begannen. Zitternd drückten sie sich eng aneinander. Sie konnten hören, wie der Fremde sein schnaufendes Haupt in den leeren Schrank steckte und zu riechen begann. Die drei hielten den Atem an. Erst nach Minuten ließ er von dem Schrank ab, machte zwei bebende Schritte in Richtung Bett und begann sodann, mit seiner Eisenkette zu poltern. Immer lauter und lauter wurde das Scheppern, bis er die Kette schließlich in die Höhe schleuderte und mit einem gewaltigen Schlag das kleine Holzbett vor seinen Füßen zertrümmerte.

Quirin und Merthin schnauften panisch, die Tränen schossen ihnen in die Augen und rannen schwallartig über ihre verzerrten Gesichter. Plötzlich begann der Eindringling zu kreischen. Die drei hielten sich sofort die Ohren zu und pressten die Augenlieder zusammen. Voller Unglauben vernahmen sie den Klang der Stimme. Unbeschreiblich scheußlich war sie, ein tiefes Krächzen, dabei aber auch schrill und kräftig, wie ein gewaltiges Fauchen, beinahe so, als hätte man Feuer und Eis zusammengeworfen. Sie fuhr Quirin tief in die Glieder und brannte sich auf ewig in sein Gedächtnis.

Noch lange konnten sie das Schnaufen des Fremden hören, bis er schließlich nach einer gefühlten Ewigkeit mit bebenden und rasselnden Schritten aus dem Haus polterte und eine Stille hinterließ, die so unbeschreiblich beängstigend und verstörend war, dass Ronda, Merthin und Quirin es erst nach langer Zeit wagten, aus ihrem Versteck herauszukriechen.

Kapitel 5

Der Morgen graute bereits, als Quirin zusammenbrach. Keuchend fiel er auf den weichen Waldboden, drehte seinen Kopf beiseite und blickte geistesabwesend in die Ferne. Wie in einem Traum fühlte er sich, die scharfen Umrisse der Bäume verschwammen vor seinen Augen und wichen wirren Linien. Eine Art Schleier legte sich über seine Sinne, sein Körper fühlte sich taub und schwer an, und auch die Geräusche um ihn herum vernahm er für einen Moment nur wie einen dumpfen, weit entfernten Hall.

„Quirin!", zischte Ronda mahnend und rüttelte ihn wieder wach. „Wir können hier nicht verweilen, es ist viel zu gefährlich. Los komm, weiter, weiter, es ist noch ein langer Fußmarsch, den wir hinter uns bringen müssen."

Sie beugte sich über ihn und tätschelte mit ihren rissigen Händen etwas grob sein junges Gesicht, ihr fülliger Oberkörper samt Busen drückte dabei gegen seine Brust und machte ihm das Atmen schwer.

„Was soll das heißen, es ist hier viel zu gefährlich? Was, in aller Welt, meinst du denn damit schon wieder? Von einem gefährlichen Weg hast du nichts gesagt, nur von einem langen war die Rede!", stotterte Merthin und huschte hastig zu den beiden hinüber.

Quirin kam wieder zu sich. Er drehte sich langsam um und blickte direkt in Rondas stahlblaue Augen. Ein kurzes Lächeln strich über ihr faltiges Gesicht, doch sogleich wendete sie ihren Blick wieder von ihm ab und musterte hektisch und voller Misstrauen die Umgebung.

„Ronda, bitte, sag uns, was du mit gefährlich meinst!", flüsterte ihr Merthin mit scharfem Unterton zu, als er sich neben sie hockte. „Kein Wunder, dass Quirin ständig zusammenklappt. Nach allem, was passiert ist, scheuchst du uns nun über Stock und Stein, mitten in der Nacht und durch die finstersten Wälder hindurch, so weit weg von zu Hause, wie wir niemals gewesen sind. Da sag mir mal, wie sollen wir da nicht zusammenbrechen vor Erschöpfung und Furcht?"

Ronda blickte unruhig um sich. Lange blieb sie Merthin eine Antwort schuldig, doch dann wandte sie sich ihm schließlich zu und sah ihn mit todernster und versteinerter Miene an.

„Furcht?", wiederholte sie schließlich und gab ihrer Stimme dabei einen unangenehm zynischen Ton. „Ich glaube, du fürchtest dich noch nicht genug."

Ihre faltenumrahmten Augen wurden ganz klein und starrten Merthin entschlossen an. Merthin schluckte. Sein Gesicht wurde bleich, voller Angst sah er zu Ronda und wagte kein einziges Wort mehr zu sagen.

„Bitte, Ronda, sag uns, was du damit meinst!", keuchte Quirin, als er angestrengt versuchte, vom nassen Waldboden aufzustehen. Die vergangenen Tage und insbesondere die letzte Nacht steckten ihm noch immer tief in den Gliedern. Längst war er nicht mehr in der Lage, seine Gedanken zu ordnen, im Gegenteil. Bohrende Fragen schwirrten in seinem Kopf herum und hinterließen dabei ein beinahe unerträgliches Chaos, welchem der Junge beim besten Willen nicht gewachsen war. Quirin wischte sich den Schweiß an seinem kratzigen Leinenhemd ab.

„Ronda, bitte, ich muss es wissen", sprach er mit dünner Stimme weiter und sah der Alten

dabei tief in die Augen, „warum ist es hier viel zu gefährlich? Ist etwa der schreckliche Fremde von letzter Nacht hinter uns her? Bitte, rede mit uns, ich habe eine Riesenangst. Schließlich haben wir ..."

Plötzlich raschelte es im Unterholz. Die nur langsam aufgehende Sonne vermochte nicht die Dunkelheit des Waldes zu vertreiben, sodass kaum etwas zu erkennen war. Ronda riss ihren Kopf in die Richtung des Geräusches. Es war nichts zu sehen. Mahnend hob sie ihre rechte Hand in die Höhe und hielt die Burschen damit zum absoluten Stillschweigen an. Dann erschraken sie. Mit einem Schlag hörten sie ein tiefes, scheußliches Knurren, das aus der Dunkelheit des Waldes zu ihnen hinüberschallte.

Die Jungen fuhren reflexartig in die Höhe und duckten sich sogleich wieder, sie versteckten sich förmlich hinter Ronda. Immer

heftiger raschelte es zwischen den Sträuchern und kleinen Jung-
fichten, und auch das Knurren wurde lauter. Etwas schien sich
ihnen zu nähern.

„Wenn ich euch ein Zeichen gebe, rennen wir los, verstanden?",
keuchte die alte Frau und wandte dabei nicht eine Sekunde ihren
Blick ab.

Die Burschen nickten angsterfüllt. Kaum war Rondas letztes
Wort gefallen, krachte es erneut lautstark im Unterholz. Ronda
stieß Merthin und Quirin ihre Ellbogen in die Rippen und begann,
zu laufen. Die Jungen rannten ihr hinterher, sie liefen und liefen,
sie sprangen über umgefallene Bäume, herumliegende Äste und
Steine, stolperten immer wieder und blieben mit ihren Leinenho-
sen an den Dornenranken der Wildbeeren hängen. Panisch rangen
sie um Atem. Ronda hörte nicht auf, zu rennen, nicht ein einziges
Mal blickte sie zurück.

Die Burschen waren direkt hinter ihr, als Ronda plötzlich einen
Hang hinabrutschte. Ehe sie sich versah, fielen auch die Jungen zu
Boden und schlitterten einen steilen Hügel hinunter. Durch das
starke Gefälle überschlugen sie sich mehrfach, Steine und harte
Holzwurzeln fuhren ihnen zwischen die Glieder, sie brüllten und
schrien vor Schmerzen. Reflexartig hielten sie sich die Arme vor
ihre verzerrten Gesichter und rollten förmlich den Abhang hinab.
Sie überschlugen sich wieder und wieder, bis sie schließlich mit
ihren Leibern am Grund des Hügels aufprallten. Ihre Gliedmaßen
gruben sich tief in den Morast ein.

Keuchend lagen sie im Schlamm und rangen aufgebracht nach
Atem, und kaum waren sie halbwegs wieder bei Sinnen, hielt Ronda sogleich ihren faltigen Zeigefinger vor ihre rissigen Lippen und
sah sie mahnend an. Angestrengt horchte sie und blickte zum Abhang hinauf. Es war nichts zu sehen, und als sie nach einigen Minuten noch immer kein verdächtiges Geräusch vernahmen, atmeten sie erleichtert auf.

„Ist euch etwas passiert?", rief Ronda zu ihnen hinüber.

Die Alte lag einige Meter entfernt von ihnen im Morast und
wischte sich ihre verschmutzten Haare aus dem Gesicht.

„Nein!", keuchten die Burschen wie aus einem Mund.

„Schnell, ihr müsst vorsichtig aufstehen und zurück an den Fuß des Abhangs gehen, sonst sinkt ihr ein!", rief Ronda.

Nach Minuten erst schafften es die Jungen, sich gegenseitig aus dem Schlick herauszuziehen. Als sie schließlich wieder festen Boden unter den Füßen hatten, ließ der Schock allmählich nach. Merthin und Quirin hechelten aufgebracht und blickten sich verängstigt an. Ermattet setzen sie sich auf den festen Boden und versuchten, sich zu beruhigen. Selbst Ronda, die sich bisher nie etwas hatte anmerken lassen, schien nun mit einem Mal sichtlich erledigt zu sein.

Die ersten Sonnenstrahlen bahnten sich unterdessen ihren Weg durch die Dunkelheit, sie tauchten die Umgebung in ein diffuses, nebliges und unheimliches Licht. Ein dichter Dunstschleier überdeckte den Boden vor ihnen, ab und an ragten alte, verfaulte Baumstämme und Äste aus der Erde heraus und verbreiteten so eine geradezu leblose und tote Atmosphäre.

„Wo sind wir?", fragte Quirin eingeschüchtert. Er zog seine Knie eng an sein verschmiertes Hemd heran.

Ronda atmete tief ein und aus, schloss die Augen, holte erneut Luft und musterte dann, nachdem sie halbwegs wieder bei Kräften war, die Umgebung. Erst nach einigen Augenblicken drehte sie sich zu den Burschen hinüber und flüsterte ihnen ruhig zu: „Wir sind nun dort angekommen, wohin ich euch bringen wollte. Man nennt diesen Ort das Totenmoor."

Die Jungen zuckten zusammen. Ängstlich und unsicher drängten sie sich aneinander und musterten mit geduckten Häuptern die Umgebung, sie pressten dabei ihre zitternden Hände eng an ihre Unterschenkel. Aufgebracht flüsterten sie sich ihre Gedanken zu.

„Quirin, ich habe keine Ahnung, wo wir sind, doch was ich sehe, jagt mir einen dicken Schauer über den Rücken. Ich traue ihr nicht mehr, ich weiß nicht, was wir machen sollen", flüsterte Merthin. Quirin nickte mit angstverzerrter Miene. „Ich weiß nicht, was sie im Schilde führt. Sie hat uns immer noch nicht gesagt, was sie über den Fremden weiß, und so viel ist sicher, er ist nicht unser Freund, das können wir mit Gewissheit sagen!" Quirin nickte entschlossen und kaute dabei seinen Daumennagel mit den Zähnen weich. „Jederzeit könnte sie uns in einen Hinterhalt führen und uns umbringen, bevor wir es überhaupt merken würden. Und jetzt sind wir auch noch an diesem gottverlassenen Ort, das allein schon macht mir eine Riesenangst", flüsterte Merthin weiter, während er sich den Schweiß aus seinem runden Gesicht wischte und dabei seine Stirn mit Erde verschmierte.

Quirin zitterte. Die Gedanken in seinem Kopf waren wirr, sie gerieten durcheinander wie viele kleine Nussschalen, die man in eine tobende See geworfen hatte, und nicht für den kleinsten Moment konnte er sie auch nur ansatzweise ordnen.

Ronda blieb stehen und sah die beiden vorsichtig an. Ihr Gewand, von oben bis unten mit Schlick überzogen, legte sich dicht an ihren fülligen Körper.

„Was flüstert ihr da?", fragte sie misstrauisch und verfinsterte ihren Blick. Merthin schaute ihr fest in die Augen. Unangenehmes Schweigen breitete sich aus, und man konnte förmlich spüren, wie sich in jedem von ihnen eine tiefe Wut auftürmte. „Ah, ich verstehe, ihr traut mir nicht", fuhr Ronda schließlich fort und gab ihrer Stimme dabei einen beängstigenden Ton.

„Wie auch?", schrie Merthin sie sogleich an und richtete sich entschlossen vor ihr auf, „wie auch? Warum sollten wir dir trauen? Nicht ein einziges Wort hast du uns gesagt über den Fremden, der uns fast umgebracht hätte, nicht eine Silbe über das verloren, was uns jetzt bevorsteht oder wieso wir überhaupt hierher mitkommen mussten, warum wir auf der Flucht sind und weshalb du bei uns bist! Und über Quirins Stein hast du auch nicht gesprochen, wir wissen einfach überhaupt nichts! Warum sagst du nicht endlich, was zum Teufel hier eigentlich los ist?", brüllte Merthin sie an.

„Weil ihr keine Ahnung habt! Weil ihr euch nicht einmal vorstellen könnt, was euch und uns erwartet", giftete Ronda mit bebender Stimme zurück und verzerrte ihr Gesicht fast bis zur Unkenntlichkeit.

Merthin schnaufte, er ballte seine Hände zu harten Fäusten und ließ nicht eine Sekunde seinen Blick von ihr abweichen. Eine unbeschreibliche Mischung aus Kampfbereitschaft und tiefer Angst huschte über sein schmutziges Gesicht. Ronda hielt seinem Blick stand, lange, bis sie schließlich zur Seite blickte und ihre wolligen Haare in ihren faltigen Nacken strich. Einige Augenblicke später fuhr sie mit leiser, gedämpfter Stimme fort: „Und weil ich es selbst nicht weiß. Viel habe ich schon erlebt, noch mehr überlebt und ausgestanden, vieles kann ich euch erklären, Dinge, die kein gewöhnlicher Mensch weiß, niemand von euch, niemals – doch nun vermag selbst ich nicht, die Zukunft abzuschätzen." Ihr Blick wurde starr, für einen Moment wirkte die starke Ronda plötzlich schwach und klein, ja geradezu ratlos erschien sie Merthin, in sich gekehrt und nur allzu leicht verwundbar. Merthins Fäuste wurden schlaff. „Und deshalb müssen wir hierher, zu ihr, denn sie ist die Einzige, die ich kenne, die uns jetzt noch helfen kann", sprach sie weiter und schaute die Jungen mit ernstem Blick an.

Merthin zuckte zusammen. Ein eiskalter Schauer fuhr ihm tief ins Genick. „Wer? Wen in aller Welt meinst du?", sprach er mit erstickter Stimme. „Ist das noch so eine Teufelei?", flüsterte er ängstlich, und noch während er sprach, schlug seine Angst in Wut und Verzweiflung um. „Was, verdammt nochmal, meinst du mit deinen Worten? Sprich endlich mit uns!", schrie er ihr schließlich entgegen.

Ronda und Merthin brüllten sich an, warfen sich die hässlichsten Dinge an den Kopf, ihre Gesichter wurden dabei rot vor Zorn.

Quirin stand neben ihnen und blickte sie entsetzt an. Rondas Worte hatten ihm eine schreckliche Angst eingejagt und warfen stechende, zermürbende Fragen in ihm auf. Wer war nur der Fremde, der sie heimgesucht hatte? War es etwa Jener, vor dem ihn sein Vater in seinem Brief gewarnt hatte? Und was hatte es nur mit dem Stein seiner Mutter auf sich? All diese Fragen quälten Quirin unentwegt, sie vermischten sich in Sekunden mit den schrecklichen Ereignissen der letzten Tage in seinem Kopf und drückten wie eine zentnerschwere Last auf ihn nieder. Dem Jungen wurde schwindlig, kaum noch konnte er sich auf den Beinen halten. Wie durch einen Schleier nahm er den heftigen Streit zwischen Ronda und

Merthin wahr, ihre Schreie drangen wie ein dumpfer Hall in seine Ohren. So nah er auch neben ihnen stand, so weit entfernt empfand er ihre Worte.

Ohne es zu merken, fuhr seine zitternde Hand in seine Hosentasche und umschloss vorsichtig den Stein. Quirin schloss seine Augen. Mit einem Mal zog ein warmer Fluss durch seine Glieder, und er spürte keine Angst mehr. Er fühlte sich plötzlich sicher und geborgen, so ruhig, so stark, und all seine Ängste, Sorgen und Selbstzweifel, sie schienen mit einem Schlag von ihm abgefallen zu sein. Er ließ ein paar Minuten verstreichen und öffnete sodann seine Augen wieder, gerade noch rechtzeitig.

„Hört auf! Hört auf!", rief er Ronda und Merthin zu und stellte sich zwischen sie, als diese bereits aufeinander losgehen wollten. „Hört sofort auf! So kommen wir doch kein bisschen weiter!" Er sprach mit klarer Stimme, und als sich die beiden etwas beruhigt hatten, fuhr er fort: „Ronda, ich will, dass du uns hilfst, dass du mir hilfst. Ich muss wissen, was es mit all dem hier auf sich hat!"

Mit wachem Blick sah er die Alte an, und es überraschte ihn selbst, wie mutig und entschlossen er plötzlich war. Das grauhaarige Weib wischte sich ihre schlammigen Hände am Rock ab und blickte den Jungen misstrauisch an. Quirin zog langsam seine Hand aus der Hosentasche und streckte Ronda aufgebracht seinen Stein entgegen. Dieser schimmerte in der langsam aufgehenden Morgensonne geradezu anmutig und gütig auf das verschmutzte Gesicht der Alten und tauchte es für den Hauch einer Sekunde in ein beruhigendes, wunderschönes und liebendes Licht. Quirin keuchte. Ein Moment der Stille verstrich, bis er schließlich entschlossen weitersprach: „Dieser Stein, den ich zu Hause fand, ist mehr als nur irgendein Gegenstand, das spüre ich. Er gibt mir endlich die Möglichkeit, etwas über meine Mutter zu erfahren. Ich will wissen, wer sie war und was es mit ihrem Stein auf sich hat. Und ich will erfahren, was mit meinem Vater wirklich geschehen ist, wer ihm seine Halsnarben zugefügt hat. Bitte, Ronda, hilf mir, ich muss es wissen! Sonst habe ich keinen Frieden.

Die Alte sah ihn überrascht an. Die mutigen, entschlossenen Worte des Jungen imponierten ihr. Für einen Knaben seines Alters, so dachte sie sich, war dies wahrlich keine Selbstverständlichkeit. Ein wenig angestrengt versuchte Ronda, ihre wohlwollenden Gedanken gegenüber Quirin zu verbergen, und dank ihres versteinerten, harten Gesichtsausdrucks gelang es ihr auch. Und dennoch, im Verborgenen empfand sie für einen kurzen Augenblick ein wenig Bewunderung für den dürren Kerl. Nach einer kurzen Gedankenpause nickte sie ihm wortlos zu.

Schließlich wandte Quirin seinen Blick zu seinem Freund.

Und Merthin ...", sprach er weiter und sah ihm dabei tief in die Augen, „ich will dich nicht in etwas hineinziehen, das dich gar nicht betrifft. Ich kann und will nicht verlangen, dass du mit mir kommst. Wenn du nach Hause zurückkehren möchtest, verstehe ich das." Quirin legte seine Hände auf Merthins Schultern, seine Lippen zitterten dabei aufgebracht.

„Auf keinen Fall. Ich bleibe bei dir, damit das klar ist, soweit kommt's noch. Wir machen das hier gemeinsam, aber ganz sicher!", erwiderte Merthin entschlossen.

Quirin nickte und lächelte ihn voller Dankbarkeit an.

„So, und da dies nun geklärt wäre, können wir endlich mit dem weitermachen, weswegen wir hier sind!", zischte Ronda ihnen entgegen.

Sie schaute sich um, musterte misstrauisch die Umgebung und roch mehrfach prüfend an der nebligen, modrig dampfenden und abgestandenen Luft.

„Folgt mir", sagte sie schließlich, „wir müssen hier hinüber. Und passt auf mit euren Füßen! Immer am Rand entlanggehen, sonst sinkt ihr sofort ein. Und wenn ihr erst einmal zu tief eingesunken seid ..."

Ronda ging dicht am Fuße des Abhangs entlang und eilte schnell voran, sie huschte geradezu und winkte die Burschen immer wieder zu sich her, wenn sie nicht schnell genug nachfolgten. Sie schien, so kam es Merthin vor, direkt in den Nebel zu gehen, der wie eine Wand vor ihnen lag und das gesamte Moor bedeckte.

Die Umgebung vor ihnen war kaum zu erkennen, nur ansatzweise konnte man erahnen, dass der Wald hier nicht zu Ende war, doch sie konnten durch den dichten Dunstschleier nicht hindurchsehen. Immer wieder blieben die Jungen mit ihren Schuhen tief im Schlick stecken und zogen sich panisch gegenseitig wieder heraus, sie tasteten sich an herausstehenden Wurzeln, welche den Abhang zu ihrer Linken säumten, entlang und eilten Ronda, so schnell es ging, hinterher.

Plötzlich war die Alte verschwunden. Merthin und Quirin blieben stehen und blickten sich sorgenvoll um. Nichts war mehr zu erkennen, kein Abhang, kein Weg, keine Bäume oder dergleichen. Dichte Nebelschwaden ummauerten sie und machten es ihnen unmöglich, sich zu orientieren. Reflexartig fassten sie sich an den Händen.

„Ronda!", riefen die Burschen aus voller Kehle.

„Ronda, wo bist du? Bitte, wir haben dich verloren!", schrie Merthin.

Quirin zitterte. Voller Angst sah er Merthin an und quetschte seine Hand dabei zusammen.

„Ronda!", brüllte Quirin immer wieder in den Nebel hinein, viele Male, so laut er nur konnte.

Doch niemand antwortete. In langsamen Schritten gingen die Jungen voran, tasteten dabei mit einer Hand in den Nebel hinein und sahen sich immer wieder angsterfüllt an. Plötzlich krachte es. Merthin schrie kurz auf und riss an Quirins Arm.

„Was war das, Merthin? Was war das?", fragte Quirin mit zittriger Stimme.

„Ich weiß es nicht, ich bin auf etwas getreten!", erwiderte Merthin und ging hektisch einen Schritt zur Seite.

Dichte Nebelschwaden umspülten sie, selbst den Boden konnten sie nicht richtig sehen.

„Vielleicht nur ein Ast oder ein Stück Holz", stotterte Quirin.

Noch bevor Merthin etwas sagen konnte, hörten sie jemanden ihre Namen rufen. Starr vor Angst bewegten sie sich keinen Millimeter mehr, hoben ihre Köpfe empor und horchten in den Nebel hinein. Ein leiser Wind war in der Ferne zu vernehmen. Dann wieder das Rufen.

„Quirin, Merthin, hierher, hierher, schnell!"

Diesmal waren sie sich sicher, dass es Ronda war, die weit entfernt von ihnen gerufen hatte.

„Ronda, Ronda!", schien die Burschen aus vollem Hals.

„Hierher, hierher, schnell!", rief sie.

In schnellen Schritten machten sich die Jungen in Rondas Richtung auf, keiner ließ dabei die Hand des anderen los.

„Woher kam das nur? Verdammt, ich kann nichts sehen!", brüllte Merthin und durchkämmte mit seiner freien Hand hektisch den Nebel.

Plötzlich krachte es wieder, und diesmal fiel Quirin dabei zu Boden.

„Quirin, komm schnell, wir müssen hier weg!", rief Merthin ihm zu und wollte ihm schon aufhelfen, als dieser mit einem Mal lautstark zu schreien begann.

Quirin brüllte immer wieder und versuchte mit ruckartigen Bewegungen, aufzustehen, doch er hatte sich in etwas verfangen.

„Ein Skelett, ein Skelett!", brüllte er voller Angst. Merthin riss an seinem Arm und zog ihn mit einem gekonnten Schwung an seine Brust. „Ein Toter, ein Knochenhaufen!", schrie Quirin entsetzt.

Merthin begann nun ebenfalls, zu brüllen. Reflexartig rannten die beiden los, sie keuchten und schnauften, sie liefen und liefen, die Tränen rannen ihnen dabei über die Wangen. Doch weit kamen sie nicht, denn nach wenigen Metern blieben sie im Morast stecken. Mit einem gewaltigen Ruck wurden sie abgebremst und versanken sogleich mit ihren Füßen tief im Sumpf. Hektisch versuchten sie, ihre Füße aus dem Schlick zu ziehen, doch dieser umschloss sie schon bald bis zu den Hüften. Weinend und keuchend riefen die beiden immer wieder nach Ronda, doch niemand antwortete.

Plötzlich verdichtete sich der Nebel noch stärker. Sie konnten kaum noch etwas sehen, und während sie immer verzweifelter versuchten, sich freizukämpfen, hörten sie plötzlich eine fremde, unheimliche flüsternde Stimme aus dem Nebel.

„Was wollt ihr hier? Was macht ihr hier?", hörten die Jungen immer wieder.

Panisch versuchten sie, auszumachen, woher das fremde Rufen kam.

„Wer ist da?", brüllten die Jungen immer wieder in die Nebelschwaden.

Da begann der Wind, aufzuheulen. Zunächst noch weit entfernt, dann kam er näher und näher und brachte alsbald die Haare und Gewänder der Burschen zum Flattern. Immer stärker wurden sie vom Wind umkreist. Er blies ihnen Staub und Dreck in ihre schreienden Münder und betäubte ungnädig und energisch ihre Ohren. Ein Teil des Nebels verschwand, und ein wenige Meter breiter Korridor entstand, sodass die Jungen von einer Art kreisrunden Nebelwand umzingelt waren. Wie in einem Zylinder befanden sie sich, eingesunken bis zum Bauchnabel im Morast, der weißliche rauchartige Nebel stieg dabei dicht vor ihnen vom Boden nach oben und wurde vom Wind bis weit in den Himmel hineingetrieben. Plötzlich trat jemand aus dem Nebel hervor. Die Jungen konnten fast nichts erkennen, der Staub blies ihnen ins Gesicht und verkleisterte ihnen die Augen.

„Was wollt ihr hier?", hörten die Kinder wieder und wieder.

„Hilfe, Hilfe! Tu uns nichts, bitte!", brüllten beide in den Sturm hinein.

Die fremde Person kam näher.

„Was wollen Menschen in meinem Moor?", sprach die Stimme im Wind zu ihnen. „Verschwindet, oder ihr seid des Todes!"

Mit langsamen Schritten kam die Gestalt auf die Burschen zu. Schreiend und weinend klammerten sich Quirin und Merthin aneinander. Mit einem Mal konnten sie eine große, dürre Frau im nebelweißen Gewand und mit bodenlangen Haaren erkennen. Die Geisterhafte blickte die Jungen mit leuchtenden Augen an. „Verschwindet! Verschwindet!", giftete sie und verzerrte ihr Gesicht zu einer hässlichen Fratze.

Die Burschen wussten nicht, wie ihnen geschah. Die leuchtend weißen Augen der Lichtgestalt blendeten die beiden immer stärker, sie konnten kaum noch etwas sehen, und genau in dem Moment, als das Weib schon seine faltigen, dürren Finger nach ihnen ausstreckte, passierte es. Aus der Nebelwand vor Merthin und Quirin schoss plötzlich ein ganzer Schwarm kleiner blauer Vögel und umschwirrte das Nebelweib. So dicht wie möglich umkreisten sie sie, sodass die alte Frau sofort damit begann, mit den Händen nach den Vögeln zu schlagen.

„Sira! Sira!", riefen die Vögel der Weißen zu und umkreisten sie dabei mit hektischen Flugbewegungen.

„Wer ist da, wer wagt es, mich zu stören?", giftete das Weib in den Nebel hinein.

Immer stärker tobte der Wind, er wurde zu einem richtigen Sturm und betäubte die Sinne der Jungen vollständig. Sie hielten sich die Hände vors Gesicht, sie schrien vor Verzweiflung, und als schon alle Hoffnung verloren schien, legte sich mit einem Schlag der Sturm. Plötzlich war alles wieder ganz still und ruhig um Quirin und Merthin herum, und als sie wieder ihre Augen öffnen konnten, stand Ronda vor ihnen.

„Kommt, meine Jungchen, lasst uns gehen", sagte sie mit ruhiger, erleichterter Stimme und strich sich dabei ihr völlig zerzaustes Haar aus ihrem runden Gesicht. „Es gibt viel zu tun."

Kapitel 6

Merthin und Quirin blickten sich fassungslos an, als sie plötzlich wieder saubere Gewänder und Schuhe am Leib trugen. Waren sie wenige Sekunden zuvor noch über und über mit Moorschlamm verschmiert gewesen, so sahen sie nun, nur einen Wimpernschlag später, wieder nahezu unversehrt aus. Raschen Schrittes folgten sie Ronda und der fremden Frau durch den Nebel hindurch, bis sie schließlich vor einem geradezu unheimlich großen pechschwarzen Baum standen. Seine knorrigen dunklen Äste ragten weit nach allen Seiten in den Nebel hinein und verschmolzen an ihren Enden schließlich mit ihm. Quirin hatte noch nie zuvor einen derart monströsen Baum gesehen. Allein der Stamm musste, so schätzte er, einen Durchmesser von mindestens zehn Metern haben.

„Euch und eure Gewänder vom Schlick zu befreien, war sie uns auch wirklich schuldig nach dieser unmöglichen Begrüßung!", flüsterte Ronda wütend zu den beiden nach hinten und strich sich schnaubend ihr zerzaustes Haar hinter die Ohren.

Sie gingen direkt zum Stamm des Baumes weiter, bis der Nebel schließlich etwas lichter wurde und die Burschen sehen konnten, dass sich am Fuße des Baumstamms ein Eingang befand. Das Nebelweib ging lautlos hinein und verschwand.

Ronda blieb für einen kurzen Moment stehen, schien sich sodann zu besinnen und packte schließlich entschlossen Quirins Hand und zog ihn hinter sich her. Merthin folgte ihnen mit zittrigen Schritten. Ronda stieg eine Treppe, welche aus den Wurzeln des Baumes zu bestehen schien, hinab und ließ dabei Quirins Hand nicht ein einziges Mal los. Den beiden Jungen schlug das Herz bis zum Hals vor Aufregung. Keuchend und mit einer dicken Gänsehaut am ganzen Körper folgten sie Ronda, dabei stolperten sie immer wieder über hervorstehende Wurzelzweige, die die Treppenstufen säumten. Je tiefer sie hinabstiegen, umso dunkler wurde es. Tastend hangelten sie sich an den Wänden entlang, scharfe Steinkanten und Zweige zerkratzen ihnen dabei unbarmherzig Hände und Arme.

Mit einem Mal hörten die drei ein fürchterliches Kreischen. Reflexartig duckten sie sich und klammerten sich dicht aneinander, und sogleich schoss ein Schwarm Fledermäuse mit lautstarkem Fiepen und Schreien dicht über ihre Häupter hinweg nach oben.

„Ich will hier weg! Lasst uns umkehren, bitte!", flüsterte Merthin.

Dem Jungen war die blanke Angst überdeutlich ins Gesicht geschrieben. Quirin blickte ihn verstört an und keuchte. Eine feuchte, drückende und modrige Luft umgab sie und machte ihnen das Atmen schwer.

„Nein", schnaufte Ronda, „wir kehren nicht um, sonst war alles umsonst!"

Nach einigen Stufen kam ihnen ein wenig Licht entgegen. Ungewöhnlich weiß und kühl schien es den Ankommenden zaghaft ins Gesicht und gab abermals nur wenig von der Umgebung Preis. Ronda zögerte. Die Burschen, übermannt von ihrer Angst, blieben dicht hinter ihr stehen und drückten ihre verschwitzten Köpfe gegen den fülligen Körper der Alten. Zitternd sahen sie Ronda an. Ihr finsterer Blick vermochte nicht wirklich ein beruhigendes Gefühl zu vermitteln. Sie schien allerdings, völlig anders als Merthin und Quirin, nicht verängstigt, sondern eher misstrauisch, ja sogar kampfbereit zu sein.

„Komm nur herein, meine liebe Freundin", hauchte ihnen die Stimme des Nebelweibes entgegen, und obwohl man weit und breit niemanden sehen konnte, war jedes Wort klar und deutlich zu vernehmen.

„Kommt alle herein, und lasst uns vergessen, was zuvor geschehen ist", sagte sie.

„Ich hatte dich ein wenig freundlicher in Erinnerung, Sira!", rief Ronda und vergrub ihre linke Hand in ihrer Rocktasche, als wollte sie nach etwas greifen.

Als keine Antwort kam, schritt sie langsam auf den schwach erleuchteten Höhleneingang zu, die Jungen klebten dabei wie Kletten an ihr und versuchten, sich hinter ihrem Rücken zu verstecken. Nach einigem Zögern durchschritten sie schließlich den Eingang, und Quirin konnte nicht glauben, was er sah.

Sie kamen in eine Felsenhöhle von geradezu gigantischem Ausmaß, und ihr Eingang, so fühlte Quirin, war wie das Tor zu einer völlig neuen Welt. Ein riesiger unterirdischer Garten mit Bäumen, Sträuchern, Grasflächen und Blumen befand sich vor ihnen. Quirin musste seinen Kopf weit nach oben strecken, um das Felsendach sehen zu können. Die Höhle musste mindestens hundert Meter hoch sein. Aus der Decke und an den zerklüfteten Seitenwänden ragten zahllose kleine Kristalle hervor, die allesamt ein nebelweißes Licht von sich gaben. Alles wirkte dadurch beruhigend und kühl, beinahe so, als würde Mondscheinlicht die Höhle erleuchten. Als die Jungen staunend ihre Blicke schweifen ließen, sahen sie, dass sich am Fuße der Felsenwände zahlreiche Gesteinsvorsprünge befanden. Es schien, als hätten sie Eingänge und Fensteröffnungen, fast sahen sie wie kleine Steinhäuschen aus, nur sehr viel verschnörkelter und scheinbar aus dem Fels geschlagen. Bei genauerem Hinsehen erkannten die Knaben, dass vor einigen der Eingänge ebenfalls solche Nebelwesen standen und scheinbar in ihre Richtung blickten. Es waren Hunderte.

Merthin und Quirin klammerten sich eng Rondas Rockzipfel. Sie schenkte der Umgebung nur wenig Beachtung. Die drei gingen langsam weiter. In etwa der Mitte der Höhle befand sich, umrundet von Weidenbäumen, ein großer Teich, der in seinen Ausmaßen schon eher einem See glich. Während die Burschen aus dem Staunen gar nicht mehr herauskamen, schritt Ronda weiter auf das Gewässer zu, sah sich hektisch um und schien etwas zu suchen.

Merthin und Quirin folgten ihr auf Schritt und Tritt. Sie liefen über eine Wiese und blieben schließlich wenige Meter vor den Weiden stehen.

Ronda sah zum Teich hinüber. Das Nebelweib wartete bereits an dessen Ufer auf sie. Erstrahlend stand sie vor ihnen, ihre Füße und der Boden um sie herum waren in dichten Nebel gehüllt.

„Wirst du uns nun helfen, oder nicht?", giftete sie Ronda entschlossen an, ihre Hand war noch immer in ihrer Rocktasche, als wollte sie jeden Moment etwas herausziehen. „Oder hast du etwa schon vergessen, was ich für dich getan habe?", schmetterte Ronda der Weißen entgegen. Ihr faltiges Gesicht verzerrte sich dabei vor Wut.

„Nein, meine liebe Freundin", sprach die Nebelfrau beherrscht, „ich habe es nicht vergessen, obwohl es schon Jahre zurückliegt, viele Jahre. Jahre, in denen wir uns nie wiedersahen. Dennoch habe ich es nicht vergessen, nicht an einem einzigen Tag. Und deshalb werde ich euch auch unterstützen auf eurer gefährlichen Reise, die ihr bereit seid, anzutreten. Nur hoffe ich, dass es nicht bereits zu spät ist."

Fassungslos sahen die Burschen die Weiße an. Sie blickte ihnen unerschöpflich ruhig und sanft in ihre verängstigten Gesichter.

„Ich bin im Übrigen Sira, und dies hier ist unser geliebtes Awa. Ihr seid hier in Sicherheit", hauchte sie den Jungen zu und deutete mit ihren langen Armen auf die gesamte Felsenhöhle.

Merthin und Quirin wagten es nicht, ein einziges Wort zu sagen.

„Wenn du dich noch so gut daran erinnern kannst, was ich für dich getan habe, dann hilf uns!", raunzte Ronda der anderen energisch entgegen.

Sira blieb besonnen. Sie nickte Ronda beinahe unmerklich zu, erhob ihren linken Arm und deutete auf ein Boot, welches vor ihnen am Teichufer trieb und scheinbar schon auf sie wartete.

Die Burschen kamen aus dem Staunen nicht mehr heraus. Als die beiden zusammen mit Ronda und Sira in dem kleinen Boot aus dunklem Ebenholz über den Teich sachte dahinglitten, waren sie überwältigt und fasziniert von dieser Welt, welche sie betreten hatten. Beinahe schon betäubend wirkte dieses sanfte Licht auf die Jungen, es spiegelte sich unaufgeregt im glasklaren Wasser des Teichs, dessen Grund selbst mit leuchtenden Kristallen gesäumt war. Alles glitzerte und funkelte vor ihren Augen, doch nichts wirkte dabei bedrohlich oder gefährlich. Zahlreiche Weidenbäume säumten das nahe Ufer, ihre langen, feinen Zweige tauchten in das Wasser hinein.

Plötzlich bemerkte Merthin, dass viele der nebelweißen Figuren zum Teichufer gekommen waren und sie ausgiebig musterten. Ihre

Gewänder und Gesichter waren schneeweiß, sie alle sahen Sira ähnlich. Es musste ihr Gefolge sein. Unterdessen schien sich das Boot wie von selbst zu bewegen, ganz langsam glitt es über das Wasser und schlug dabei nur sehr dezente Wellen. Sira wandte sich Ronda und den Jungen zu und blickte sie mit ihren weißen Augen an. Ihr Gesicht erschien im mondscheinartigen Licht der Höhle klar und schnörkellos, nur wenige, zarte Falten säumten ihre Haut, und ihr Blick, zuvor im Nebelsturm noch blendend hell und angsteinflößend, hatte nun wieder eine gewisse Menschlichkeit angenommen. Ihre Augenfarbe blieb jedoch verstörend weiß. Unbeschreiblich anmutig saß sie ihnen gegenüber, ihr Kopf überragte dabei die anderen Wesen deutlich.

Sie musste, so schätzte Quirin, mindestens zwei ganze Meter messen, vielleicht sogar noch etwas mehr. Erst jetzt bemerkte er, dass unter ihrem Haar mehrere kleine, schwach leuchtende Kristalle hervortraten, sie bildeten eine Art Kranz um ihr Haupt. Der vorderste Kristall war der größte, die nachfolgenden wurden stetig kleiner, sodass es so aussah, als würde ein königliches Diadem ihren Kopf zieren. Während er sie weiter misstrauisch musterte, fiel ihm plötzlich auf, dass der gesamte Boden des Bootes von weißem Nebel überzogen war. Er war trotz des fahlen Lichts deutlich auf dem dunklen Holz auszumachen. Siras bodenlanges weißes Gewand verhüllte ihre Beine vollständig, ihre Füße waren nicht zu sehen und schienen förmlich mit dem Nebel zu verschmelzen. Sie beugte sich etwas nach vorne. Wie in Zeitlupe griff ihre zierliche Hand nach Ronda. Diese wich ein wenig zurück und fasste mit einer Hand nach ihrer Halskette, welche unter der abgetragenen, staubigen Leinenbluse dicht an ihrer verschwitzten Haut klebte. Erst nachdem sie ihren Stein einige Sekunden in der Hand gehalten und tief durchgeatmet hatte, holte sie ihre Faust wieder unter ihrem Gewand hervor und legte sie nach einigem Zögern in Siras Hand.

„Einst, Ronda, verband uns Freundschaft. Doch mir scheint, dass nun, viele Jahre nach deiner tapferen Tat, die meinem Sohn das Leben rettete, ein tiefes Misstrauen unsere Verbindung angreift", sprach Sira mit mildem Klang in der Stimme.

Ronda riss ihre Hand wieder an sich und wich erneut zurück.

„Vertrauen beruht darauf, dass man sich gegenseitig trauen kann, und nicht darauf, dass du fast das Leben meiner Jungchen ausgelöscht hättest!", zischte Ronda mit wütender Stimme und sah Sira dabei giftig an.

Die Burschen schluckten.

„Vergib mir, meine teure Freundin", erwiderte die Weiße, „doch es sind Menschen. Menschen wie jene, die vor nicht allzu langer Zeit viele meines Volkes verfolgten, jagten und auf die scheußlichsten und grausamsten Weisen dem Leben entrissen. Menschen wie jene, deren Gier nach den Schätzen unserer geliebten Natur, unserer gemeinsamen Mutter Erde, als unersättlich bezeichnet werden muss. Menschen wie jene, die ein friedliches Zusammenleben von meinem Volk und dem ihren unmöglich machten." Sira wandte ihren Blick von Ronda ab und sah die Jungen an. Merthin und Quirin erschraken und rutschten eng zusammen. „Ihr müsst wissen, dass mein Gefolge viele tausend Jahre in Frieden mit Euresgleichen lebte. Doch die Zeit veränderte die Menschen, sie lebten nicht mehr mit unserer geliebten Natur, sondern begannen damit, sie auszubeuten und zu zerstören. Neid, Habgier und Missgunst taten ihr Übriges. Und so kam es dazu, dass mein Volk, reich beschenkt mit allerlei Fähigkeiten von Mutter Erde, alsbald unverstanden blieb und nicht mehr akzeptiert wurde. Wir wurden verfolgt und gehetzt, und nur allzu schnell begriffen die Menschen, dass wir außerhalb des Schutzkreises unserer geliebten Heimat, unseres Awas, keine Macht besaßen. So waren wir wehrlos, schutzlos und dazu gezwungen, uns zurückzuziehen, doch für viele war es zu spät. Sie wurden ins Wasser getrieben oder ein Fraß des Feuers. Nur wenige sind noch geblieben." Sira sah zu den Ufern hinüber und betrachtete ihr Volk. Nach einem Moment der Stille blickte sie wieder zu Ronda, ein fast unsichtbares Lächeln huschte dabei über ihr schmales Gesicht. „Und wärest du nicht gewesen, meine liebe Freundin, wäre auch mein Sohn nicht mehr."

„Das ist wahr", erwiderte Ronda leise und lächelte unsicher zurück. „Doch warum hast du sie angegriffen, wo du doch sicher längst vorher schon gesehen hast, dass ich mit ihnen bin?"

Sira fasste ganz langsam und vorsichtig Rondas Rockzipfel an und wischte etwas Staub weg. Ronda sah nach unten und begriff plötzlich.

„Ich habe nur die beiden Menschenjungen gesehen, doch du, meine liebe Freundin, warst für mich nicht auszumachen, zu viel deines Pulvers ist auf dich hinabgefallen."

Merthin und Quirin blickten Ronda fragend an.

„Das braune Pulver, meine Jungchen! Das, was ich in meinem Haus noch schnell verstreut habe. Aber wie sollen auch zwei Grünschnäbel wie ihr etwas davon verstehen!", antwortete sie schnippisch.

Das Boot steuerte gemächlich durch den kleinen See, vorbei an Weidenbäumen und kleinen Wasserfällen, die aus den Felsenwänden hervortraten und mit ihrem glasklaren Wasser den Teich nährten. Während sich Quirin ein wenig eingeschüchtert umsah, versuchte er angestrengt, seine Gedanken zu ordnen. Er konnte einfach nicht glauben, was ihm und seinem besten Freund in den letzten Tagen widerfahren war. Hätte ihm jemand vor einer Woche gesagt, dass er, ein gewöhnlicher Waisenjunge von gerade einmal fünfzehn Jahren, diese völlig fremde, scheinbar verzauberte Kristallhöhle weit weg von Zuhause betreten würde, er hätte ihn sicherlich für verrückt erklärt. Er war doch ein ganz einfacher Bauernjunge, wie konnte es nur sein, dass ihn der Stein seiner Mutter auf eine derart gefährliche Reise schickte? War er etwa gar nicht jener, der er glaubte, zu sein?

Fragen über Fragen gingen dem Jungen durch den Kopf, als er, zusammen mit Merthin, der seltsamen, geheimnisvollen Weißen im Boot gegenübersaß. Immer wieder sahen sich die Burschen verunsichert an, doch sie wagten es nicht, miteinander zu sprechen.

Schließlich sah Quirin hoch oben an der Höhlenwand, nur einen Steinwurf von ihnen entfernt, einen wunderschönen, aus Fels geschlagenen Brunnen. Er befand sich auf einer kleinen Anhöhe, einem Felsvorsprung an der hinteren Wand der Höhle. Einige Meter hoch musste er ein, so schätzte er. Der Fuß des Brunnens trug drei Steinschalen, wobei die unterste mit etwa zwei bis drei Metern Durchmesser die größte war. Die Schalen schienen direkt aus dem dunklen Gestein der Höhle geschlagen zu sein. Zahlreiche, filigran gezeichnete Figuren und Natursymbole, die das Erscheinungsbild der Höhle in ihrer Schönheit und Kostbarkeit widerspiegelten, verzierten ihn aufwendig und suchten in ihrer Vollkommenheit und Kunst ihresgleichen. Eine schmale Felsentreppe, die an ihren Rändern mit schwach leuchtenden Kristallen gesäumt war, führte zu ihm hinauf. Deutlich auszumachen war ein großer Kristall auf der obersten Brunnenschale. Er strahlte etwas heller als die umliegenden, jedoch blendete sein Licht nicht, im Gegenteil, unbeschreiblich zart erhellte es den Brunnen und spiegelte sich in den staunenden Augen der Jungen wider.

Das Boot erreichte schließlich, wie von Geisterhand geführt, einen schwarzen Ebenholzsteg. Siras Gefolge erwartete sie dort bereits. Nun, da die Burschen die vielen großen Gestalten direkt vor sich sahen, wirkten sie erneut verängstigt und rutschten eingeschüchtert zusammen. Sira stieg mit schwebenden, lautlosen Schritten hinauf, ein wenig weißer Nebel huschte ihr dabei hinterher und hüllte weiterhin ihre Füße ein. Ronda folgte ihr sogleich, und als sie mit einem energischen Ruck aus dem Boot polterte, bekam es für einen Moment starke Schlagseite und schwappte unruhig hin und her. Sie putzte sich ihre faltigen Hände am Rockzipfel ab und winkte die Knaben zu sich. Merthin und Quirin blieben aber im Boot und schauten Siras Volk ängstlich an.

„Kommt, Jungchen, kommt, husch husch, wir wollen sie nicht warten lassen!", sagte Ronda zu ihnen und fuchtelte mit ihren dicken Armen.

Als die beiden weiter zögerten, reichte ihnen Sira ihre kühlen Hände und sagte: „Nun kommt, wir wollen einen kleinen, bescheidenen Blick in die Zukunft wagen."

Die vier schritten den Steg entlang. Aus nächster Nähe betrachtet, sahen sie Siras Volk genauso aus wie sie selbst, sie trugen allesamt helle Gewänder und hatten weißes bodenlanges Haar. Ihre Füße waren von dichten Nebelschwaden verdeckt. Männer und Frauen, Kinder und Alte standen vor ihnen und blickten sie mit weißen Augen emotionslos an. Auf ihren Häuptern trugen sie allesamt Kränze aus kleinen leuchtenden Kristallen, sie schienen ihnen direkt aus den Köpfen zu sprießen. Jedoch waren diese deutlich zurückhaltender und bescheidener im Vergleich zu Siras kronenartigem Kristallhaupt.

„Wartet hier", hauchte Sira den dreien zu und ging zu ihrem Gefolge.

Sie blieb stehen, erhob gütig ihre Hände und schloss die Augen, ihr Volk tat es ihr gleich. Einige Momente vergingen. Niemand sagte ein einziges Wort, und es war in der gesamten Höhle nur das entfernte Rauschen der Wasserfälle zu hören.

Schließlich trat ihr Volk zur Seite und stellte sich in zwei Reihen auf, sie bildeten einen Art Spalier zur Brunnentreppe. Jeder von ihnen streckte einen Arm in Richtung Brunnen aus und blickte zu Ronda und den Knaben. Sira wandte sich ihnen ebenfalls zu.

„Mein Volk ist einverstanden. Ihr dürft einen Blick in das unergründliche Wasser Awas werfen", hauchte sie mit königlicher Stimme.

Quirin hielt, als sie am Ufer des Teichs standen, seinen Stein fest umschlossen in seiner Hosentasche. Wie in einem Traum nahm er das Geschehene war. Seine Gefühle, seine Eindrücke, seine Ängste und seine Sorgen vermischten sich zu einem dicken Brei, der über ihm ausgegossen wurde, er klebte an ihm und ließ sich nicht abwaschen, er schwächte seine Sinne und machte ihn behäbig und müde. Quirin wurde langsam schwarz vor Augen. Beinahe taub fühlten sich seine Gliedmaßen an, er schwitzte und würgte angestrengt etwas Spucke seine staubtrockene Kehle hinunter. Zitternd wühlte er in seiner Hosentasche. Seine Finger streiften die Stofftücher, welche den Stein umschlangen, beiseite, und als er den Stein direkt an seinen Fingerspitzen spürte, wurde ihm leichter. Er schloss seine Augen.

Blaue, helle Linien durchdrangen die Dunkelheit, sie bahnten sich wärmend und gütig ihren Weg. Für einen kurzen Moment, es waren sicherlich nur wenige Sekunden, hatte er das Gefühl, dass eine schwere Bürde von ihm abgefallen war. Er konnte Aufatmen und spürte keine Last mehr. Seine Ängste, seine Sorgen, seine Einsamkeit, sie schienen für einen Augenblick völlig verschwunden zu sein, so, als hätte er in seinem Leben niemals etwas Derartiges kennengelernt. Ein Lächeln säumte sein Gesicht, seine Finger streichelten zärtlich den Stein.

„Quirin, Mensch, Junge, was ist mit dir? Wach auf, Ronda spricht zu dir!", flüsterte ihm Merthin ins Ohr und rüttelte dabei an seinen Schultern.

Quirin sah ihn verwirrt an.

„Jungchen, Jungchen, aufgewacht! Ich glaube es ja nicht, da bringe ich euch hierher, und wir können endlich einen Blick in den Brunnen erhaschen, und du schläfst im Stehen vor dich hin!", mahnte ihn Ronda mit ihrer typisch lehrerhaften Art.

Sie hatte wirklich ein Talent, die Burschen immer wieder wie Dummköpfe dastehen zu lassen.

„Was soll das, Ronda, lass ihn in Ruhe. Du hast doch keine Ahnung, was er schon alles durchmachen musste mit seinen fünfzehn Jahren!", erwiderte Merthin entschlossen.

Sogleich entstand wieder ein hitziges Gefecht zwischen den beiden, und sie hätten sich wohl mal wieder alles Mögliche an den Kopf geworfen, hätte Sira nicht mahnend ihre Hände nach oben gehalten.

Erschrocken blickten Ronda und Merthin sie an und wichen beschämt zurück.

„Dies ist nicht die Stunde, um sich zu bekriegen. Viel Zeit ist schon verloren gegangen, Zeit, die euer Feind zu nutzen wusste", sprach sie in ruhigen Worten. Ronda und Merthin blickten sie verängstigt an, in ihren Augen spiegelte sich Siras weißes Gewand. „Wir dürfen nicht mehr zögern. Es muss versucht werden, die Zukunft abzuschätzen, die Schwächen des Feindes zu lesen, und wir müssen verstehen, wie ihr ihn ausschalten könnt", sprach sie weiter. „Wie du ihn ausschalten kannst, Quirin", sagte sie und blickte ihn dabei an.

Quirin schluckte. Sira begab sich lautlos zu ihm, er wich zurück und umklammerte mit fester Faust seinen Stein. Sie blieb vor ihm stehen, der schneeweiße Nebel, der den Boden um sie herum bedeckte, schlängelte sich behutsam an Quirins Schuhen entlang. Panisch wich er weiter zurück und sah Ronda mit unsicherem Blick an.

Sira streckte ihm ihre Hand entgegen, als wollte sie seine Stirn berühren. Merthin wollte schon zu Quirin rennen, doch Ronda hielt ihn zurück. Sie sah Sira mit festem Blick lange an und griff dabei nach ihrer Halskette.

Schließlich, nach einigem Zögern, nickte sie Quirin zu. Dieser ließ sich Siras Hand auf den Kopf legen. Kühl fühlte sie sich an, aber nicht unangenehm, dabei leicht wie eine Feder.

Sira schloss ihre Augen. „Ich sehe, Quirin, was dein junges Leben bereits von dir gefordert hat", offenbarte sie. „Ich sehe es vor meinen Augen, den Schmerz, das Leid, die Einsamkeit. Nur allzu unbarmherzig ist sie mit dir umgegangen, Quirin. Und dein Vater, auch ihm ist Schreckliches widerfahren", fuhr sie ruhig fort.

Quirin blickte panisch um sich und sah sie fassungslos an.

„Woher weißt du das? Was ist mit ihm passiert?", fragte er aufgeregt und quetschte seine Faust dabei fest zusammen.

Sie nahm ihre Hand wieder von seinem Kopf, Quirin wich sogleich zurück und wischte mit seiner Hand mehrmals über sein Haupt.

„Und noch Schlimmeres wird dir und deinen Freunden entgegentreten, wenn ihr euch für den Kampf nicht wappnet", sprach Sira weiter und sah Quirin mit schneeweißen Augen an.

Sira ging lautlos an den Jungen vorbei, der Nebel huschte ihr hinterher. Am Teichufer angekommen, hob sie eine silberne Schale auf und schöpfte etwas Teichwasser. Als sie zurückkam, nickte sie den dreien zu und ging voran, Ronda und die Jungen folgten ihr. Sie schritten durch ihr Volk hindurch zur Brunnentreppe. Merthin und Quirin blickten immer wieder verstohlen in die vielen hellen

Gesichter und fühlten sich eingeschüchtert von deren leuchtenden Augen. Sie drängelten sich dicht an Rondas heran und sahen immer wieder verstört zu Boden. Schließlich schritten sie eine wunderschöne, in Fels geschlagene kleine Treppe hinauf, kleine Leuchtkristalle säumten dabei ihren Weg. Oben angekommen, sahen sie, dass der Brunnen ausgetrocknet war.

Sira schüttete behutsam das Teichwasser aus dem Silberbehältnis hinein, und zum Staunen der Burschen begann der Brunnen sogleich, das Wasser über seine drei Schalen zu spülen und bewegte es stetig von unten nach oben. Obwohl nur ein kleiner Schwall in die unterste Schale gegossen worden war, schien sich plötzlich ein Vielfaches davon im Brunnen zu befinden und füllte alle drei Schalen vollständig aus. Der etwa kopfgroße weiße Kristall, der zärtlich in einem kühlen, weißen Licht schimmerte, wurde emsig von Teichwasser umspült. Aus der Nähe sahen die Burschen nun die kunstvoll verzierten Steinschalen und Säulen in ihrer vollen Schönheit und waren fasziniert.

Sira streckte ihre Hände zu Ronda und Quirin.

„So lasst nun sehen", sagte sie, „was uns das Wasser Awas zu zeigen vermag."

Plötzlich stellte sich Ronda mit einem groben Ruck vor Quirin und drängte ihn mit ihren starken Oberarmen zurück.

„Nein, warte. Wir dürfen unsere Steine nicht in den Brunnen legen!", sprach Ronda mit mahnenden Worten zu Sira. „Es ist zu gefährlich! Du musst es ohne sie tun."

Sira blickte sie mit ihren leuchtend weißen Augen an, dichter Nebel umspülte dabei ihre Füße und bedeckte bald den gesamten Boden um den Brunnen herum. Quirin bildete sich ein, dass er für einen winzigen Augenblick eine gewisse Verwunderung über Siras helles Gesicht huschen sehen konnte. Sie ließ ihre Arme sinken und schloss die Augen.

„Ich verstehe", sprach Sira nach einem Moment der Stille, „du fürchtest dich davor, das der Feind erneut die Gelegenheit bekommt, euch auszumachen. Es darf nicht geschehen, dass wir ihm noch einmal diese Möglichkeit geben, so wie du es getan hast, meine liebe Freundin. Teuer musstest du für jenes bezahlen, was Quirins Stein dir bereitwillig zu berichten wusste. Tief ließ er dich in seine Vergangenheit blicken und zeigte dir, wozu der Feind imstande ist."

Sira öffnete langsam wieder ihre schneeweißen Augen und sah Ronda ruhig an.

„Und nun fürchtest du dich", sprach sie weiter.

Ronda nickte hektisch, Unruhe und Angst verzerrten ihr faltiges Gesicht. Sira wandte sich von ihnen ab und ließ ihren Blick durch die Höhle schweifen.

„Und auch ich", flüsterte sie weiter, „trage Furcht in mir. Seit einiger Zeit bereits spüre ich, dass sich um uns herum die Welt verändert. Ich sehe, welch starke Mächte euren Feind ausfüllen, welche Kräfte er nun in sich trägt, sie verschmelzen zu einem mächtigen Schild, das kaum noch zu durchschlagen ist."

Eine beängstigende Stille breitete sich aus. Den Burschen schlug das Herz bis zum Hals, sie fühlten ihren pochenden Puls überdeutlich an ihren verkrampften Hälsen. Selbst Ronda musste schlucken. Nervös wischte sie sich mit ihrem kratzigen Ärmel den Schweiß von der Stirn. Unerträgliche Momente des Schweigens verstrichen. Schließlich wandte sich Sira ihnen wieder zu und sah Ronda in ihre fahlen Augen.

„Und du weißt, wen ich meine, nicht wahr?", sprach sie beinahe unerträglich ruhig und emotionslos weiter.

Die Alte nickte heftig.

„Sarax", zischte Ronda eingeschüchtert und verzerrte dabei ihr faltenumrahmtes Gesicht zu einer verängstigten Fratze.

Sira nickte ihr beinahe unmerklich zu. Erneut breitete sich eine drückende Stille um die Anwesenden herum aus.

„Euer Schicksal, das vergangene und das künftige", hauchte Sira weiter, „ist dabei auf gefährliche Art und Weise enger miteinander verwoben, als es dem ein oder anderen von euch möglicherweise bewusst ist. Und auch das Schicksal meines Volkes und mein eigenes ist nun, da ihr mich um Hilfe gebeten habt, ungewiss geworden, das spüre ich."

Sira blickte erneut beiseite und ließ ihren leuchtenden Blick zu ihrem Volk hinunterschweifen. Dann sah sie wieder Ronda an.

„Und dennoch", fuhr sie fort, „müssen wir mutig sein, um unsere Schuld an dir, meine liebe Freundin, abzutragen. So wie du einst, vor vielen Jahren, den Mut besessen hast, meinen Sohn vor dem Hass der Menschen zu bewahren, so wie du dich damals ihnen tapfer entgegengestellt und dich selbst dabei in größte Gefahr begeben hast, so muss nun ich Gleiches tun und für euch einen Blick in Awas Wasser wagen."

Die drei wussten nicht, was sie sagen sollten. Sira betrachtete sie noch einige Augenblicke sinnierend, schloss sodann ihre Augen und begab sich lautlos direkt zum Brunnen. Ronda, Merthin und Quirin blieben einige Meter entfernt stehen und duckten sich furchtsam. Sie sahen, wie Sira ihre hellen faltigen Hände über das Wasser der untersten Schale hielt.

Einige Minuten verstrichen. Plötzlich sah Quirin, dass der Kristall auf der obersten Schale des Brunnens stärker zu leuchten begann, er wurde von Sekunde zu Sekunde heller. Sein schneeweißes Licht bahnte sich bestimmt seinen Weg und erhellte alsbald den gesamten Felsvorsprung. Siras Gesichtsausdruck wurde konzentrierter. Immer stärker presste sie ihre Augenlieder zusammen, ihre Handflächen begannen, zu zittern. Mit einem Mal blies ein Windhauch durch die Höhle. Anfangs noch kaum aus der Ferne zu vernehmen, wurde er kräftiger, Siras bodenlanges Haar begann, nervös und hektisch zu tanzen, es wurde von umherwirbelnder Luft hin und her geworfen. Plötzlich blitzte der Brunnenkristall heftig auf. Er schleuderte ein starkes und nur wenige Sekunden langes blitzartiges Licht weit in die Tiefen der Felsenhöhle hinein. Reflexartig duckten sich die Burschen und versteckten sich unter Rondas Armen. Ronda hielt sich die Hand vor ihre Augen.

Immer ungehaltener wirbelte die Luft herum, aus dem entfernten Wind wurde ein richtiger Sturm. Er jagte durch die gesamte Höhle, hetzte das Teichboot energisch über das Wasser und brachte die Weidenbäume zum Wanken. Ihre langen, dünnen Zweige peitschten nach allen Seiten und scheuchten das Wasser auf. Sira begann, am ganzen Leib zu zittern. Der Nebel um ihre Füße herum mischte sich in Sekunden mit dem Wind, ein mächtiger Nebelsturm entstand. Sira begann, zu schreien. Das Brunnenwasser schwappte schwallartig aus den Schalen heraus, es tränkte Rondas, Merthins und Quirins Kleider und spritzte ihnen ins Gesicht. Bis in Mark und Bein erschrocken, klammerten sie sich eng aneinander, selbst Siras Volk suchte panisch Schutz zwischen den Felswänden. Siras Schreine hallten in unerträglicher Lautstärke durch die gesamte Höhle, sie riss ihre Augen auf und sah mit leuchtendem, blendend hellem Blick direkt in das Zentrum des Sturms. In rasender Geschwindigkeit jagte dieser an den Felswänden entlang, riss kleinere Gesteinsbrocken heraus und wirbelte sie durch die Luft. Einige davon wurden in den Teich geschleudert, sie brachten das Wasser zum Schäumen und hetzten rauschende Wellen über die Ufer. Immer wieder entsandte der Brunnenkristall grelle Blitze, sie blendeten die Anwesenden und erhellten die gesamte Höhle. Sira riss ihre Hände nach oben. Eine fremde Kraft wollte sie vom Brunnen wegdrücken, doch sie versuchte angestrengt, standzuhalten.

Dann geschah es. Als der Nebelsturm seine volle Stärke erreichte, verfärbte sich mit einem Mal das nebelweiße Licht des Brunnenkristalls. Ein grelles, schmerzendes, betäubendes Rot breitete sich aus, es strahlte über die gesamte Felsenhöhle, es leuchtete in jede Fuge und in jede Spalte und ließ für einen kurzen Augenblick alles wie ein Flammenmeer erscheinen.

Es folgte ein gewaltiger Knall. Mit einem heftigen Ruck wurde Sira vom Brunnen weggeschleudert und gegen die nah gelegene Felsenwand geworfen. Sogleich legte sich mit einem Schlag der Sturm und löste sich in Sekunden auf, der Brunnenkristall glimmte mit einem Mal wieder in zurückhaltendem Nebelweiß. Die aufgewirbelten Felsbrocken fielen mit lautem Krachen zu Boden, und plötzlich wurde es totenstill.

Ronda, Merthin und Quirin lagen am Boden. Panisch blickten sie nach oben, und als sie erkannten, dass alles vorbei war, eilten sie sogleich zu Sira hinüber. Diese lag regungslos am Boden.

„Oh Gott, ist sie tot?", kreischte Merthin und rüttelte an Rondas Schulter.

„Sira! Sira! Sag doch was!", sprach Ronda zu ihr und berührte die kalten Hände der Nebelfrau.

Geschockt vernahm sie, dass aus Siras Hinterhaupt, dicht unterhalb ihrer Kristallkrone, ein wenig weißlich leuchtende Flüssigkeit austrat. Zaghaft schlich etwas Nebel um ihre Gliedmaßen herum und floss wie in Zeitlupe die Treppen des Brunnenaufgangs hinab. Während Ronda verzweifelt versuchte, Sira wachzurütteln, erschraken die Burschen heftig, als plötzlich Siras Volk die Stufen zu ihnen hinaufeilte.

Aus ihrer Menge trat ein junger Mann hervor und begab sich sogleich zu ihnen. Seine leuchtend weißen Augen, eingebettet in ein helles, schnörkelloses Gesicht, blickten überraschend unruhig zu Sira.

Merthin und Quirin wichen verängstigt zurück.

„Malwa! Malwa!", sprach er in leisen Worten und kniete sich zu Sira hinab, sein federgleiches Haar legte sich dabei tonlos über ihren Körper.

Dichter Nebel umströmte aufgeregt seine Beine. Sira öffnete ihre Augen.

„Arlon, mein Junge", hauchte sie zögerlich.

„Was ist mit dir, Malwa, bist du verletzt?", sprach Arlon zu seiner Mutter und fasste mit seinen weißen Händen an ihr nasses Haupt.

„Es ist nichts", sagte Sira und versuchte, sich etwas aufzurichten.

Ronda strich ihr behutsam ihr Haar aus dem Gesicht.

„Sira, was war das, was hast du gesehen?", fragte Ronda mit zittriger Stimme und blickte Arlon für einen kurzen Moment in die Augen.

„Ihr müsst fort von hier", keuchte Sira leise, „schnell, ihr dürft nicht zögern. Ihr müsst zu Adon, Gelas Vater. Rasch, bevor es zu spät ist."

Quirin schreckte hoch. Mit einem Ruck warf er seine Angst weit von sich und lief zu Sira. Ronda, Merthin und Arlon starrten ihn fassungslos an.

„Wen meinst du damit, Sira, wen meinst du damit?", fragte er entschlossen und sah sie furchtlos an. „Hast du gerade von meiner Mutter gesprochen? Das hast du, ich weiß es. Gela, nicht wahr?", fragte er unruhig weiter.

„Ja, mein Junge", flüsterte Sira erschöpft.

„Was ist mit ihr geschehen, was weißt du über sie?", fragte Quirin.

Sira sah ihn an, ihre Augen leuchteten dabei viel schwächer als sonst. Arlon hob sanft Siras Kopf in seinen Schoß und legte seine Hand über ihr nässendes Haupt. Mit ernstem Gesichtsausdruck blickte er Quirin an.

Ronda schubste Quirin grob zur Seite. „Lass sie zufrieden, Dummkopf, es ist nicht der richtige Moment für deine ahnungslosen Fragen!", zischte sie ihm entgegen und schlug mit ihren Händen wütend nach ihm. Sogleich wandte sie sich wieder Sira zu und fragte sie: „Sira, was hast du gesehen?"

Angestrengt richtete sich diese etwas auf. „Ihr müsst zu Adon. Durch den Schattenwald hindurch, über den Fluss des Vergessens, so gelangt ihr zu ihm", flüsterte Sira leise.

Ronda erschrak. Merthin und Quirin vernahmen fassungslos ihre Worte. Und als ob dies nicht schon verstörend genug gewesen wäre, fügte Sira noch etwas hinzu, das ihnen allen unendlich große Angst einflößte.

„Zögert nicht, eilt!", flüsterte sie angestrengt und rang dabei nach Atem.

Dann packte sie erschreckend fest Rondas linken Arm, zog sich daran hoch und blickte ihr direkt in die Augen. Sie betrachtete einige Augenblicke lang Rondas Gesicht. Furcht verzerrte es fast bis zur Unkenntlichkeit. Sira holte noch einmal Luft und flüsterte schließlich: „Sarax … Ronda, er war es. Ich habe ihn gesehen, überdeutlich stand er vor mir. Sein Blick, seine glühenden Augen, er war es. Er ist mächtiger als je zuvor. Und wenn ihr Adon nicht bald erreicht, seid ihr des Todes."

Kapitel 7

Das Bier lief Ronda rechts und links aus dem Mund heraus, als sie mit einem gewaltigen Zug ihren Krug leerte. Schäumend floss es über ihren dicken, faltigen Hals und wurde sogleich emsig von ihrem Obergewand aufgesogen. Ronda rülpste lautstark und knallte den Tonkrug auf den Tisch.

„Dass du mir aber ja nicht die Zeche prellst, Weibsbild! Wer saufen kann für zwei gestandene Männer, der kann auch für zwei bezahlen, verstanden?", brüllte der fette Wirt hinter seinem Ausschank zu ihr hinüber. „Oder bist du am Ende gar kein Weiberleut, so wie du uns das Bier hier wegsäufst!", fuhr er sie weiter an und brach dabei in schallend lautes, derbes Gelächter aus.

Seine dicken Fäuste schmetterten auf das Schankholz, während sein gewaltiger Bauch im Takt seines Lachens auf und ab wippte. Die alten Männer, die am Ausschanktisch saßen, brüllten sogleich mit und johlten, betrunken wie sie waren, durch die ganze Stube hindurch, ihr röhrendes Grölen war durch die offenen verzogenen Holzfenster der Schenke bis auf die Straße hinaus zu hören.

„Ich zeig dir gleich, was für ein Weiberleut ich bin!", brüllte Ronda zu ihm hinüber und putzte sich ihren Mund an ihrer schmutzigen Leinenbluse ab.

Die Männer brüllten weiter, und während Ronda energisch in ihrer Rocktasche nach Münzen kramte, stimmte einer von ihnen ein Trinklied an, woraufhin sogleich alle mit einstiegen und dabei ordentlich Bier in ihre gierigen Kehlen schütteten.

„Hierher, Jungfer, wird's bald!", schrie Ronda lautstark durch den derben Gesang und winkte energisch ein junges blondes Mädchen zu sich.

Die Alte knallte wütend das Geld auf den dreckigen Wirtshaustisch und befahl dem Mädchen ruppig, noch einen großen Humpen Bier zu bringen. Begleitet vom lauten Krakeelen der Männer begab sich das schüchterne Ding sogleich mit gesenktem Haupt zum Wirt, welcher ihr einen vollen Krug mit frisch gezapftem

Fassbier auf den Tresen knallte. Sein primitives Gelächter wurde zunehmend von einem tiefen Grunzen begleitet.

„Ich merke schon", sprach er hämisch grinsend zu seinen Gästen, „unsere zarte Dame muss ihr zartes Kehlchen befeuchten, schnell, gebt ihr was, nicht, dass sie noch vom zarten Fleische fällt!"

Tobendes Gelächter durchschallte die Schenke, die betrunkenen Männer krümmten sich vor Lachen und stießen gemeinsam mit dem dicken Wirt ihre schäumenden Bierkrüge aneinander. Ronda wollte schon aufspringen und dem fetten Wirt an die Gurgel gehen, doch Arlons kühle Hände hielten sie fest.

„Oh, seht nur, jetzt muss die zarte Dame schon von ihrem bleichgesichtigen Freund gehalten werden!", lachte der Wirt weiter und spuckte mit einem lauten Grunzen seinen stinkenden Auswurf durch eine Zahnlücke hindurch auf den Schenkenboden.

Die alten Männer schütteten ihr Bier gierig hinunter und begannen aufs Neue mit ihrem schiefen Gesang.

„Ronda, lass sie, das ist es nicht wert", sprach Arlon leise zu ihr. Er sah sie mit hellblauen Augen an und versuchte, sie zu beruhigen.

„Ach, zum Teufel mit ihnen!", erwiderte Ronda übellaunig und blies sich ihr Haar aus dem Gesicht.

Das junge Mädchen brachte ihr wortlos den bestellten Krug, setzte ihn mit gesenktem Haupt vorsichtig auf den Tisch und schob das Geld in ihre Rocktasche. Ronda nahm sogleich einen üppigen Zug. Ihr Blick wurde ein wenig leer, sie hatte schon zu viel getrunken und wurde langsam müde. Mit schweren Augenlidern sah sie Arlon an, musterte ihn eine Weile und nahm erneut einen gewaltigen Zug.

„Also, Junge", flüsterte sie ihm anschließend recht laut zu, „ich muss schon sagen, dieser Zauber hat es in sich!"

Arlon hielt seinen bleichen Zeigefinger vor seine Lippen und blickte etwas unruhig nach allen Seiten. „Nicht so laut, sonst hört uns noch jemand!", flüsterte er.

„Nein, also ich muss schon wirklich sagen", lallte Ronda etwas leiser weiter, „nicht schlecht, nicht schlecht. Siehst wirklich aus wie ein ganz normaler Junge. Nur deine Haut ist immer noch so bleich, als hättest du dich von oben bis unten mit Kalk eingerieben. Aber sonst, nicht schlecht, nicht schlecht." Ronda setzte erneut den Tonkrug an und leerte ihn in einem Zug. „Das will ich auch machen, Junge!", lallte sie weiter, „ich will mich auch verstecken und mich in jemand anderen verwandeln. Dann könnte ich vielleicht nochmal von vorne anfangen. Wäre gar nicht schlecht, oder? Gar nicht schlecht wäre das."

Geistesabwesend starrte sie in eine dunkle Ecke der Schenke und rülpste. Arlon nahm Rondas faltige Hand in seine und streichelte sie vorsichtig. Er beugte sich zu ihr nach vorne, sein mittlerweile hellblondes, schulterlanges Haar umrahmte dabei das bleiche Gesicht. Tatsächlich sah er, seitdem er das funkelnde Pulver über sich verteilt hatte, wie ein gewöhnlicher junger Mann von ungefähr zwanzig Jahren aus. Hektisch hatte er es im geheimen Tunnel, durch den sie die Felsenhöhle verlassen hatten, aus einer Felsspalte herausgeholt und sogleich über seinen gesamten Leib verteilt. Gewöhnliche Leinenkleider trug er seitdem am Leib, keinerlei Nebel umhüllte mehr seine abgetragenen braunen Lederschuhe, und seine zuvor noch leuchtend weißen Augen hatten ein recht normales Hellblau angenommen. Auch die glimmenden Kristalle, die einst seinen Kopf säumten, waren fort. Sogar seine ursprüngliche Größe von sicherlich weit über zwei Metern hatte sich auf ein unauffälliges Maß reduziert. Der Klang seiner Stimme glich inzwischen ebenfalls dem gewöhnlicher Menschen. Lediglich seine Haut war auffällig bleich geblieben.

„Du weißt, dass das bei dir nicht funktioniert", sagte er bestimmt zu Ronda, „und sich in jemand völlig anderen auf Dauer zu verwandeln, das geht schon dreimal nicht!"

„Ja, ja", zischte sie ihn genervt an, „das ist mir schon klar, Junge, ich bin keine Närrin. Aber der Gedanke ist doch sehr verlockend."

„Warum?", fragte Arlon ruhig und blickte sich erneut vorsichtig um.

Außer ihnen und den alten Trunkenbolden, acht oder neun an der Zahl, waren nur das junge Mädchen und der Wirt in der heruntergekommenen Schenke. Mit letzter Kraft hatten sie diese erreicht, nachdem Ronda, Merthin, Quirin und Arlon, von Furcht und der dunklen Nacht gehetzt, durch den geheimen Tunnel der Felsenhöhle hindurch bis nach Birgenwerd gelaufen waren. Ein kleines, weitestgehend verlassenes Dorf war das, es lag am Fuße des mächtigen Südwestgebirges. Nur wenige kleine Lichter, die aus den Häusern und auf den Gassen des Dorfes leuchteten, erhellten die finstere Nacht. Kaum jemand, der nicht aus dieser entlegenen Gegend stammte, verirrte sich hierher, und wenn er dies tat, so blieb er sicherlich nicht lange. Schließlich wirkte das alte Dörfchen mit seinen windschiefen Häusern und menschenleeren Gassen nicht wirklich einladend. Mächtige dunkle Wälder umgaben Birgenwerd, die Nacht ließ sie bedrohlich wirken, und es blieb ein Geheimnis der Dunkelheit, wohin sie führten.

„Ach, ich meine ja nur …", flüsterte Ronda genervt und sah mit leerem Blick auf den Tisch. „Ich denke mir halt gerade", fuhr sie fort, „es wäre manchmal besser, jemand anderes sein zu können. Ich meine, schau mich doch an, sieh nur, wohin mich meine eigene Dummheit gebracht hat. Wie konnte ich nur so dumm sein und mich auf diese beiden Grünschnäbel einlassen? Nicht ein einziges Wort hätte ich mit ihnen wechseln sollen, dann hätte ich mir, dir und Sira all das hier erspart. Sollen sie doch selbst zusehen, wie sie ihren Frieden finden. Was habe ich damit zu tun? Ich sollte einfach aufstehen und nach Hause gehen – und du auch! Was hält mich denn hier noch? Nichts! Nichts!", fauchte sie leise und vergrub dabei ihr rundes Gesicht in ihren Armen.

Arlon sah sie ruhig an.

„Ja, du hast recht", flüsterte er zu ihr, „nichts hält dich noch hier. Nichts außer deinem Gewissen." Ronda blickte ihn verwundert an. Arlon sah sich erneut um, und als er sich vergewissert hatte, dass ihnen niemand Beachtung schenkte, rutschte er dicht an Ronda heran und fuhr fort. „Wir beide wissen, warum du hier bist. Eure Steine verbinden euch, dich und Quirin. Sie sind aus dem gleichen Fels geschlagen, sie stammen vom gleichen Ort. Und wer weiß, vielleicht ist am Ende Gela sogar deine Schwester."

Ronda starrte ihn fassungslos an.

„Sie ist nicht meine Schwester! Und woher, zum Teufel, weißt du das alles schon wieder?", zischte sie ihn giftig an.

„Ich weiß so manches. Zwar kann ich nicht wie meine Mutter in eure Gedanken hinabtauchen, doch ich kann die ihren hören, wenn sie es zulässt. Die meiste Zeit, wie du sicher weißt, sprechen wir in unseren Gefilden ohne Worte miteinander", erwiderte er sehr leise und sah dabei in ihre zornigen Augen.

„Ich weiß!", zischte Ronda verärgert, „und das macht mich eines Tages noch wahnsinnig!"

Eine Zeit des Schweigens verging. Die alten Männer sangen weiter mit dem Wirt um die Wette, sie lallten jede Menge derbe Sprüche und bestellten bei dem jungen Mädchen reichlich Fassbier. Ab und an kam es vor, dass dieses dabei einen groben Handschlag auf sein zartes Gesäß bekam. Ängstlich wich es dann zurück und stellte sich eingeschüchtert in die hintere Ecke des Ausschanks.

Ronda fasste sich nervös unter ihre raue Leinenbluse und griff nach ihrer feingliedrigen Silberkette, an deren Ende sich ihr blauer Stein befand. Dabei achtete sie darauf, dass sie nicht versehentlich die Kette hervorholte.

„Dann weißt du aber sicher auch, Junge, dass es nicht sein Stein ist! Er gehörte Gela, verdammt noch eins. Und nach ihrem Tod hätte er zu unserem Volk zurückkehren sollen! Quirin hat damit nichts zu tun! Es ist nicht sein Stein!", fauchte sie wütend und musste sich zusammennehmen, dass sie nicht zu laut wurde.

Arlon sah sie furchtlos an.

„Doch sie ist seine Mutter!", erwiderte er entschieden. Nun wurde auch er etwas ungehaltener, beruhigte sich jedoch sogleich wieder. Abermals sah er verstohlen zu den Seiten, um sicherzugehen, dass ihnen niemand zuhörte, und fuhr schließlich fort: „Und nun, da du in die Vergangenheit des Steins geblickt hast, wissen wir beide, was Gela und auch Quirins Vater angetan wurde – was Sarax ihnen angetan hat. Er hat sie auf dem Gewissen."

Die Alte sah sich nervös um. Ihr faltiges Gesicht zuckte vor Aufregung.

„Wir wissen aber nicht, warum Sarax das getan hat!", zischte Ronda ihm aufgebracht entgegen. „Beim Blick in den Stein konnte ich nur wenig erkennen, es ging alles so wahnsinnig schnell! Und deswegen werde ich auch Quirin nicht erzählen, was mir Gelas Stein gezeigt hat. Ich werde den Jungen nicht mit etwas belasten, dass ich selbst nicht begreifen kann!"

„Doch er hat ein Recht darauf, es zu erfahren! Du musst es ihm sagen!", widersprach ihr Arlon bestimmt.

Sie rang um Atem, ehe sie weitersprach: „Ich sage dir, ich werde noch verrückt! Am liebsten würde ich einfach nach Hause laufen."

Arlons verfinsterte seinen Blick.

„Du kannst nicht mehr einfach nach Hause zurückkehren, das weißt du ganz genau, Ronda", flüsterte er. „Sarax hat dich gesehen, als du den Stein gelesen hast. Wir beide wissen das. Und wir wissen, dass dies noch lange nicht das Ende war, wenn wir ihn nicht aufhalten."

Ronda blickte ihn mit starrer Miene an. Es dauerte eine ganze Weile, bis sich beide wieder etwas beruhigt hatten.

„Und was hast du damit nun noch zu schaffen? Ich habe dir einst das Leben gerettet, das ist wahr. Aber ihr habt eure Schuld mehr als abgetragen, mit Siras Blick in den Brunnen hat dein Volk viel für uns getan. Viel zu viel, mehr, als ich verlangen konnte", sagte sie in ruhigen Worten zu ihm.

Arlon lächelte sie freundlich an.

„Kann man sich zu viel bedanken, meine liebe Ronda, für ein geschenktes Leben?", erwiderte er lächelnd. „Außerdem kann ich euch auf eurer Reise ohnehin nicht lange begleiten", fuhr er mit ernsterer Mine fort, „bald muss ich zu Malwa zurück, sie ist noch immer geschwächt und braucht mich. Doch lasst mich euch noch zum Fluss führen, denn allein werdet ihr den Schattenwald niemals passieren können."

Ronda starrte ihn mit ernstem Gesichtsausdruck an, legte ihre runzlige Stirn in tiefe Falten und nickte ihm schließlich bestimmt zu.

Plötzlich setzte sich Merthin an ihren Tisch.

„Jungchen, was willst du denn hier? Du sollst dich ausruhen und auf Quirin aufpassen, Himmel noch eins!", lallte Ronda unfreundlich.

Ihr fahler Bieratem schlug Merthin dabei unangenehm ins Gesicht.

„Ich weiß, aber wie soll man schlafen nach allem, was passiert ist?", erwiderte er verbittert.

Sichtlich mitgenommen sah er aus, seine erschöpften Augen blickten ins Leere. In seinem Gesicht spiegelten sich die letzten Wochen wider, sie hatten aus dem kerngesunden, fröhlichen und properen Jungen schon beinahe einen müden, verhärmten Mann gemacht.

„Wie geht es Quirin?", fragte ihn Arlon ruhig.

„Er liegt in unserem Fremdenzimmer und schläft, was sonst auch, nachdem du seinen Kopf gegen den Fels geschlagen hast", giftete er ihn wütend an.

„Gar nichts hat Arlon gemacht, Jungchen! Quirin war völlig außer Kontrolle, Arlon musste ihn wegtragen, so wie er sich aufgeführt hat. Und was kann Arlon schon dafür, wenn dieser Jungspund seinen Schädel gegen die Felsen donnert? Es war besser für ihn, dass er ohnmächtig wurde, glaube mir!", zischte Ronda lallend zurück und sprach dabei deutlich lauter als zuvor.

Merthin sprang von seinem Stuhl auf und schlug seine Fäuste auf den klebrigen Holztisch. Ronda und Arlon erschraken.

„Dir glauben? Ich soll dir glauben?", brüllte ihr Merthin wütend entgegen.

Arlon sah sich aufgewühlt um und zog ihn sogleich wieder auf seinen Stuhl hinunter.

„Leiser, leiser, nicht so laut!", flüsterte er mit eindringlichem Blick.

Merthin holte tief Luft, wartete einen kurzen Moment und flüsterte dann weiter in Rondas Richtung.

„Wie soll ich dir überhaupt noch etwas glauben?", giftete er sie an. „Bisher hast du nichts als die größte Gefahr über Quirin und mich gebracht! Es war doch völlig klar, dass Quirin ausrastet, wenn über seine Mutter gesprochen wird. Er weiß nichts von ihr, und dann hat er die Gelegenheit, etwas zu erfahren und soll einfach seine Füße still halten! Was denkst du denn eigentlich?"

Ronda sah ihn mit finsteren Augen an, ihre alten Hände zupften dabei energisch an ihrem Gewand.

„Was denkst *du* denn eigentlich, Jungchen? Denkst du, dass wir die Orte, die Sira uns genannt hat, einfach mit einem gemütlichen Spaziergang erreichen, oder was?", raunzte sie ihn wütend an und schlug leise auf den Tisch.

Sogleich versuchte Arlon, sie zu beruhigen.

Merthin konnte sich nicht mehr halten. Wutentbrannt sprang er vom Stuhl auf, dieser kippte dabei scheppernd zu Boden und erregte die Aufmerksamkeit aller Personen in der Schenke. Lautstark schmetterte er seine Fäuste auf den Tisch, und alles um ihn herum wurde leise. Alle blickten in ihre Richtung, auch das junge Mädchen sah ihn aufgeregt an.

„Wohl kaum!", brüllte er sie an, „wohl kaum, wenn einer davon schon Schattenwald heißt!"

Ronda und Arlon blickten ihn entsetzt an. Kein einziges Geräusch war in der Schenke zu hören, alle starrten fassungslos zu Merthin. Es schien, als hätten ihnen seine Worte gewaltige Frucht eingejagt. Plötzlich begann das Mädchen, zu weinen. Es hielt sich ihre zarten Hände vors Gesicht und schluchzte aus tiefer Kehle, dann rannte sie aus der Stube hinaus.

„Irma! Irma, warte! Bleib gefälligst hier!", schrie ihr der dicke Wirt unwirsch hinterher.

Er polterte zur Tür und brüllte mehrmals ihren Namen in die Nacht hinaus. Als er keine Antwort bekam, schaute er Merthin mit finsterer Miene an.

„Na wunderbar, das hast du ja fein hinbekommen, Bürschchen!", fuhr er ihn an und wischte mit einem fleckigen Tuch über seine Glatze. „Den Schattenwald erwähnen", giftete er weiter, „ganz fein, ganz fein. Jetzt heult sie wieder drei Tage lang. Geh nur dort hin, sofort, am besten! Geht alle vier dahin, dann sind wir euch sonderbares Pack los. Aber vorher zahlt ihr mir noch das

Fremdenzimmer, verstanden? Denn wieder herauskommen werdet ihr aus diesem Wald garantiert nicht. Keiner von euch, auch das fette alte Weibsbild nicht. Niemand! Nie wieder!"

Kapitel 8

Es war bereits Abend geworden. Erschöpft tapste Ronda in kleinen Schritten auf eine knorrige alte Eiche am Wegesrand zu und ließ sich mit einem lauten Poltern auf die daneben stehende Sitzbank fallen. Sie legte ihre beiden Leinentücher, die über und über mit allerlei Brot, Plundergebäck und Hefezöpfen gefüllt waren, neben sich und schnaufte angestrengt durch. Mit einer Hand hielt sie sich immer wieder ihre Stirn und kniff schmerzverzerrt ihre faltigen Augen zusammen.

„Teufel noch eins, diese Kopfschmerzen, diese Kopfschmerzen. Mein Schädel zerspringt gleich in tausend Teile", fluchte sie.

Die Burschen setzten sich nach einer Weile zu ihr und legten ebenfalls ihre schweren Säcke ab. Auch Quirin fasste sich an den Kopf. Eine deutliche Beule konnte er mittlerweile an seinem Hinterhaupt ertasten. Ziemlich groß erschien sie ihm, und als seine staubigen Finger darüberfuhren, blieben sie in seinem spröden, mit Blut verklebten Haar hängen. Noch immer war er nicht ganz Herr seiner Sinne, jeder Schritt strengte ihn an, und es fiel ihm schwer, den teils hitzigen Gesprächen seiner Begleiter zu folgen. Nur wenige Fragmente ihrer Worte drangen zu ihm durch und ergaben erst nach langen Gedankenpausen Sinn in seinem Kopf. Er musste, durch den Schlag gegen die Felswand vor zwei Tagen, eine richtige Gehirnerschütterung erlitten haben, starke Kopfschmerzen plagten ihn seitdem. Buchstäblich wie erschlagen hatte er auf der harten Strohmatratze des Fremdenzimmers gelegen, mehr ohnmächtig als schlafend: Er hatte weder den lautstarken Streit zwischen Ronda, Merthin und dem fetten Wirt mitbekommen noch das zu Bett gehen seiner Begleiter. Arlon hatte den Wirt mit viel Überredungskunst und einem satten Aufschlag schließlich doch noch dazu bringen können, dass sie alle zumindest die Nacht noch in der Schenke bleiben durften. Und als sie gleich am nächsten Morgen in aller Herrgottsfrühe aus dem Fremdenzimmer geworfen worden waren und Ronda sich wutentbrannt erneut mit dem Wirt in die

Haare bekommen hatte, hatte Quirin auch davon nur die Hälfte wahrgenommen und war wie betäubt aus der Schenke hinausgetaumelt.

Ronda lehnte sich schnaubend zurück und schloss ihre Augen. Arlon setzte sich schließlich ebenfalls zu ihnen und wandte sein bleiches Gesicht der rotgelben Abendsonne zu. Gütig und zärtlich strahlte sie auf die vier hinab, schenkte dem Herbstabend eine angenehme Wärme und verlieh ihm einen sommerlichen Charakter. Ein ruhiger Windhauch umschmeichelte sie, er brachte das rotbraune Laub der Eiche zum Rauschen und blies ihnen von Zeit zu Zeit behutsam ein paar trockene Blätter auf ihre Gewänder. Das melodische Glockenspiel der kleinen Bergkirche, welche auf einer Anhöhe am Rande von Birgenwerd stand, war in der Ferne zu vernehmen, es erklang unbeschreiblich schön und machte diesen Herbstabend für einen flüchtigen Augenblick geradezu idyllisch und sorglos.

Plötzlich fuhren Ronda und die Burschen erschrocken hoch. Mit einem Mal schallte ihnen laute Musik aus einem großen alten Wirtshaus, welches ihnen direkt gegenüber lag, entgegen. Geigenspieler und Trompeter, Klarinettenspieler, Flöter und Bassbläser spielten geradezu ohrenbetäubend zum Tanz auf, und sogleich eilten eine Hand voll Dorfbewohner in den Gasthof hinein und stimmten in schrägem Gesang mit in die Melodie ein. Durch die offenen Fenster des Gasthauses sah Quirin, wie die jungen Paare überschwänglich über das Tanzparkett fegten und dabei immer wieder vor Lachen quietschten. Auf den Holzbänken vor dem Wirtshaus saßen einige ältere Männer, die sich gegenseitig an den Armen packten und im Takt der Musik hin und her wankten. Sie hatten allesamt üppige Bierkrüge in der Hand, brüllten und grölten ihre Trinklieder vor sich hin und stießen bei jeder Gelegenheit miteinander an, um dann sogleich ihre Humpen in gewaltigen Zügen auszutrinken.

Auch in der etwas entfernter liegenden Schenke am Dorfeingang, in der die vier die Nacht zugebracht hatten, ertönte inzwischen festliche Musik, der fette Wirt ging dabei immer wieder mit bester Laune auf die Straße hinaus und winkte die Dörfler zu sich her, um seine heruntergekommene Spelunke voll zu bekommen. Ein paar junge Maiden gingen durch die Straßen, sie verteilten Blumenschmuck unter den Leuten, und ab und an bekamen sie dafür sogar ein bescheidenes Taschengeld. Die Wirte tischten den Gästen inzwischen üppig auf. Geschmortes Rindfleisch gab es und Schweinebraten, dazu dicke Fingernudeln und Sauerkraut, Speck und Käse sowie eine kräftige Kartoffelsuppe mit allerlei Wurzelgemüse und frisch gebackenem Roggenbrot. Die molligen Wirtsfrauen reichten dabei noch reichlich Malzbierhumpen an die Tische.

„Wohl ein Erntedankfest, nicht wahr?", fragte Merthin und blickte sehnsüchtig auf die deftigen Fleischgerichte, die den alten Männern vor dem Wirtshaus auf die Tische gestellt wurden.

„Wenn es, verdammt noch eins, nur nicht so laut wäre, dann können sie von mir aus den Tag des heiligen Löwenzahns feiern!", zischte Ronda verärgert und hielt sich ihre Stirn.

„An deinem geschwollenen Schädel bist du ganz allein schuld!", fuhr Merthin sie sogleich an, „erst saufen für drei, und dann wäre es noch ein Wunder, wenn man am nächsten Tag Kopfdonnern hat! Meine Güte!"

Ronda sah ihn aufgebracht an. „Daran seid ihr schuld, du und dieser halbstarke kleine Grünschnabel da drüben!", fauchte sie und blickte zu Quirin. „Nur eure Schuld ist das! Keine Ahnung habt ihr, gar nichts wisst ihr, denn wenn es anders wäre, hättet ihr mit mir gesoffen, was soll man in unserer Lage sonst noch machen, Himmel noch eins!", wetterte sie weiter und wollte schon von der Bank aufspringen, wurde jedoch sogleich von Arlon am Arm gezogen und mit ernster Miene zurechtgewiesen.

Merthin wollte schon Luft holen und zu toben beginnen, da wurde auch er von Arlons kühler Hand gepackt. Wütend und schnaubend saßen sie sich gegenüber und versuchten, sich dabei gegenseitig mit durchdringenden Blicken einzuschüchtern.

„Freunde, Freunde!", flüsterte Arlon und sah sich dabei immer wieder um. „Beruhigt euch! Niemandem ist gedient, wenn ihr euch

100

ständig bekriegt. Und noch weniger ist uns geholfen, wenn ihr unsere Angelegenheiten unter die Leute bringt. Ihr müsst leiser sein, niemand weiß, wer noch alles mithört! Ihr spielt ein gefährliches Spiel!"

Je dunkler es wurde, umso mehr begannen Arlons hellblaue Augen aus seinem bleichen Gesicht heraus zu strahlen, nur sehr dezent, beinahe unmerklich – und auch wenn sie nicht leuchteten, so begannen sie doch in der Dämmerung ein klein wenig zu funkeln. Sein hellblondes Haar umrahmte dabei sein filigranes Gesicht.

„Fragt sich nur, wer hier welches Spiel mit wem spielt!", giftete Merthin Ronda an.

Diese verfinsterte ihren Blick und vergrub ihre Augen in einem tiefen Faltenmeer. Ihre fleischigen Wangen zuckten, immer wieder spitzte sie ihre dünnen, rissigen Lippen und wollte etwas sagen, doch Arlon kam ihr erneut zuvor.

„Ich denke, meine liebe Ronda", flüsterte er ihr mit gütigen Worten zu, „es ist an der Zeit, den beiden Jungen zu sagen, was dir Quirins Stein gezeigt hat. Sie haben ein Recht darauf, es zu erfahren. Schließlich geht es hier nicht um uns, sondern um Quirin."

Quirin erschrak, denn genau in dem Moment, in dem Arlon seinen Namen gesagt hatte, war ein Fenster im Wirtshaus zu Bruch gegangen. Ein Bierkrug flog auf die Straße und drehte sich noch einige Male, ehe er zum Stillstand kam. Wenige Sekunden später wurde ein junger Mann vor die Tür geworfen, der Gasthofmeister scheuchte ihn von seinem Grundstück, verfluchte ihn mehrfach und brüllte ihm noch allerlei Verwünschungen hinterher, als der Trunkenbold langsam vom Boden aufstand und in kleinen Schritten davontaumelte. Kurze Zeit später stürmten zwei weitere Jungspunde zu ihm, sie fielen sich lachend und brüllend in die Arme, hielten sich aneinander fest und torkelten mit schiefem Gesang zur nächsten Einkehr.

Mit einem Schlag war Quirin wach geworden. Er sah Ronda mit bestimmtem Blick an und kniete sich vor ihre Füße. Ronda und Merthin sahen ihn überrascht an. Quirin griff nach Rondas faltiger

Hand, hielt sie zu deren Entsetzen sehr entschlossen fest und blickte ihr tief in die Augen.

„Bitte, Ronda, ich …", begann er zu flüstern und atmete dabei nervös.

„Schon gut, schon gut, Kindchen. Ihr Grünschnäbel raubt mir eines Tages noch den Verstand!", erwiderte sie und zog ihre Hand weg. „Arlon hat recht. Ihr müsst es erfahren."

Sie holte tief Luft, seufzte mehrmals und begann, in ihren Rocktaschen zu wühlen. Schließlich kramte sie ein kleines Fläschchen hervor. Sie zog den Verschluss ab und schüttete eine kleine Menge silbrig glitzerndes braunes Pulver in ihre linke Hand, murmelte ein paar unverständliche Worte, schloss ihre Augen und warf es schließlich in einem Zug über sich, Arlon und die Burschen. Zu deren Staunen schien sich das Pulver in der Luft aufzulösen, nichts davon fiel auf ihre Gewänder oder zu Boden. Ronda sah die Jungen hämisch an.

„Da schaut ihr, nicht wahr? Abrakadabra …", lachte sie lautstark und schien sich geradezu köstlich zu amüsieren. „Ihr seid schon zwei solche Grünschnäbel. Eine Prise Rankenwurzmehl, und schon macht ihr Augen so groß wie Wagenräder!", kicherte sie weiter und hielt sich dabei ihre fleischige Hand vor den Mund. „Keine Panik, Jungchen, keine Panik. Ich möchte nur, dass wir keine ungebetenen Zuhörer bekommen", fuhr sie fort und wurde plötzlich wieder sehr ernst. „Denn all das hier muss unter uns bleiben. Arlon hat völlig recht, man weiß nie, wer alles sonst noch mithorcht, und das könnte für uns alle sehr hässlich enden."

Als Ronda den Burschen zu berichten begann, schnaufte sie immer wieder nervös und kratzte sich hektisch an ihren rissigen Händen. Arlon hörte aufmerksam zu, er schien dabei die Ruhe selbst zu sein. Immer wieder blickte er ausgiebig in die Nacht hinein, musterte mit scharfem Blick die Umgebung und beobachtete das Geschehen im gegenüberliegenden Gasthaus. Wenn Ronda zu laut seufzte, legte er seine kühle Hand auf ihren Arm und lächelte sie kaum merklich an.

„Arlon, danke, aber es geht schon, es geht schon", sprach Ronda nervös, „ich muss mich nur ein wenig beruhigen, meine Nerven, verstehst du? Ich bin schließlich auch nicht mehr die Jüngste. Jedenfalls weiß ich, meine Jungchen, dass ich euch lange auf die Folter gespannt habe, aber ich konnte es euch einfach nicht sagen ..."

Quirin sah sie ein wenig erschrocken an.

„Was konntest du uns nicht sagen? Was hast du gesehen? Bitte Ronda, ich muss es wissen, ich werde noch verrückt", drängte sie der Junge und zupfte dabei nervös an seinen Ärmeln.

„Ist ja gut, Jungchen!", antwortete die Alte unwirsch.

Auch sie war sichtlich angespannt. Mit einer ruckartigen Bewegung zog sie ein verschmutztes Taschentuch aus ihrer Rocktasche und wischte sich damit ihren klitschnassen Hals ab. Misstrauisch musterte sie die Umgebung. Als sie sicher war, dass niemand ihnen Beachtung schenkte, zog sie die Köpfe der Burschen nah zu sich her und blickte sie mit aufgebrachten Augen an. Quirin schluckte.

„Ihr könnt euch sicher noch an das schreckliche Wesen erinnern, das uns in meiner Hütte heimgesucht hat", flüsterte Ronda, ihr molliges Gesicht zuckte dabei vor Aufregung.

Die Burschen nickten schnell. Nach einem kurzen Schweigemoment sprach sie mit verängstigter Stimme weiter: „Es war Sarax. Ich bin mir sicher. Und nun, da er uns gesehen hat, ist er hinter uns her."

„Gesehen?", stotterte Merthin.

„Ja!", antwortete Ronda. „Er hat uns gesehen, als ich Quirins Stein gelesen habe, und auch, als Sira in den Brunnen blickte. Das tiefrote Licht, versteht ihr? Ich sah ihn vor mir, überdeutlich. Und wenn wir ihn nicht aufhalten, wird er ..."

Ihre Worte stockten. Den Burschen wurde speiübel, eine solche Angst suchte sie heim.

„Was, was wird er machen? Was hat er vor? Und warum ist er überhaupt hinter uns her?", stotterte Quirin. Er konnte kaum sprechen, seine Hände begannen, zu zittern.

Ronda rieb sich ihre Hände am Rock, auch sie war aufgeregt und machte einen aufgewühlten Eindruck.

„Ich weiß es nicht. Ich weiß es wirklich nicht", antwortete sie. Die Alte rang für einen Moment nach Atem und verscheuchte wütend ein paar Nachtfalter, welche sie plötzlich umschwirrten. Schließlich sprach sie weiter.

„Ihr sollt wissen, dass Gela, deine Mutter, einst zum gleichen Stamm wie ich gehörte. Deshalb habe ich auch den gleichen Stein wie sie. Doch …"

Arlon unterbrach sie. „Wartet", flüsterte er und blickte um sich. Inzwischen war es stockfinstere Nacht geworden, und das kleine Bergdörfchen wurde von tiefer Dunkelheit umschlossen. Dichte Wolkendecken breiteten sich langsam aus und gaben den Sternen nur wenig Gelegenheit, unter ihnen hervorzuspitzeln. Die hell erleuchteten Fenster der Häuser und Schenken in Birgenwerd erhellten nur spärlich die Wege des Dorfes, und auch die bescheidenen Straßenlaternen mit ihren kleinen Petroleumbrennern vermochten nicht wirklich die Dunkelheit zu vertreiben. Arlon blickte sich weiter um. Die Burschen sahen ihn ängstlich an.

„Wartet!", flüsterte Arlon erneut und sah nach oben.

Plötzlich war ein ganzer Schwarm der weißen Fluginsekten über ihnen und umkreiste sie. Wunderschön sahen sie aus, klein und zart, sie flogen über ihren Köpfen und waren dabei weder hektisch noch lästig, im Gegenteil. Wie Tänze sahen ihre Flugbahnen aus, geradezu anmutig und zärtlich umgaben sie die vier und streichelten dabei immer wieder mit ihren weichen Flügeln die erstaunten Gesichter von Ronda, Merthin und Quirin. Ihre hellen Leiber strahlten dezent in einem schneeweißen Licht und brachten die Falter zum Glitzern. Arlon musterte sie ausgiebig. Nach ein paar Augenblicken zog der Schwarm einige Meter weiter und sammelte sich schließlich als weißlich schimmernde Wolke auf der Wiese. Arlon schloss die Augen.

Ronda, Merthin und Quirin blickten gebannt zu den Tieren hinüber, selten zuvor hatten sie etwas derart Anmutiges und Schönes gesehen. Es mussten Hunderte sein, sie tanzten hingebungsvoll nur einen Steinwurf von ihnen entfernt durch die Luft und erleuchteten ein klein wenig die tiefschwarze Nacht. Wortlos stand Arlon von der Bank auf und begab sich zu ihnen. Sogleich wurde er von den Tieren zärtlich umschwirrt und in ihrer Mitte aufgenommen. Arlon streckte seine Hände aus, einige der glitzernden Falter setzten sich zu ihm. Sie brachten seine lumpigen, verschmutzten Leinenkleider zum Leuchten und tauchten ihn in ein gütiges und edles Licht.

„Sira, dem Himmel sei Dank, sie lebt", flüsterte Ronda und atmete erleichtert auf. Merthin und Quirin sahen sie mit großen, fragenden Gesichtern an. „Versteht ihr, Jungchen? Sie lebt. Sie spricht zu Arlon. Das ist ein gutes Zeichen", murmelte Ronda sehr leise und lächelte die Jungen dabei an.

Zum ersten Mal seit dem Beginn ihrer Reise, die nun schon eine ganze Zeit lang andauerte, brachte sie den beiden etwas Freundlichkeit entgegen, sie schien sichtlich erleichtert und beruhigt zu sein.

Quirin starrte die Alte noch immer an. Als Ronda dies bemerkte, verschwand augenblicklich das warme Lächeln aus ihrem Gesicht.

„Aber Ronda, ich verstehe das alles nicht. War das alles, was du aus meinem Stein lesen konntest? Was ist mit meiner Mutter? Wer war sie, und was ist mit ihr geschehen?", fragte der Junge sie unruhig. Auch Merthin wurde immer aufgebrachter. Mit entschlossenem Blick sah er der Alten in die Augen.

„Wir wollen die Wahrheit erfahren!", sprach Merthin zu ihr mit druckvoller Stimme.

Ronda überlegte lange, ob sie weitersprechen sollte, und musste immer wieder an Arlons Worte denken. Quälende Momente des Schweigens verstrichen, ehe sie tief Luft holte und abermals ihren verschwitzten Hals abrieb.

Endlich fuhr sie fort. „Sarax hat sie ausgelöscht", wimmerte Ronda mit dünner Stimme, und nur knapp konnte sie verhindern, dass sie in Tränen ausbrach.

Quirin zog es beinahe den Boden unter den Füßen weg. „Was sagst du da?", wimmerte er fassungslos.

„Er hat deine Mutter umgebracht, und deinen Vater auch beinahe, doch dieser konnte Sarax wohl im letzten Moment entkommen ...", flüsterte Ronda aufgewühlt.

„Aber, aber warum?", stotterte Quirin.

„Ich weiß es nicht, wirklich. Ich schwöre es euch bei meinem Leben. Es ging alles so schnell, ich konnte nicht mehr erkennen!", antwortete die Alte aufgebracht.

Quirin konnte kaum noch atmen, panisch schnappte er nach Luft. Rondas Worte überrollten ihn förmlich, sie packten ihn ungnädig und drückten seinen zittrigen Leib zu Boden. Um ein Haar wäre der Junge zusammengebrochen. Auch Merthin konnte nicht fassen, was er hörte. Eine unbeschreibliche Mischung aus Angst und Ungläubigkeit zog durch seinen angespannten Leib.

„Aber das kann nicht sein, Quirins Mutter ist bei seiner Geburt gestorben! Du lügst uns doch an!", brüllte er ihr mit tränenerstickter Stimme entgegen.

Ronda rang um Fassung. Mit einer hektischen Bewegung trocknete sie ihre nassen Augen.

„Begreift ihr denn nicht? Wir müssen von hier verschwinden, ehe Sarax uns findet!", sagte sie aufgebracht und sah dabei in die völlig verstörten Gesichter der Burschen. „Wir müssen zu Adon. So hat es Sira uns gesagt, und ich hege keinen Zweifel an ihren Worten. Wir dürfen nicht länger in Birgenwerd verweilen, wer weiß, wie viel Zeit uns noch bleibt. Wir müssen zum Schattenwald!"

Unterdessen schien keiner der Dörfler Notiz von ihnen zu nehmen. Je später die Stunde, umso ungehaltener und hemmungsloser gaben sich alle dem Fest und insbesondere dem reichlich ausgeschenkten Malzbier hin. Grölender, schiefer Gesang tönte dabei zusammen mit lautstarker Blasmusik aus den geöffneten Holzfenstern der Wirtshäuser und Schenken in die stille Dunkelheit hinaus. Die Wolken waren inzwischen weitergezogen und enthüllten eine mondlose, sternklare Nacht. Immer wieder lachten und sangen die alten Männer auf ihrer Bank, pfiffen den jungen Maiden hinterher und tranken um die Wette. Einige von ihnen lagen bereits auf den Bänken, sie hatten es wohl übertrieben und mussten ihren Rausch ausschlafen.

Quirin wusste nicht, wie ihm geschah. Er konnte es einfach nicht glauben, was Ronda ihnen offenbart hatte. Das war doch nicht möglich, schließlich war seine leibliche Mutter bei seiner Geburt gestorben, sein Vater hatte es ihm selbst immer wieder gesagt. Sollte das etwa eine Lüge gewesen sein? Hatte sein Vater ihm etwa die grausame Wahrheit ersparen wollen und ihm erst kurz vor seinem Tod durch den Brief davon berichtet? Der Junge verstand die Welt nicht mehr, ein unbeschreibliches Chaos breitete sich in seinem Kopf aus und ließ seine Beine wachsweich werden. Mit einem Mal wurde ihm speiübel. Sein Blick wurde unscharf, und bald nahm er kaum noch etwas davon wahr, was um ihn herum passierte. Er fühlte sich wie in einem Traum, der seine Sinne verschleierte und ihn unendlich behäbig und müde werden ließ.

Plötzlich packte ihn Ronda am Arm.

„Quirin, hörst du mich denn nicht?", sprach sie aufgeregt und rüttelte an ihm. „Merthin ist davongelaufen! Wir müssen ihn finden." Panisch riss sie Quirin mit sich, als sie zu Arlon hinübereilte.

Dieser stand noch immer etwas abseits auf der Wiese und wurde von den weißen Faltern umschwirrt. Er war in eine Art Trance gefallen und wurde scheinbar eins mit dem kleinen Wesen.

Plötzlich schreckte er hoch, als Ronda seinen Namen rief.

Im gleichen Moment verließen die Tiere Arlon, sie flogen zügig nach oben und schienen sich sogleich im Wind aufzulösen. So verschwanden sie ebenso schnell, wie sie zuvor gekommen waren. Arlon sah ihnen noch einen Moment lang nach und wandte sich anschließend eilig Ronda zu.

„Was ist passiert?", fragte er ungewohnt nervös.

Er machte plötzlich einen aufgewühlten und eingeschüchterten Eindruck. Ronda sah ihn entsetzt an.

„Merthin ist davongelaufen!", keuchte die Alte verzweifelt. „Er ist mit einem Mal panisch aufgesprungen und einfach weggerannt, Mitten nach Birgenwerd hinein!"

Arlon sah sie mit großen Augen an.

„Wir müssen ihn finden, ehe er noch in seiner Verzweiflung mit Fremden spricht", sagte Ronda, „ich weiß nicht, was er in seiner Kopflosigkeit anstellt! Er hat wohl plötzlich die Nerven verloren! Das wollte ich doch nicht, Himmel noch eins! Dieser Dummkopf, dieser Dummkopf! Er bringt uns noch alle um mit seinem über-schäumenden Gemüt!"

„Ronda, hör auf!", brüllte Quirin sie entschlossen an.

Mit einem Schlag war er wieder hellwach geworden, als er nach langen, quälenden Minuten seine Gedanken für einen Moment beiseite werfen konnte.

Erschrocken wich die Alte einen Schritt zur Seite.

„Ich wäre auch am liebsten weggelaufen, nach allem, was du uns gesagt hast! Wie sollen wir da noch die Nerven bewahren? Sag mir das mal! Merthin kann nichts dafür!", schrie Quirin sie weiter an. Dicke Tränen der Verzweiflung rannen über sein hageres Gesicht.

Arlon fuhr dazwischen. „Seid still und beruhigt euch, sofort! Wir müssen ihn finden, es darf keine Zeit verloren werden! Wir müssen Merthin zurückholen und dann Birgenwerd auf der Stelle verlassen, ehe es zu spät ist!", flüsterte Arlon mit hektischer Stim-me, sein bleiches Gesicht sah dabei beunruhigend ernst aus.

Er wollte schon loseilen, da packte Ronda ihn entschlossen am Gewand und hielt ihn fest. Sie sah ihn mit großen Augen an.

„Arlon, verdammt noch eins, sprich mit uns! Was hast du gese-hen? Was hat dir Sira gesagt?", redete sie eindringlich auf ihn ein.

Arlon sah sie entsetzt an, dann blickte er nach oben und sah in den Himmel. Ronda und Quirin sahen reflexartig ebenfalls nach oben.

„Was? Was ist da? Was soll da sein?", fragte Quirin mit zittern-der Stimme. Abermals überkam ihn eine entsetzliche Furcht.

„Ich sehe nichts, nur die Sterne, keine Wolken, kein Gewitter, nichts, noch nicht einmal der Mond scheint! Was meinst du, ver-dammt?", zischte Ronda ihn aufgebracht an.

„Das ist es eben. Genau das, verstehst du? Kein Mond! Heute Nacht ist Neumond. Und ich bete zu Awa, dass Malwa sich irrt!", flüsterte Arlon ängstlich.

Die beiden sahen ihn fassungslos an. Quirin hatte nicht die lei-seste Ahnung, worum es hier ging. Panisch rüttelte er an Rondas Gewand.

„Was denn, was meint er damit?", flüsterte er, sein Gesicht war verzerrt vor Angst.

Ronda sah Arlon lange an, sie schien zu begreifen. Mit einem Ruck packte sie Quirin grob am Arm.

„Los jetzt!", schnaufte sie aufgeregt. „Ehe er uns findet. Wir müssen sofort verschwinden! Sonst wird keiner von uns den nächsten Tag erleben!"

Kapitel 9

Merthin saß unterdessen mit Irma auf einem kleinen Bänkchen im Garten hinter der Schenke, in der er mit Arlon, Quirin und Ronda die letzte Nacht verbracht hatte. Wie vom Blitz getroffen, war er, kaum hatte Ronda in ihren Ausführungen den Schattenwald erwähnt, durch Birgenwerd gerannt, direkt in die Gaststätte hinein, hatte Irma unter wütenden Beschimpfungen des dicken Wirts nach draußen gezogen und versteckte sich nun zusammen mit ihr. Einige Momente hatte es gebraucht, bis Irma zu schreien aufgehört hatte, und nun, da Merthin sich mit gesenktem Haupt vor sie kniete und zu zittern begann, wurde das Mädchen langsam ruhiger.

Mehrfach hatte Merthin beteuert, dass er ihr nichts Böses wolle, dass er zu ihr gerannt sei, weil sie ihm helfen müsse, denn er wisse nicht, was er tun solle. Irma, ein hübsches, junges Mädchen von vielleicht sechzehn oder siebzehn Jahren, saß vor ihm und betrachtete ihn ausgiebig. Während Merthin leise wimmerte, legte sie nach einigen Momenten des Zögerns ihre zarte Hand auf seine Schulter. Merthin blickte sie überrascht an und wischte sich hektisch die Tränen aus seinem Gesicht.

Irma schloss ihre Augen. „Ich kann dir vertrauen ...", murmelte sie sehr leise und kaum hörbar vor sich hin. Dann legte sie ihre Hände in den Schoß und blickte ihn mit ihren wunderschönen blauen Augen an. Ein kaum sichtbares Lächeln huschte über ihr ebenmäßiges Gesicht. „Dir helfen?", sprach sie schließlich nahezu unhörbar zu ihm und flüsterte dabei schon fast mit zarter Stimme. „Wobei? Ich kenne dich doch gar nicht und du mich ebenso wenig, kaum, dass du mehr als meinen Namen weißt."

Merthin sah verlegen zur Seite.

„Ich weiß, ich weiß, aber du musst mir ... uns ... helfen, bitte. Wir haben eine gefährliche Reise vor uns, zu einem Ort, den du wohl schon kennst."

Irma sah ihn überrascht an.

„Den ich schon kenne? Welchen Ort meinst du denn?", fragte sie.

Merthin sah sie verängstigt an.

„Weswegen du gestern weggelaufen bist", flüsterte er zitternd.

Irma wich sogleich zurück. Angst und Panik erfüllten ihren zierlichen Körper, Tränen schossen ihr in die Augen. Sie wollte schon weglaufen, doch Merthin sprang auf und hielt sie vorsichtig fest. Sie begann sofort, zu schreien, und wollte sich losreißen, woraufhin er behutsam seine Hand auf ihre weichen Lippen drückte.

„Irma, Irma, bitte, hör mir zu! Ich will dir nichts tun! Aber ich muss es wissen. Meine Begleiter wollen genau dort hin, sie wollen in den Schattenwald!", flüsterte Merthin und versuchte aufgeregt, sie zu beruhigen.

Einige Minuten verstrichen, ehe Irma sich wieder etwas gefangen hatte. Mit festem Blick sah sie Merthin in die Augen, sodass dieser sie schließlich losließ. Eine seltsame Mischung aus Wut und Angst war ihr anzumerken, sie strich ihre goldblonden Locken zur Seite und hielt sich ihre Hände vors Gesicht. Merthin wollte sie nach einigem Zögern in den Arm nehmen, doch sie wich aus und setzte sich auf das kleine Gartenbänkchen. Vorsichtig nahm er neben ihr Platz. Erneutes Schweigen umgab die beiden. In ihren Köpfen machten sich quälende Fragen breit und ließen nur wenig Raum für klare Gedanken. Erst nach einigen Momenten bedrückender Stille sah Irma wieder auf und blickte Merthin mit ihren wunderschönen Augen an. Doch dann, genau in jenem Moment, in welchem sie endlich zu sprechen beginnen wollte, geschah es.

Mit einem Schlag kam ein kräftiger Wind auf. Er blies ungehalten durch das kleine Bergdörfchen, jagte den Staub über die Straße und brachte die knorrigen Fensterläden der Häuschen und Gestade zum Klappern. Merthin und Irma sprangen mit einem Satz von der Bank auf und sahen sich hastig um. Dicke pechschwarze Wolken zogen rasch über Birgenwerd und verdeckten alsbald den gesamten Sternenhimmel. Die beiden erschraken. Derart plötzliche Wetterumschwünge waren selbst in diesen Höhenlagen und sogar in den Gebirgen sehr ungewöhnlich, zumal es noch wenige Augenblicke zuvor völlig windstill und wolkenlos war. Von Sekunde zu

Sekunde wurde der Wind stärker, er tobte und begann, Türen zuzuschlagen und gelockerte Dachschindeln abzureißen. Die Laternen der Straßenlampen wippten nervös hin und her, sie schlugen mit ihren Eisendeckeln gegen die Masten und es dauerte nicht lange, bis der Wind ihre zaghaften Flammen auslöschte. Währenddessen spielten die Musikkapellen munter ihre lautstarken Lieder weiter, kaum jemand der Dörfler schien etwas von dem Unwetter zu bemerken, im Gegenteil, sie grölten fröhlich und schütteten reichlich Malzbier ihre gierigen Kehlen hinunter.

Tiefe Dunkelheit umschloss Birgenwerd. Riesige Wolken verdeckten den Himmel, sie quollen in rasender Geschwindigkeit immer stärker auf. Panisch sah Merthin nach oben. Erste grelle Blitze durchzogen die Nacht, sie erhellten für einen flüchtigen Moment die Finsternis und entblößten Irmas angstverzerrtes Gesicht. Plötzlich folgte ein gewaltiger Donnerschlag. Geradezu ohrenbetäubend schmetterte der Knall über das Bergdorf hinweg. Nun schienen auch die Dorfbewohner etwas bemerkt zu haben. Die Musik in der Schenke verstummte mit einem Mal, und als ein paar junge Burschen die Tür öffneten, riss ihnen der Wind die Klinke grob aus der Hand und schmetterte die Tür so stark zur Seite, dass das Holz splitterte. Erschrocken rannten viele auf die Straße.

„Kommt doch wieder herein, meine Freunde, das ist doch nichts, nur ein harmloses Sommergewitter, kommt, kommt, lasst uns trinken!", rief der dicke Wirt zu ihnen hinaus und tapste mit plumpen Schritten vor seine Schenke. „Kommt, gestandene Birgenwerder lassen sich doch nicht von einem solch lächerlichen Windhauch einschüchtern! Das ist nur eine Brise, ein laues Lüftchen, nicht mehr!", brüllte er derb und spuckte aus, sein fülliger Bauch wippte dabei im Takt seines tiefen Grunzens.

Kaum hatte er zu Ende gesprochen, blitzte es erneut aus dem düsteren Himmel, das grelle Licht blendete die Dörfler regelrecht und betäubte ihre Augen. Sogleich folgte ein gewaltiger Donnerschlag, und plötzlich setzte strömender Regen ein. Erschrocken schrien die Menschen durcheinander und rannten aus den Wirtshäusern und Spelunken auf die Straße hinaus, ihre Kleider wurden dabei in Sekunden durchnässt. Hektisch stolperten sie in ihre Häuser, der Wind peitschte ihnen dabei unbarmherzig den Regen in die verängstigten Gesichter. Viele versuchten verzweifelt, ihre Habseligkeiten ins Trockene zu schaffen, Bauern verschlossen aufgeregt die Fenster der Ställe und Scheunen.

Irma und Merthin flohen keuchend unter den schiefen Dachvorsprung hinter der Schenke, ihre klatschnassen Kleider kleben an ihren zitternden Leibern. Als der nächste Donnerschlag folgte, wollte Irma in die Nacht hinauslaufen, doch Merthin hielt sie am Arm fest.

„Lass mich los, lass mich los!", schrie sie und versuchte, sich loszureißen.

„Wohin willst du?", rief er und wischte sich den Regen aus dem Gesicht.

Grelle Blitze und Donnerschläge unterbrachen sie immer wieder.

„Ich muss zu Lotta, sie ist ganz allein! Ich muss sie beschützen!", brüllte Irma, und noch ehe Merthin etwas erwidern konnte, riss sie sich los und rannte in den Sturm hinaus.

„Warte! Irma!", schrie er ihr aus voller Kehle hinterher und lief ebenfalls los.

Als er vor den Eingang der Schenke stolperte, stellte sich ihm plötzlich, wie aus dem Nichts, der fette Wirt in den Weg. Er packte Merthin mit einem gewaltigen Ruck am Leinenhemd und schleuderte ihn zu Boden. Brüllend und tobend stand er vor ihm und hielt dabei Irmas Kopf grob unter seinem fleischigen Arm gefangen. Merthin fiel mit dem Gesicht auf den nassen Straßenboden, seine Stirn grub sich tief in den Dreck und verfehlte die harten Holzbretter des Schenkenaufgangs nur um Zentimeter. Strömender Regen prasselte auf sie nieder, Merthin bekam einen Schwall Wasser in die Nase und begann, zu röcheln. Irma schrie verzweifelt, doch der Wirt quetschte ihren Hals grob zusammen und drückte sie unbarmherzig nach unten. Außer sich vor Zorn, stiefelte er auf Merthin zu und setzte seinen Stiefel auf sein Gesicht. Der Alte riss seine Augen auf, verwünschte den Jungen mehrfach und begann damit, sein massiges Gewicht auf Merthins Gesicht zu drücken. Verzweifelt rang dieser um Luft, er versuchte, den fleischigen Unterschenkel wegzuwuchten, doch er hatte einfach nicht genug Kraft, nicht einmal ansatzweise.

Donnerschläge betäubten ihre Ohren. Der Wirt schrie aus vollem Hals und drückte Merthins Kopf weiter in den Schlamm, der dem Jungen sogleich als dünnflüssiger Brei durch Nase und Mund hindurch die Kehle hinunterrann. Merthin drohte, zu ersticken. Panisch umklammerte er das Bein des Wirts, und als schon alle Hoffnung verloren schien, ließ der dicke Mann plötzlich von ihnen ab. Mit einem Mal jaulte er auf und ließ Irma los. Ronda hatte ihm, in wahrlich letzter Sekunde, einen Dreschschlegel ins Kreuz geschleudert. Als erneut furchterregende Blitze die Finsternis für die Dauer eines Wimpernschlages erhellten, konnte Merthin, als er nach einem tiefen Atemzug nach oben blickte, plötzlich Quirin, Ronda und Arlon sehen. Der Wirt brüllte aus vollem Hals und krümmte sich vor Schmerzen, und noch ehe er zum Gegenschlag ausholen konnte, packten Arlon und Quirin den völlig erschöpften Merthin und zogen ihn von der Straße hoch. Irma ergriff sofort die Flucht. Sie rannte durch den strömenden Regen und verschwand nach wenigen hundert Metern in einer großen Scheune.

„Los, schnell, wir müssen hier weg!", rief Ronda zu den Burschen hinüber und fuchtelte noch immer aufgeregt mit ihrem Schlegel.

Ehe jemand etwas sagen konnte, zog Arlon Merthin weiter hoch, warf ihn vorsichtig über seine Schultern und begann, zu laufen. Ronda und Quirin folgten ihm. Keuchend und schnaubend rannten sie durch das Gewitter, der Wind peitschte ihnen ungnädig und hart in die Gesichter, dicke Regentropfen klatschten ihnen in die Augen und verschleierten ihren Blick. Immer stärker spielte sich der Wind auf. Er hetzte durch die Straßen und Wege, fuhr unter lautem Pfeifen in jeden Winkel, riss Dachschindeln ab und wirbelte sie anschließend viele Meter durch die Luft. Erste kleinere Bäume in den Gärten der Dörfler und an den Gehwegen knickten um. Als gewaltige Windmassen gegen die alten Holzmauern der Häuser prallten, jaulten die teils morschen Schindeln angestrengt auf, einige von ihnen begannen, im Takt des Sturmes zu schmettern. Entsetzt schlossen die Menschen alle Fenster und Türen, und als die Wucht des Windes ein paar der dünnglasigen, runden Dachluken eindrückte, brach Panik aus. Schnell begannen viele damit, ihre Eingänge zu verbarrikadieren und versteckten sich voller Angst unter Tischen und Betten. Merthin und Quirin klammerten sich aneinander und schmiegten ihre Leiber dicht an die Hauswand einer Hütte, unter dessen Dachvorsprung sie geflohen waren.

Merthin hustete, allmählich bekam er wieder besser Luft.

„Wir müssen in die Scheune fliehen!", brüllte Ronda unter den ohrenbetäubenden Donnerschlägen des Sturmes und zeigte auf das Gebäude, in das Irma gelaufen war.

Sie wollte schon losrennen, als plötzlich ein lautes, ohrenbetäubendes Kreischen zu hören war.

Ohne dass sich jemand oder etwas in der Dunkelheit zeigte, rollte ein gewaltiger Schrei über Birgenwerd hinweg. Der schrille Ton verteilte sich im tobenden Wind, drang in jede Ecke und in jedes Loch, er zischte durch die Fenster und Türen der Dörfler und betäubte grausam und schmerzlich ihr Gehör. Reflexartig hielten sich alle die Ohren zu. Lange dauerte das Kreischen an.

Zu Tode erschrocken, presste Quirin seine Augen zusammen, grelle Blitze erleuchteten immer wieder sein verzerrtes Gesicht. Er konnte und wollte nicht glauben, was er hörte. Dieses Kreischen, dieses Fauchen, es klang kein bisschen menschlich, ganz im Gegenteil. Wie tausend kleine Nadelstiche drang es in seinen Kopf ein, das Atmen viel ihm mit einem Mal unendlich schwer, und schlagartig konnte er seinen rasenden Puls an seinem dünnen Hals fühlen.

Sofort erkannte Quirin es wieder. Ohne jeden Zweifel war er sich absolut sicher, dass er genau dieses Schreien in Rondas Waldhütte schon einmal gehört hatte – damals, als er sich mit Merthin und ihr im Geheimversteck hinter dem Wandschrank verborgen hatte. Panisch presste er sich die Hände mit aller Macht auf die Ohren. Dieser Schrei, er jagte ihm erneut eine entsetzliche Gänsehaut den Rücken hinunter. Es klang, als würde jemand mit langen, spröden Fingernägeln an einer Tafelwand auf und ab kratzen, schlimmer noch. Wie ein tiefes, scheußliches Kreischen hörte es sich an, dabei aber unglaublich laut und schrill. Als es endlich aufhörte, sah Quirin seine Begleiter voller Angst an.

„Ronda, oh Gott, dieses Kreischen! Dieses Kreischen!", brüllte er in ihr nasses, faltenumrahmtes Gesicht. „Ist das etwa …?"

Die Alte riss erschrocken ihre Augen weit auf und presste sofort ihre Hand auf Quirins Mund. Sie hielt zitternd ihren Zeigefinger vor ihre Lippen und mahnte die drei lautlos an, nicht zu sprechen. Ihre großen tiefblauen Augen blickten sich hektisch um. Dann griff sie hastig unter ihr Gewand und umklammerte mit fester Faust ihren Stein. Sie schloss ihre Augen. Donnerschläge und Blitze jagten durch den Sturm, und als sie ihre Augen nach einigen Momenten wieder öffnete, packte sie ihre Gefährten an den Gewändern und sagte: „In die Scheune, sofort, und keinen Mucks! Auf mein Zeichen rennen wir gemeinsam los, und mit rennen meine ich auch rennen, und zwar so schnell ihr könnt. Er ist es."

Als sie sich auf dem Dachboden der Scheune im Heu versteckt hatten, klopfte Quirin das Herz bis zum Hals. In scheinbar letzter Sekunde waren er und seine drei Begleiter in die große alte Scheune gelaufen, und als sie die dürre Sprossenleiter nach oben geklettert waren, hatten sie die völlig verstörte und zu Tode erschrockene Irma erst einmal beruhigen müssen, ehe diese bereit gewesen war, ihr Versteck mit ihnen zu teilen. Vergraben im Heu, lagen sie nun dicht nebeneinander und horchten. Irma umklammerte ein junges Mädchen, welches leise vor sich hinwimmerte und sein Gesicht gegen Irmas Leinenbluse presste. Es musste ihre Schwester Lotta sein.

Der Sturm spielte unterdessen all seine Trümpfe aus. Angestrengt knarzten die Balken des Scheunendachs unter den mächtigen Windböen auf, die dünnen Scheiben des Fensters unten neben dem Scheunentor erzitterten und drohten, zu zerspringen. Die morschen Bretter des Tors schmetterten nervös hin und her, und als der Wind noch stärker wurde, jaulten die rostigen Scharniere lautstark auf.

Merthin und Quirin klammerten sich aneinander. Das dichte Heu machte ihnen das Atmen schwer, es juckte in ihren Augen und kratzte in ihren trockenen Hälsen. Plötzlich wühlte sich Ronda aus dem Heu heraus. Erschrocken streckte Quirin seinen Kopf nach oben und sah, wie sie auf Knien, so leise wie nur irgend möglich, zur Sprossenleiter kroch.

„Ronda, nein, was tust du?", flüsterte er ihr panisch hinterher.

Als erneut Blitze die Dunkelheit für einen Moment vertrieben und die Scheune durch ein Fenster direkt hinter dem Heuhaufen erhellten, sah er, wie Ronda in ihren Rocktaschen kramte und schließlich ein Pulver über der Sprossenleiter und dem Holzboden verstreute. Kaum hatte sie sich wieder im Heu verkrochen, erschraken die Burschen. Mit einem Schlag war der Wind verschwunden. Hatte er noch wenige Sekunden zuvor beinahe das Dach der Scheune weggerissen, war nun nichts mehr von ihm übrig, noch nicht einmal ein Lüftchen. Plötzlich konnte man nur noch den prasselnden Regen draußen vernehmen, die Donnerschläge und Blitze wurden leichter, und es schien, als würde sich der Sturm davonmachen. Nervös horchten alle in die Nacht hinaus. Eine seltsame Stille machte sich breit. Immer weniger war von dem tosenden Unwetter zu vernehmen, der Donner hallte nun aus scheinbar weiter Entfernung, und auch die Blitze wurden schwächer und seltener. Lotta klammerte sich ängstlich an ihre große Schwester und wischte sich die Tränen aus ihrem mit Sommersprossen gesäumten Gesicht.

Plötzlich, ohne jede Vorwarnung, folgte ein zweites Kreischen. Noch viel lauter als jenes zuvor, stach es geradezu unerträglich in den Ohren und raubte den Versteckten im Heu beinahe den Verstand. Es drang ihnen durch Mark und Bein, es betäubte ihre Sinne und hallte in ihren Köpfen, es trieb ihnen die Tränen in die Augen und brachte ihren Puls zum Rasen. Sie fühlten sich wie in einem Schraubstock gefangen, und je länger der Schrei andauerte, umso stärker wurden ihre Körper malträtiert, immer mehr und mehr, bis sie sich vor Schmerzen krümmten. Als das Kreischen nach langen Momenten endlich aufhörte, horchten sie mit angstverzerrten Gesichtern in die Stille hinaus, der Schweiß strömte dabei ihre zitternden Leiber hinunter.

Quirin hob vorsichtig seinen Kopf ein klein wenig aus dem Heu und sah sich ängstlich um. Nichts war in der dunklen Scheune zu sehen, der strömende Regen rann an einigen Stellen durch die undichten Holzschindeln nach innen und durchfeuchtete allmählich den Kiesboden der Scheune. Irma und Lotta wimmerten leise vor sich hin, sie waren mit den Nerven am Ende. Zitternd hielten sie sich gegenseitig an den Händen, verstört röchelten sie nach Luft. Merthin wühlte sich vorsichtig durch das Heu und versuchte, die beiden Mädchen ein wenig zu beruhigen.

„Dieser Schrei! Dieser Schrei!", wimmerte Irma mit tränenerstickter Stimme und sah ihn verzweifelt an.

„Leise, beruhigt euch, alles wird wieder gut!", flüsterte Merthin ihr zu und bemühte sich um ein Lächeln, doch kaum etwas war davon in seinem verzerrten Gesicht zu sehen.

Auch er hatte schreckliche Angst und war kaum Herr seiner Sinne.

„Nein, wird es nicht", erwiderte Irma verzweifelt. „Dieser Schrei, ich kenne ihn. Genau wie damals, im Schattenwald."

Merthin traute seinen Ohren nicht. Fassungslos blickte er sie an und wusste nicht ein einziges Wort zu sagen. Plötzlich rasselte etwas draußen auf der Straße. Erschrocken sahen sie alle zur Seite und horchten, Ronda hielt mahnend ihren Zeigefinger vor die Lippen. In nicht allzu weiter Entfernung von ihrem Versteck schien jemand oder etwas mit schweren Eisenketten durch Birgenwerd zu marschieren. Sie konnten die Schritte des Fremden hören, jeder einzelne jagte ihnen allen einen schrecklichen Schauer den Rücken hinunter. Keiner von ihnen wagte auch nur eine Silbe zu sagen, sie versuchten, sich nicht zu bewegen, und selbst ihre Atemzüge waren kaum noch zu hören.

Langsam kamen die Schritte näher. Wie ein gewaltiges Rasseln durchdrangen sie die Nacht, und es hörte sich so an, als wäre jemand mit schweren Eisenschuhen und einer wuchtigen Kette unterwegs. Plötzlich blieb der Fremde stehen. Nichts mehr war zu hören, und es schien, als wäre die Zeit stehen geblieben. Vorsichtig wühlte sich Ronda aus dem Heu. Wie in Zeitlupe kroch sie unter dem entfernten Donnergrollen an den Holzbrettern des Dachbodens entlang und blickte sich dabei immer wieder hastig um. Als sie die seitliche Wand der Scheune erreicht hatte, sah sie zu Quirin, Arlon und Merthin hinüber und hielt erneut ihren zittrigen Zeigefinger vor ihren Mund. Sie tastete sich an der Wand entlang und fand schließlich bei einem der morschen Bretter ein Astloch, durch welches sie sogleich nach draußen spähte. Quirin und Arlon konnten sich nicht mehr halten, sie mussten ebenfalls sehen, was da draußen auf der Straße geschah. Schnell krochen sie zu Ronda hinüber und versuchten ebenfalls, durch die Spalten der Wandbretter einen Blick erhaschen zu können.

Lange Zeit war nichts zu sehen. Zu finster war diese Nacht, als dass man viel hätte erkennen können. Strömender Regen ergoss sich über Birgenwerd und flutete die Straßen, er durchdrang immer mehr die verzogenen Dachschindeln der Scheune und tropfte auf Quirin, Arlon und Ronda hinab.

„Ich sehe nichts!", flüsterte Arlon.

Erneut breitete sich eine drückende Stille aus. Ronda stützte sich mit ihren faltigen Händen am spröden Holz ab und blickte gebannt nach draußen. Die heruntergekommene alte Schenke war deutlich auszumachen, sie lang nur wenige hundert Meter von ihnen entfernt. Bei näherem Hinsehen konnte Quirin jemanden auf der Straße straucheln sehen, es musste der dicke Wirt sein. Langsam wankte dieser voran und hielt sich mit seiner Hand am Treppenaufgang seiner Schenke fest.

Plötzlich polterte es erneut. Der entsetzliche Fremde schien weiterzugehen, doch nichts war in der Dunkelheit zu erkennen. Bebende, rasselnde Schritte näherten sich, und mit einem Mal begann der dicke Wirt, lautstark zu schreien. Quirin riss erschrocken seine Augen weit auf, der Schweiß rann ihm in dicken Tropfen über die Stirn. Der Wirt schrie voller Entsetzen in die Nacht hinaus, er brüll-

te verzweifelt und wollte in die Schenke flüchten, da wurde er gepackt und festgehalten. Ronda, Arlon und Quirin trauten ihren
Augen kaum. Der Wirt schrie unentwegt, er schrie und schrie, bis
sein Schreien mit einem Schlag verstummte. Lautes Kettenrasseln
war zu hören. Plötzlich waren zwei leuchtend rote Augen in der
Finsternis auszumachen. Erschrocken drehte sich Ronda um und
keuchte aufgeregt. Ihr rundes Gesicht war von Angst gezeichnet.

„Oh Gott, oh Gott. Sarax! Er ist es!", wimmerte sie und kniff ihre
faltigen Augen zusammen.

Die rasselnden Schritte kamen näher. Quirin konnte nicht glauben, was da aus der Dunkelheit hervorkam. Eine monströse pechschwarze Gestalt mit lodernden tiefroten Augen und einer riesigen
Eisenkette polterte mit bebenden Schritten durch Birgenwerd.

Es musste Sarax sein. Schwarzer dichter Qualm wallte unter
seinem dunklen Gewand hervor, er floss langsam zu Boden und
umschlängelte seine schweren schwarzen Eisenstiefel. Seine Hände
waren ebenfalls mit Handschuhen aus dunklem Metall versehen.
In seiner linken Hand hielt er das wuchtige Ende einer etwa drei
Meter langen Eisenkette, mit Gliedern so dick wie Kohlköpfe.
Scheppernd zog er sie hinter sich her, schlug immer wieder damit
um sich und pflügte die aufgeweichte nasse Straße förmlich mit ihr
auf. Je näher die Gestalt kam, desto entsetzter und eingeschüchterter wurde Quirin, und selbst Arlon, sonst die Ruhe selbst und mit
einer unbeschreiblichen inneren Stärke und Ausgeglichenheit versehen, atmete panisch und sah fassungslos nach draußen. Plötzlich
sah Quirin, dass die schwarze Gestalt den dicken Wirt hinter sich
herschleifte. Leblos folgte sein fleischiger Körper den ruckartigen
Bewegungen seines Peinigers. Dann blieb Sarax stehen. Er schien
sich umzusehen, sein lodernder Blick war deutlich in der Dunkelheit auszumachen. Erneute Stille machte sich breit. Irma und Lotta
wimmerten leise und klammerten sich aneinander, Merthin umarmte sie sorgsam und versuchte angestrengt, ruhig zu bleiben.
Doch sogleich folgte ein weiteres Kreischen. So laut, so schrill, so
schmerzhaft und schrecklich wie nie zuvor, schallte es in die Nacht
hinaus, es jagte ihnen entsetzliche Angst ein. Minuten verstrichen.

Als es endlich aufhörte und die entsetzlichen Schmerzen von ihnen etwas abließen, geschah das Fatale. Irmas kleine Schwester Lotta hatte nun gänzlich die Nerven verloren. Lautstark begann sie, zu schreien. Sofort hielt ihr Irma den Mund zu, doch die Kleine riss sich los und brüllte wie von Sinnen weiter durch die Scheune.

Da schepperten wieder die Eisenstiefel. Mit wuchtigen Schritten machte sich die schwarze Gestalt in Richtung Scheune auf. Immer energischer schlugen die schweren Glieder der Kette aneinander, und Lotta schrie noch lauter und verzweifelter. Noch ehe sie beruhigt werden konnte, krachten plötzlich die Scheiben des unteren Fensters in der Scheune ein. Mit einem gewaltigen Satz hatte Sarax den fetten Wirt in die Luft geschleudert und durch das ausladende Fenster unten neben dem Scheunentor geworfen. Zu Tode erschrocken, schrien die beiden Mädchen laut auf, und auch die Burschen konnten sich nicht mehr halten und brüllten entsetzt. Wie ein zentnerschwerer Mehlsack knallte der Wirt auf den Kiesboden in der Scheune, das Blut lief ihm aus seinem dicken Hals heraus und vermischte sich in Sekunden mit dem staubigen Schotter. Leblos blieb er mit dem Gesicht nach unten liegen. In unglaublich schmetternden und bebenden Schritten machte sich Sarax zur Scheune auf, seine Eisenkette wirbelte er dabei wild in die Luft und schlug alles kurz und klein, was seinen Weg säumte.

„Schnell, wir müssen hier weg!", zischte Ronda und rannte zu den Mädchen hinüber. „Beruhigt euch, sofort! Irma, verstecke dich mit deiner Schwester in der hintersten Ecke des Dachbodens und halte ihr den Mund zu, verdammt noch eins!", herrschte sie Irma aufgebracht an.

„Wir müssen von hier verschwinden, sonst ist es aus mit uns!", flüsterte Arlon zu Ronda hinüber.

Ronda nickte entschlossen, der Schweiß rann ihr in Strömen ihren fleischigen Nacken hinunter. Schnell kroch sie zur Sprossenleiter, die zum Dachboden hinaufführte, riss sie mit mehreren hektischen Bewegungen vom Dachbodenbalken ab und warf sie nach unten. Dann kramte sie erneut in ihren Rocktaschen, zog ein kleines Fläschchen hervor und kroch zu Arlon und den Burschen zurück.

„Ich muss es Sarax ins Gesicht werfen, es ist unsere einzige Chance. Es wird ihn blenden, und dann müssen wir rennen, was die Schuhsohlen hergeben, verstanden?", hauchte sie mit zitternder Stimme.

„Aber wohin denn?", fragte Quirin verzweifelt.

Ronda blickte sich nervös um und entdeckte schließlich eine kleine Leiter am hinteren Ende des Dachbodens.

„Schnell, richtet sie auf und klettert nach oben. Wir müssen die Schindeln durchstoßen und auf das Scheunendach steigen", antwortete sie und pustet sich energisch ihre Haare aus der Stirn.

Kaum hatte sie ihren Satz vollendet, knallte das Scheunentor auf. Mit einem gewaltigen Hieb seiner Eisenkette hatte Sarax es aufgebrochen, das spröde Holz zersplitterte dabei in tausend Teile. Niemand rührte sich. Für einen kurzen Moment, es waren sicherlich nur wenige Sekunden, war nichts zu hören, nur der prasselnde Regen war in der Stille zu vernehmen. Dieser eine Moment der Stille, in dem keiner wusste, was als Nächstes geschehen würde, umklammerte Quirin mit festem Griff und schnürte ihm die Brust zu. Blanke Angst ließ seinen Körper erzittern, eine Angst, so groß und so unerträglich, so übermächtig und überwältigend, wie er sie in seinem ganzen Leben noch nicht empfunden hatte.

Sarax begann, einem Tier gleich, zu schnaufen. Wie bei einem gewaltigen Ross hörte es sich an, kräftiger und bedrohlicher noch. Ein tiefes Röcheln durchzog die Scheune und jagte allen einen dicken Schauer den Rücken hinunter. Erneut begann das Monster, zu kreischen. Jetzt, da er nur wenige Meter von ihnen entfernt war, rollte eine wahre Schallwelle über sie hinweg, und sofort begann Lotta wieder, zu wimmern. Kaum hatte Irma ihre zittrige Hand mit aller Macht auf den Mund ihrer Schwester gepresst, verstummte auch Sarax und begann, seine Eisenkette in die Luft zu schleudern. Er schlug mehrere Kreise mit ihr und zerschmetterte dabei einen großen Leiterwagen, Holzfässer, Pferdegeschirre und einige Heugabeln, welche um ihn herum an der Scheunenwand lehnten. Dann warf er sie hinter sich, holte weit aus und durchschlug großflächig den Dachboden. Die Jungen wurden durch die Luft geschleudert, sie hatten genau unter der

Einschlagstelle am Boden gelegen und Deckung gesucht. Merthin und Quirin knallten gegen die Wand, und noch ehe sie wieder bei Sinnen waren, durchschlug die Eisenkette ein zweites Mal den Boden. Irma und Ronda schrien entsetzt auf, als sie sahen, dass Quirin nach unten eingebrochen war und sich brüllend mit zwei Händen an den Bodendielen festhielt. Der Junge schrie aus voller Kehle, er zappelte mit den Beinen in der Luft und versuchte verzweifelt, sich wieder auf den Dachboden zu ziehen.

Als er nach unten blickte, gefror ihm das Blut in den Adern. Sarax stand unmittelbar unter ihm. Quirin sah ihm direkt in die lodernden Augen. Dieser Blick, dieses tiefrote Glühen, es betäubte Quirin und vernebelte vollständig seine Sinne. Er wähnte sich wie in einem Tunnel aus fauchenden Flammen, er konnte nicht mehr atmen und fühlte sich gläsern, wie ein offenes Buch, dessen Seiten Sarax gierig aufgeschlagen hatte und nun jedes einzelne Wort in Sekunden lesen konnte.

Erneut schlug die Kette auf den Boden nieder. Im letzten Augenblick zogen Ronda und Arlon Quirin mit vereinten Kräften nach oben, die schweren Kettenglieder verfehlten seine dünnen Beine nur um Haaresbreite und schlugen krachend durch die nahe gelegene Scheunenwand. Sie verfing sich für einen kurzen Moment zwischen den Wandbrettern.

Ronda erkannte sofort ihre Chance. Mutig atmete sie durch, packte ihr Pulverfläschchen und schleuderte es Sarax entgegen. Es verfehlte ihn knapp. Sarax richtete seinen wütenden Blick nach oben und riss mit einem gewaltigen Ruck seine Kette aus den Brettern heraus, ein riesiges Loch blieb dabei in der Wand zurück. Erneut begann er, zu schreien. Doch nach wenigen Sekunden stoppte er das schreckliche Kreischen und begann, seine Eisenkette unentwegt gegen den Dachboden zu schleudern. Schnell war der gesamte Boden durchlöchert, die Balken splitterten, und es krachte und bebte in der gesamten Scheune. Sie drohte, einzustürzen.

Alle schrien, weinten und brüllten in bloßer Panik und versuchten verzweifelt, an den Wänden Deckung zu suchen. Plötzlich brach der gesamte Dachboden ein. Schreiend stürzten alle zu

Boden. Mit einem Mal stand Sarax direkt vor ihnen. Eine fauchende pechschwarze Gestalt von mindestens drei Metern türmte sich vor ihnen auf, dunkle Rauchschwaden umschlossen seine schweren Metallstiefel. Er schnaufte wie ein Schlachtross, lauter noch und tiefer, und kaum hatte sich der Staub ein wenig gelegt, schleuderte er erneut seine Eisenkette in die Luft und schlug damit nach Quirin. Mehrfach hintereinander zielte er auf ihn, Quirin rollte sich über den Boden und wich immer wieder gekonnt aus, die schweren Eisenglieder verfehlten ihn dabei nur um Zentimeter. Die Mädchen weinten unentwegt, dicke Tränen schossen ihnen in die Augen und rannen schwallartig über ihre verzerrten Gesichter.

Als Sarax wieder ausholte und seine Kette weit nach hinten warf, verhedderte sie sich erneut, dieses Mal in den zusammengeschlagenen Überresten des großen Leiterwagens. Arlon zögerte keine Sekunde. Mit einem geschickten Satz sprang er zu Rondas Fläschchen hinüber, das nur wenige Meter entfernt auf dem Kiesboden lag, pfiff herausfordernd, sah Sarax in die Augen und warf es dem monströsen Untier mit aller Macht ins Gesicht. Ein unbeschreiblich grelles Licht durchflutete die Scheune, sie alle wurden geblendet von seinem Schein, und Sarax jaulte ohrenbetäubend auf. Sofort hielt er sich seine Eisenhände vors Gesicht und versuchte, sich das Pulver aus den Augen zu reiben.

„Jetzt!", brüllte Ronda, so laut sie nur konnte, packte die Mädchen an den Armen und rannte durch die eingeschlagene Scheunenwand nach draußen, Arlon und die Burschen sprangen ihnen hinterher.

Sie rannten durch den strömenden Regen, ihre Tränen vermischten sich dabei augenblicklich mit dicken Regentropfen. Sie rannten, wie sie noch nie in ihrem Leben zuvor gerannt waren. Doch nur wenige Augenblicke später hörten sie hinter sich das furchterregende Schlagen von Saraxs Eisenstiefeln. Schnaubend verfolgte er sie, seine Eisenkette durchpflügte dabei den Straßenschlamm. Immer wieder kreischte er, entsetzt hielten sich die Fliehenden ihre Ohren zu und rannten um ihr Leben.

Sarax schien aufzuholen. Immer lauter wurde das Rasseln seiner Schritte. Als Merthin keuchend zur Seite blickte, sah er erstaunt, dass sich Arlon in seine ursprüngliche Gestalt zurück verwandelte. Seine Haare wurden plötzlich länger, seine blauen Augen begannen wieder hell zu leuchten und aus seinem Haupt schossen weiße Leuchtkristalle. Schnell waren seine Füße von hellem Neben umhüllt, und kaum war seine Verwandlung abgeschlossen, blickte er, während er mit den anderen vor Sarax davonrannte, dem Himmel entgegen und murmelte unverständliche Worte.

Erneut kreischte Sarax, doch während alle anderen schmerzverzerrt ihre Hände auf die Ohren pressten, ließ sich Arlon nicht beirren. Immer lauter und immer bestimmter sprach er in einer unverständlichen Sprache und wandte seinen leuchtenden Blick nicht ein einziges Mal vom dunklen Himmel ab. Sarax holte weiter auf. Er wirbelte seine Eisenkette in die Luft und lief immer schneller auf sie zu. Nur noch wenige Meter trennten ihn von den Fliehenden. Immer wieder kreischte er ohrenbetäubend, doch dann plötzlich, wie aus dem nichts, wurde sein Schrei unterbrochen.

Aus der tiefen Dunkelheit schossen mit einem Mal sechs riesige schneeweiße Adler hervor. Die Flügelspannweite der Vögel musste mindestens sechs oder sieben Meter betragen. Ihre leuchtenden Körper erhellten geradezu anmutig und überlegen die Finsternis, sie riefen mit lauten Stimmen in die Nacht hinein und nahmen Kurs auf Arlon. Dieser rannte zusammen mit den anderen weiter, und als er nach hinten blickte und die Tiere am Horizont erkannte, lächelte er erleichtert.

„Bildet eine Linie, schnell!", rief er Ronda, den Mädchen, Quirin und Merthin zu und streckte seine Arme aus.

Sie rannten weiter, der Regen preschte ihnen dabei unnachgiebig in die schweißüberströmten Gesichter. Quirin versuchte, durchzuhalten. Sarax kreischte ein weiteres Mal, er wirbelte tosend seine Eisenkette in die Luft und holte immer weiter auf. Plötzlich packte Quirin etwas am Hemd. Einer der leuchtenden Adler hatte ihn mit zartem Griff vom Boden aufgelesen und hob ihn in die Lüfte. Nach und nach wurde jeder Einzelne von ihnen von einem der riesigen Tiere gepackt und auf sanften Schwingen davongetragen. Erschrocken quietschten die Mädchen, als sie plötzlich den Boden unter ihren Füßen verloren.

„Hört auf, zu brüllen, ihr dummen Dinger! Wir sind gerettet!", schrie Ronda zu ihnen hinüber.

Sie strahlte vor Freude und winkte Quirin euphorisch zu, und noch ehe dieser etwas sagen konnte, wurde ihm schwarz vor Augen und er wurde ohnmächtig.

Kapitel 10

Quirin wurde regelrecht aus dem Tiefschlaf gerissen, als ihn am nächsten Morgen das Scheppern der Pfannen und Töpfe aufweckte. Erschrocken sprang er aus dem engen kleinen Bett und blickte sich verstört um. Als er Merthin, der gerade am Boden kniete und allerlei Blechgeschirr zusammenkramte, mit trübem Blick erkannte, musste er erst einmal seine verschlafenen Augen reiben.

„Oh, Quirin, tut mir leid, ich wollte dich nicht aufscheuchen", sagte Merthin erschrocken und legte mit zittrigen Händen die Pfannen auf einen Holztisch. Quirin blickte sich verwirrt um, er sah noch immer alles wie durch einen Schleier hindurch. Allmählich klarte sein Blick auf. „Stell dir vor, Quirin, es gibt etwas zu essen! Ich sterbe vor Hunger!", sprach Merthin weiter und deckte den Tisch. Er bemühte sich dabei um ein kleines Lächeln, doch kaum etwas davon war in seinem Gesicht zu sehen. Die letzte Nacht steckte dem Jungen noch immer tief in den Gliedern, er wirkte sichtlich nervös und aufgewühlt.

Arlon setzte sich zu Quirin ans Bett und legte seine kühle Hand auf dessen Hinterkopf.

„Sie scheint zu heilen, deine Verletzung", sprach er mit liebevollen Worten, sein glattes hellblondes Haar fiel ihm dabei über die Schultern.

„Was ist passiert?", flüsterte Quirin und rieb mit den Händen über sein Gesicht.

Als er Arlon erneut ansah, fiel ihm auf, dass er sich in seine menschliche Gestalt zurückverwandelt hatte. Nicht ein einziger der leuchtend weißen Kristalle war mehr an seinem Kopf zu sehen, auch seine Augen waren wieder von menschlich blauer Farbe. Abgetragene Leinengewänder umhüllten seinen schlanken Körper, und an seinen Füßen trug er gewöhnliche Rindslederstiefel. Alles an ihm war überraschend gewöhnlich, nichts erweckte den Eindruck, dass er in Wahrheit ein völlig anderes Antlitz besaß. Selbst seine Statur hatte sich wieder auf durchschnittliche Maße reduziert. Vielleicht war er ein wenig größer als gewöhnliche Männer seines Alters, aber kaum jemandem, der es nicht besser wusste, wäre dies wohl aufgefallen. Lediglich seine Hände und sein Gesicht blieben ungewöhnlich weiß.

„Arlon, was ist passiert?", fragte Quirin ein zweites Mal und blickte sich um.

Er saß in einem abgewohnten alten Holzbett, welches in der Ecke einer kleinen Waldhütte stand. Grobe dunkle Baumstammhälften bildeten dessen Wände und Dach, der Boden war mit verzogenen Bretterdielen ausgelegt und sah ziemlich abgetragen und uneben aus. Nur wenige schwache Sonnenstrahlen drangen durch die beiden kleinen dünnglasigen Hüttenfenster und tauchten den ohnehin schon dunklen Raum in ein zaghaftes, gedämpftes Licht. Gegenüber von Quirins Bett, sozusagen am anderen Ende der Hütte, befand sich neben der Tür ein recht hohes Küchenregal, aus dem Merthin allerlei Kochgeschirr durch eine ungeschickte Bewegung auf den Boden geworfen hatte. Gleich daneben befand sich der Stubentisch, an dessen Ende Merthin nun saß und unruhig mit einem handgeschnitzten Suppenlöffel spielte.

„ Das gibt's doch nicht, Ronda müsste längst fertig sein. Ich sehe mal, ob ich helfen kann", sprach er aufgebracht und rumpelte sogleich mit entschlossenen Schritten aus der Hütte hinaus.

„Wir sind hier erst einmal in Sicherheit", antwortete Arlon Quirin schließlich und lächelte dabei ein wenig.

Als er seine Hand von Quirins Kopf nahm, griff dieser sogleich nach seiner Beule und tastete sein Hinterhaupt ab. Tatsächlich fühlte sie sich kleiner an, und auch die unerträglich pochenden Kopfschmerzen waren nunmehr deutlich abgeklungen. Quirin stand auf und schlich zum Fenster. Ein tiefer Wald umschloss sehr das kleine Häuschen eng, es lag auf einer winzig kleinen Lichtung. Meterhohe Fichten und Tannen türmten sich vor Quirin auf, sie ragten weit in den Himmel hinein und fingen einen Großteil der Mittagssonne ab.

„Was ist passiert? Sind wir etwa schon im Schattenwald?", fragte Quirin unruhig und musterte mit seinen großen Augen die Umgebung.

Da ging die Tür auf, und Ronda eilte mit einem dampfenden Kessel herein.

„Nein, Jungchen, sind wir noch nicht, oder glaubst du etwa, dass so der Schattenwald aussieht?", antwortete sie schnippisch und stellte den schweren Topf auf den Holztisch. Quirin sah sie überrascht an. „Was? Glaubst du etwa, nur weil ich schon ein bisschen in die Jahre gekommen bin, höre ich nicht mehr gut? Täusche dich nicht, Jungchen, täusche dich nicht! Meinen Ohren geht es bestens!", sprach sie weiter und lächelte dabei selbstsicher.

Ein wohlriechender Duft verbreitete sich in Windeseile in der modrigen Hütte, Ronda hatte eine üppige Graupensuppe gekocht.

„Los, los, alle Mann zu Tisch, hopp, hopp. Keinem ist geholfen, wenn wir hier mitten im tiefsten Wald verhungern!", brüllte sie nach draußen und goss sogleich große Portionen in die verbeulten Blechschüsseln.

Merthin, der einen gewaltigen Hunger verspürte, ließ es sich nicht zweimal sagen. Eilig stürmte er zur Tür herein, setzte sich an den Tisch und begann sogleich gierig, die Suppe hinunterzuschlingen. Nur wenig später schlichen die Mädchen in die Stube hinein. Irma hielt ihre kleine Schwester mit steinerner Miene an der Hand, Lotta trottete ihr mit gesenktem Kopf hinterher. Zögerlich und sichtlich eingeschüchtert setzten sie sich auf die Holzbank neben Merthin und begannen vorsichtig, ihre Suppe zu löffeln, sie teilten sich dabei eine Schüssel. Irma legte den Arm um Lotta und streichelte ihr liebevoll über den Rücken.

Langsam kamen Quirins Erinnerungen zurück. Geradezu unbeschreiblich schrecklich und verstörend kamen ihm die Geschehnisse von Birgenwerd erneut in den Sinn, nur allzu schmerzlich tauchten die Bilder wieder in seinem Kopf auf und jagten ihm selbst jetzt noch einen fürchterlichen Schauer den Rücken hinunter.

„Komm, Jungchen, du musst was essen, bist eh so dünn wie ein Grashalm", rief Ronda etwas freundlicher zu ihm hinüber und gab ihm gleich noch einen gut gefüllten Schöpfer Suppe.

Arlon setzte sich ebenfalls mit schleichenden Schritten an den Tisch.

„Und für dich, mein Lieber, einen besonders großen Teller, schließlich bist du unser Held! Nicht schlecht, das mit den Adlern, nicht schlecht, ich dachte immer, die gibt es nur in den tiefen Bergen hinter dem Totenmoor. Nicht schlecht, mein Junge, nicht schlecht", sprach sie wohlwollend zu ihm hinüber und wollte sogleich noch einen ordentlichen Schöpfer Graupensuppe in seine Schüssel gießen, da hielt Arlon seine bleiche Hand nach oben und verneinte mit einem Lächeln. „Oh, ich verstehe, lebst wohl nur von Luft und Liebe, wie man so schön sagt, nicht wahr?", grinste sie ihn an und füllte sich selbst ein.

Niemand lachte. Mit versteinerten Gesichtern nahmen die Mädchen, Merthin und Quirin ihre Mahlzeit zu sich und sagten kein einziges Wort. Ronda sah mit verärgertem Gesicht in die Runde und löffelte gierig die dicke Graupensuppe in sich hinein.

„Meine Güte, man wird doch noch einen Scherz machen dürfen! Es geht uns doch gut. Seht, welch Glück wir hatten mit diesem verlassenen Waldhäuschen! Sogar einige Vorräte haben wir gefunden, und ohne sie wären wir immer noch hungrig!", raunzte sie genervt und sah mit strengem Blick nach links und rechts. „Der Hausherr möge es uns verzeihen, dass wir sie aufbrauchen, aber es wird schon gehen, es wird schon gehen", flüsterte sie in sich hinein, die Suppe schwappte dabei aus ihren hängenden Mundwinkeln in ihre Schüssel zurück. Keiner antwortete. „Es hätte böse enden können, gestern Nacht, also seid lieber dankbar, und freut euch mit mir!", sprach sie weiter.

Merthin sah sie böse an. Lotta legte ihren Holzlöffel weg und begann, zu wimmern. Irma nahm sie in den Arm und sah Ronda vorwurfsvoll an. Das kleine Mädchen, sie war vielleicht gerade einmal zehn oder elf Jahre alt, war tief gezeichnet von der vergangenen Nacht und völlig traumatisiert.

„Du bist unmöglich!", fauchte Merthin wütend und schlang ausgehungert seine Suppe in sich hinein.

Ronda sah ihn intensiv an, tiefe Falten umrahmten dabei ihr verärgertes Gesicht.

„Ach so, ich verstehe", erwiderte sie argwöhnisch, „nun bin ich an allem schuld, mal wieder. Wie immer halt, nicht wahr?"

Merthin wollte schon von seinem Schemel aufspringen, da legte ihm Arlon bestimmt seine kühle Hand auf die Schulter und hielt ihn fest.

„Esst jetzt, und beruhigt euch. Schont eure Kräfte und versucht, zur Ruhe zu kommen. Wir haben noch einen weiten Weg vor uns", sagte er mit unglaublich sanften Worten.

Merthin schnaufte tief durch und löffelte schließlich weiter. Lotta weinte leise vor sich hin, ihre Schwester tröstete sie fürsorglich und streichelte ihre roten Kräusellocken. Ein bedrückendes Schweigen machte sich breit, jeder starrte mit ernster Miene in seine Schüssel und aß schweigend die wohlschmeckende Suppe.

Eigentlich, so dachten sich die Burschen, hatte Ronda schon recht. Hätten sie nicht völlig zufällig diese verlassene Hütte mit all den Vorräten mitten im tiefen Wald hinter Birgenwerd gefunden, wäre es nun weit schlechter um sie bestellt. Auf eine reiche Auswahl an allerlei Getreide, Kartoffeln, Salz und getrockneten Kräutern konnten sie hier zurückgreifen, auch etwas Mehl fanden sie. Sogar Feuerstahl und Blechgeschirr war vorhanden, was ihnen das Kochen erst ermöglichte. War doch nichts von all dem Brot und Gebäck, welches sie den Bäuerinnen auf dem Dorffest in Birgenwerd für ein paar Pfennige abgekauft und für ihre weitere Reise sorgsam in Leinentücher gehüllt hatten, übrig geblieben.

Alles davon war in diesem schrecklichen Chaos verloren gegangen, und so kam es, dass sie, allesamt mit leeren Taschen, von den leuchtenden Adlern am Rande eines fremden Waldes weit weg von Birgenwerd abgesetzt worden waren. Und dennoch, trotz dieser glücklichen Wendung, trotz des rettenden Waldhäuschens, konnten sie kein bisschen Freude in sich spüren, im Gegenteil. Geradezu verstört saßen sie nun am Tisch und fühlten sich schlecht. Zu tief waren sie von den schrecklichen Ereignissen der vergangenen Nacht gezeichnet. Diese entsetzlichen Stunden auf dem Boden der Scheune, die Momente mit ihren schauderhaften Bildern und ganz besonders auch Rondas verstörende Offenbarung darüber, was sie aus dem Stein gelesen hatte, all jenes drückte erbarmungslos wie eine zentnerschwere Last auf sie hernieder und lähmte sie regelrecht.

Am Nachmittag wuschen sich Merthin und Quirin im rauschenden Wasser des nahe gelegenen Gebirgsbächleins, das nur wenige Meter von der Waldhütte entfernt lag. Ihre völlig verdreckten Kleider, die die Burschen abgelegt hatten, tauchten sie immer wieder in das eiskalte Wasser und drückten sie anschließend aus. Eine trübe Brühe lief ihnen dabei an den Füßen hinunter, und es dauerte eine Weile, bis das ausgepresste Wasser klar wurde. Plötzlich bemerkte Merthin, dass Quirin völlig apathisch neben ihm stand.

„Woran denkst du?", fragte er seinen Freund vorsichtig und legte dabei väterlich seinen Arm um ihn.

„Ich weiß es nicht", antwortete Quirin mit leerem Blick. „Ich weiß gar nichts mehr."

Merthin sah ihn mitleidig an. „Du musst daran denken, was Ronda uns in Birgenwerd gesagt hat, nicht wahr?", fragte er mit prüfenden Augen. Quirin nickte. Einige Momente des Schweigens verstrichen. Schließlich sprach Merthin weiter: „Quirin, es tut mir leid, dass ich in Birgenwerd davongelaufen bin, aber als ich vom Schattenwald hörte, musste ich sogleich an Irma denken. Sie hatte so erschreckend reagiert, als wir in der Schenke über diesen Ort gesprochen haben ... du hast das ja gar nicht mitbekommen. Doch ich dachte mir in dem Moment, ich muss mit diesem Mädchen sprechen, ich hatte so eine Riesenangst vor dem, was als Nächstes kommen würde."

„Das kann ich gut verstehen", erwiderte Quirin. Er war kein bisschen zornig, dass Merthin davongelaufen war, im Gegenteil, heilfroh durfte er sich schätzen, dass sein Freund noch immer an seiner Seite war. Quirin atmete tief durch, allmählich konnte er sich wieder ein wenig beruhigen. Es tat gut, mit Merthin über diese schauderhaften Geschehnisse zu sprechen.

„Ich habe auch Angst vor dem, was als Nächstes kommt", fuhr Quirin fort, „doch am meisten ängstigt mich, dass Sarax meine Mutter getötet hat. Warum nur, Merthin? Warum hat er meinen Eltern das angetan?"

Der Ältere sah ihn ratlos an. „Ich weiß es nicht, Quirin. Aber anscheinend war der Brief deines Vaters doch ernst gemeint", erwiderte er.

„Das war er, und ich wusste immer, dass das Geschwätz der Leute nicht stimmt! Mein Vater wollte sich nicht aufhängen, das hätte er nie getan! Sarax hat ihm diese Halsnarben zugefügt, sie sahen genauso aus wie bei dem Wirt!", sprach Quirin mit Tränen in den Augen, und kaum hatte er seinen letzten Satz gesprochen, weinte der Junge auch schon bitterlich. Merthin nahm ihn tröstend in den Arm.

Wenig später saß Quirin mit Merthin und den Mädchen zusammen an der Feuerstelle vor der Waldhütte und wärmte sich an der Glut. Ihre nassen Kleider ließen die Burschen, über ein Seil gespannt, in der Abendsonne trocknen. Lediglich mit Unterhosen bekleidet, hockten sie auf einem halbierten Baumstamm neben dem Feuer und hielten ihre Habseligkeiten in der Hand.

Eigentlich war es nur der Stein, den Quirin, in Stofflumpen eingewickelt, achtsam zwischen seinen Fingern kreisen ließ. Die Mädchen saßen ihnen schweigend gegenüber, Lotta kuschelte ihren Kopf in Irmas Schoß und schien nun, nachdem sie viele Stunden bitterlich geweint hatte, endlich eingeschlafen zu sein. Gütig streichelte ihr Irma über das rote Haar.

Merthin spielte unterdessen mit seinem Taschenmesser, er klappte es immer wieder auf und zu und prüfte die Sauberkeit der kleinen Stahlklinge akribisch. Wenn sie ihm noch nicht glänzend genug erschien, polierte er sie an seiner Unterhose vorsichtig erneut auf und ließ sie anschließend wieder zurückschnappen.

Quirin blickte auf seinen Stoffklumpen. Als er das Gefühl hatte, dass ihm niemand zusah, streifte er behutsam die verdreckten Leinenfetzen zur Seite und entblößte eine winzige Facette des blauen

Steins. Geradezu ruhig und anmutig spitzelte er ihm entgegen, er war von ungewöhnlich schöner tiefblauer Farbe. Während Quirin ihn ausgiebig betrachtete, versank er in Gedanken. Wieder und wieder kamen ihm die schrecklichen Bilder der letzten Wochen in den Sinn und hinterließen zermürbende Fragen in seinem Kopf.

Warum nur hatte Sarax seinen Eltern das angetan? Und warum, um alles in der Welt, verfolgte er nun ihn und seine Freunde? Vielleicht war Sarax hinter dem Stein her und scherte sich in Wahrheit gar nicht um ihn selbst, so dachte Quirin sich. Ein schwacher Moment überkam den Jungen, und er hätte gute Lust gehabt, den Stein einfach weit von sich zu werfen, tief in den finsteren Wald hinein, irgendwo hin, wo ihn niemand mehr finden würde. Schließlich hatte ihn dieser kleine, fremde Gegenstand ohne jede Vorwarnung auf die bisher gefährlichste Reise seines Lebens geschickt. Doch sogleich wurde Quirin von Gewissensbissen heimgesucht und dachte sich, dass er doch nicht das Einzige, das er von seiner leiblichen Mutter besaß, einfach so wegwerfen könnte. Je länger er über alles nachdachte, umso mehr fragte der Junge sich, ob Ronda nicht noch mehr wusste. Vielleicht hatte sie noch immer nicht alles erzählt, was der Stein ihr preisgegeben hatte.

Aufgebracht ließ Quirin den Stoffballen zwischen seinen Fingern kreisen und blickte auf den Stein. Als er ihn schließlich berührte, wurde ihm von einem Moment auf den anderen leichter. Er schloss seine Augen. Warme Linien durchzogen die Dunkelheit, er fühlte sich plötzlich um ein Vielfaches besser, ausgeruhter, kräftiger, und mit einem Mal konnte er wieder Mut fassen. Wie in einen wunderschönen Traum eingebettet, konnte er in einem sehnsüchtigen Moment der Geborgenheit und Liebe neu zu sich finden. Alles um ihn herum wurde in ein sanftes Licht getaucht und für einen flüchtigen Augenblick, es waren sicherlich nur wenige Sekunden, waren aller Schmerz und alle Dunkelheit der vergangenen Tage völlig verschwunden, so, als wäre nie etwas davon geschehen.

Plötzlich polterte es. Ronda hatte sich mit einer plumpen Bewegung zu ihnen gesetzt und wischte sich den Schweiß von der Stirn. Sie war den halben Tag lang unterwegs gewesen und hatte mit viel

Mühe aus Rankenwurzeln, Wasserdost, Schöllkrautsamen und noch einigen weiteren Gewächsen und Pilzen verschiedene Mixturen hergestellt. Viele davon hatte sie in kleine Leinentücher und Glasgefäße, die sie zufällig in der Hütte gefunden hatte, eingefüllt und unter ihren Rock geschoben. Anschließend war sie lange um das kleine Waldhäuschen herumgeschlichen und hatte einen seltsamen silbrig glänzenden Staub draußen an die Hüttenwände und Fenster gestreut, ebenso innen in der Stube.

„Nicht zu fassen, was sich hier alles finden lässt, das ist ja noch besser als bei mir zu Hause. Sogar eine Alraune hab ich gefunden, die gibt es bei uns gar nicht. Seht nur, Jungchen", sprach sie mit fröhlich staunendem Blick und wedelte mit allerlei erdigen Knollen, Zweigen und grünen Blättern.

Merthin blickte sie prüfend an. „Hast du auch Rankenwurzeln und das andere Zeug für dein Pulver gefunden?", fragte er sie misstrauisch. „Deswegen bist du doch losgezogen."

Das Lächeln verschwand augenblicklich aus Rondas rundem Gesicht, und sogleich zeigten sich tiefe Sorgenfalten.

„Ja", keifte sie zurück und stand vom Feuerplatz auf.

Mit energischen Schritten tapste sie zur Hütte, ihr schmutziger Rock wippte dabei eilig hin und her. Sie warf die knarzende Holztür auf und schlug sie hinter sich zu.

Merthin blickte ihr argwöhnisch nach. Noch immer hatte er der Alten nicht verziehen, dass sie ihm und Quirin so lange nicht gesagt hatte, was sie aus dem Stein lesen konnte. Er empfand es als eine Ungeheuerlichkeit, zumal es verdammt nochmal Quirins Stein war, in den sie geblickt hatte. Seit Beginn ihrer Reise traute er ihr nicht, und nun, da sie ihnen so lange keinen reinen Wein eingeschenkt hatte, war das Vertrauen nicht gerade größer geworden.

Arlon setzte sich lautlos neben Merthin, die Burschen hatten gar nicht bemerkt, dass er gekommen war. Als er Merthins ernsten Gesichtsausdruck bemerkte, legte er wohlwollend seine kühle Hand auf dessen Schulter.

„Seid dankbar, dass Ronda all die Kostbarkeiten für ihr schützendes Pulver gesammelt hat. Wir müssen im Verborgenen bleiben, so gut es nur geht. Wenn wir entdeckt und ausgehorcht werden, wäre dies sehr gefährlich für uns", flüsterte er ihnen zu und blickte mit wachsamen Augen in die Tiefen des Waldes. Intensiv musterte er jeden Baum, jeden Strauch und jeden Stein. Den Jungen wurde mulmig. Schließlich fuhr Arlon fort. „Ihr Pulver schützt uns vor fremden Ohren und Augen, bedenkt das. Das ist sehr wichtig. In diesen Wäldern sind wir nicht allein."

Es war Abend geworden. Ronda setzte sich zu den anderen an den Tisch und blickte mit großen Augen in die Runde. Niemand sagte etwas. Sie faltete ihre rauen Hände vor ihrem fahlen Gesicht und strich sich ihre Haare nach hinten. Lange überlegte sie, was sie sagen sollte, so schien es.

Merthin und Quirin sahen sie verstohlen an. Die Sonnenstrahlen konnten nunmehr kaum noch das dichte Kronendach der hohen Bäume durchdringen. Ein schwaches Licht entstand in der Waldhütte und führte nicht gerade dazu, dass sich die Jungen wohler fühlten. Gebannt warteten sie auf Rondas Worte. Schließlich begann sie endlich und in überraschend leisen Worten zu sprechen.

„Nun gut, meine Lieben, ich denke, es ist an der Zeit, miteinander zu reden. Ihr müsst mich verstehen, ich musste euch verbieten, lautstark mitten im Wald oder wo auch immer über unsere Angelegenheiten zu sprechen. Ohne das Rankenwurzmehl und ein paar andere Helferlein war mir das einfach nicht geheuer … einfach nicht geheuer. Zu gefährlich ist es. Niemand darf Notiz von uns nehmen, und keiner darf unsere Worte hören."

Eine drückende Stille breitete sich aus. Alle sahen sie mit eingeschüchtertem Blick an, Lotta begann wieder ein wenig, zu zittern, und drückte sich ängstlich an Irma.

Ronda schluckte.

„Das Schicksal", sprach sie aufgewühlt weiter, „hat uns alle hier zusammengeführt, niemand konnte das ahnen oder vorhersehen, ich jedenfalls nicht, und ich denke mal, auch keiner von euch. Ich weiß, wie schrecklich euch die vergangenen Ereignisse gezeichnet haben, auch mich im Übrigen, das will ich gar nicht leugnen."

Erneut stockte sie und warf sich etwas hektisch ihre langen Haare über die Schulter. Quirin wurde nervös. Ronda, sonst überlegen und beinahe unerschütterlich in ihrer Art, schien auf einmal sichtlich mitgenommen zu sein. Als sie nach langen Gedankenpausen weitersprach, verlor sie sich in unwichtigen Details, ihre Aussagen wiederholten sich und ergaben nur wenig Sinn und klärten die verzwickte Lage in keinster Weise auf, in der sie sich alle befanden. Immer wieder versuchte sie, die passenden Formulierungen zu finden, überlegte lange und wischte sich den perlenden Schweiß von der Stirn.

Schließlich fiel ihr Arlon ins Wort.

„Ronda, bitte", sagte er in gütigem Ton, „so kommen wir nicht weiter. Im Grunde ist unsere Lage schnell erklärt. Aus einem uns nicht bekannten Grund trachtet Sarax uns nach dem Leben. Ich kenne seine Absichten nicht, aber eines ist gewiss: Sie sind mit Sicherheit nicht gut. Wir müssen ihn ausschalten, ehe er außer Kontrolle gerät. Dies können wir aber nur, wenn wir zu den Gebirgen hinter dem Fluss des Vergessens gelangen. Dort müssen wir Adon aufsuchen, nur mit seiner Hilfe können wir Sarax ausschalten." Gebannt hörten ihm alle zu. Schließlich fuhr er fort. „Und um diesen Fluss zu erreichen, müssen wir durch den Schattenwald, es gibt keinen anderen Weg. Deshalb würde ich vorschlagen, wir ruhen uns noch eine Nacht in dieser verlassenen Hütte aus und brechen dann im Morgengrauen auf. Niemals dürfen wir in der Dunkelheit diesen Wald durchqueren, das wäre viel zu gefährlich."

Erneutes Schweigen breitete sich aus. Die Mädchen klammerten sich aneinander, Irma blickte mit versteinerter Miene ins Leere. Die Burschen sahen sie mitleidig an.

„Ich möchte auch etwas sagen", begann Merthin sodann plötzlich, zu sprechen. Quirin sah erstaunt zu ihm hinüber. „Egal, was noch vor uns liegt oder mit wem wir es noch zu tun bekommen, ich möchte unbedingt jetzt gleich noch etwas klarstellen. Ich war derjenige, der Irma und damit auch Lotta in die Sache mit hineingezogen hat, und das wollte ich nicht, das wollte ich wirklich nicht. Aber ich konnte ja nicht ahnen, dass es so ausgehen würde. Wir müssen sie zurückbringen nach Birgenwerd. Und wenn ich es selbst machen muss, ist es mir auch recht. Das bin ich den Mädchen schuldig. Sie haben nichts damit zu tun", sprach er mit zittriger Stimme und rutschte dabei nervös auf seinem Schemel hin und her.

Irma blickte ihn mit ihren schönen blauen Augen an, ein kaum sichtbares Lächeln huschte über ihr ebenmäßiges Gesicht.

„Doch", erwiderte sie leise und blickte sogleich wieder ernst auf den Tisch. Überrascht richteten alle ihre Augen auf sie.

Merthin sah sie fassungslos an. Im Leben hätte er nicht mit dieser Antwort gerechnet.

Irma holte tief Luft. „Lotta", sprach sie weiter, „geh bitte nach draußen und hol mir ein wenig Wasser. Ich habe so eine trockene Kehle. Arlon begleitet dich und passt auf dich auf. Machst du das für mich, mein Spatz?"

Lotta sah ihre Schwester treuherzig an und nickte nach einigem Zögern. Irma gab ihr einen innigen Kuss auf die Wange und streichelte ihre roten Locken. Arlon verstand sofort und nickte ihr zu. Behutsam und vorsichtig nahm er das kleine Mädchen bei der Hand, sie schien ihm zu vertrauen. Arlon holte einen Krug aus dem Regal neben der Tür und verließ leise mit Lotta die Hütte.

Ronda, Merthin und Quirin sahen gebannt zu Irma hinüber. Schließlich fuhr diese fort.

„Seit letzter Nacht weiß ich, dass wir, meine Schwester und ich, auch etwas damit zu tun haben, mit ihm … mit Sarax." Ihre Stimme erstickte in Tränen. Merthin wollte ihre Hand nehmen, doch sie zog sie schnell weg und versuchte, sich wieder zu beruhigen. Mehrfach holte sie tief Luft und sprach dann endlich mit leiser, gedämpfter Stimme weiter. „Seit letzter Nacht weiß ich es, ich bin mir sicher. Dieses schreckliche Kreischen, dieses entsetzliche Schreien, ich habe es sofort wiedererkannt. Und dann, als ich den Hals meines Schenkenwirts, bei dem ich seit Jahren arbeite … als ich seinen blutigen Hals für einen kurzen Moment sehen konnte

..." Erneut fing sie an, zu weinen, und musste unterbrechen. Bittere Tränen rannen über ihre zarten Wangen. Aufgeregt atmete sie ein und aus, minutenlang rang sie um Fassung. Dann beruhigte sie sich wieder etwas und murmelte leise in sich hinein, dass sie stark bleiben müsse. „Als ich diesen Hals sehen konnte ...", redete sie weiter und strich sich tapfer ihr Haar hinter die Ohren. „Es war wie damals, als mein Vater im tiefsten Wald erwürgt wurde. Ich war noch ein kleines Mädchen, und dennoch kann ich mich noch daran erinnern, als wäre es gestern geschehen."

Wieder brach sie in Tränen aus. Mit einem entschlossenen Ruck setzte sich Ronda neben sie, drückte das Mädchen eng an sich und strich ihr über den Kopf, Irma konnte sich gar nicht dagegen wehren. Plötzlich erlitt Irma einen Zusammenbruch, sodass sie sich überraschenderweise an Rondas Schulter anlehnte und sie schließlich zitternd umarmte. Sie weinte bitterlich. Fürsorglich tröstete Ronda sie und schaffte es schließlich, dass Irma sich wieder fing.

„Irma, mein Mädchen, meine Kleine, was hast du nur? Du kannst uns alles sagen, vertraue mir. Was ist damals passiert, mit deinem Vater?", sprach Ronda ungewöhnlich sanft.

Nach einigen Momenten ließ Irma sie wieder los und wischte sich die Augen an ihren Ärmeln ab. Schließlich erzählte sie weiter.

Sie berichtete ihnen, dass ihr Vater unter ganz ähnlichen Umständen, wie gestern Nacht der dicke Wirt, ermordet worden war. Ihre Ausführungen ließen keinen Zweifel daran, dass Sarax ihn getötet hatte. Sie und ihre Eltern hatten sich damals im Wald verirrt, sie waren immer weiter in ihn hineingelaufen, bis er ihnen plötzlich ganz fremd und unheimlich vorgekommen war. Später hatte Irma erfahren, dass sie verheerenderweise in den Schattenwald gelaufen waren. Dort hatte Sarax ihren Vater ermordet, und im allerletzten Moment hatten sie und ihre Mutter noch fliehen können. Ihre Mutter hatte sich einige Wochen danach das Leben genommen. Seitdem sorgte sie allein für ihre Schwester Lotta, die von all dem nie etwas erfahren hatte.

Sprachlos saßen ihr Ronda und Quirin gegenüber, sie waren geschockt von Irmas Geschichte und konnten es nicht glauben.

„Aber", stotterte Quirin nach einer Weile, „aber, warum? Warum hat Sarax deinen Vater getötet? Was hatte er mit ihm zu tun?" Augenblicklich musste der Junge daran denken, was seinen eigenen Eltern angetan wurde.

Irma wischte sich mit ihren zarten Fingern über die Augen.

„Ich weiß es nicht, wirklich nicht ...", wimmerte sie.

Wieder umhüllte sie quälendes Schweigen. Ronda hielt sich ihre faltige Hand vor den Mund und schien zu überlegen.

„Irma, deine Eltern, sie waren doch Bauersleute, nicht wahr?", fragte die Alte das Mädchen mit prüfendem Blick. Irma nickte mit gesenktem Haupt. „Kannst du dich noch an einen Gehilfen an eurem Hof erinnern, einen Knecht vielleicht oder einen Tagelöhner, der dir aufgefallen ist? Einen mit einer langen Narbe an der rechten Wange. Hattet ihr so jemanden?", fragte sie weiter und sah sie intensiv an.

Irma schluchzte und schüttelte den Kopf. Ronda ließ nicht locker.

„Ich meine, war da mal ein junger Mann dabei von, ach, ich weiß doch auch nicht, vielleicht achtzehn Jahren oder etwas jünger?", stocherte Ronda weiter, doch dann stoppte sie und überlegte. „Aber das kann ...", sagte sie, „eigentlich auch nicht sein." Mit runzliger Stirn starrte sie frustriert den abgeschürften Holztisch an.

Irma beruhigte sich langsam wieder. „Da war kein solcher an unserem Hof", sagte sie leise und trocknete ihre Tränen an der Leinenbluse ab. Dann sah sie mit einem Mal auf. „Warte", sprach sie weiter, „warte. Mein Großvater, dem der Hof früher gehörte, hat mir als kleines Mädchen sehr oft von einem faulen, verlogenen Knecht erzählt. Er hat wohl nur ein paar Wochen bei ihm gearbeitet, das weiß ich jetzt nicht mehr, jedenfalls hat mir mein Ahn immer erzählt, dass er von diesem Knecht bestohlen wurde, und weil er so eine seltsame Narbe im Gesicht trug, bezeichnete er ihn in seinen Erzählungen immer als Furchengesicht. Großvater hat diesen Knecht wohl förmlich vom Hof geprügelt, mein Ahn hatte ein jähzorniges, überschäumendes Gemüt. Ich hatte immer Angst vor ihm."

Ronda lauschte gebannt Irmas Worten und musterte sie mit großen Augen. Für sie schien jetzt plötzlich alles einen Sinn zu ergeben.

Quirin, Merthin und Irma blickten sie fragend an. Ronda hielt sich die Hände vor den Mund und nickte.

„Jetzt verstehe ich gar nichts mehr. Ronda, was hat das alles zu bedeuten?", fragte Merthin nervös.

Ronda schloss die Augen und ging tief in sich. Lange sortierte sie ihre Gedanken, und schließlich nickte sie entschlossen.

„Dann war mein Traum also doch keine Täuschung. Ich befürchtete es schon", murmelte sie leise und starrte ins Leere.

„Welcher Traum? Was meinst du, Ronda? Von einem Traum hast du uns nie etwas erzählt!", rief Quirin aufgeregt zu ihr hinüber.

Ronda sah ihn mit großen Augen an. Sie erinnerte sich wieder an ihren Traum von letzter Nacht, von dem sie niemanden etwas erzählt hatte. Sira war ihr erschienen und hatte abermals über ihren tiefen Blick in den Brunnen berichtet. Die Weiße hatte noch mehr gesehen, als es Ronda zuvor bewusst gewesen war.

Einige Momente blieb die Alte in ihren Gedanken hängen. Irma und die Burschen sahen sie gebannt an. „Doch jetzt ergibt alles einen Sinn", sprach sie weiter und sah ihnen wieder in die Augen. „Versteht ihr? Rache. Das ist die Erklärung. Sarax rächt sich an allen, die ihm vor seiner Verwandlung Schmerz zugefügt haben, auf welche Art und Weise auch immer." Ronda blickte in versteinerte, ratlose Gesichter. „Versteht ihr denn nicht?", fragte sie energisch und ballte ihre fuchtelnden Hände dabei zu Fäusten.

Die drei schüttelten ihre Köpfe.

Sie fuhr fort: „Sarax war, soweit mir das einmal zugetragen wurde, ein Waisenjunge, ein gewöhnlicher Mensch, versteht ihr? Zumindest sah er früher einmal so aus. Wie er zu dem wurde, was er heute ist, das weiß ich nicht, aber ich weiß, dass er vor vielen Jahren als gewöhnlicher Junge durch die Lande zog. Und nun, da er diese entsetzliche Macht besitzt, lässt er alle Familien dafür bezahlen, was sie ihm angetan haben. Ja, so muss es sein, ich bin mir sicher, denn jetzt hat alles einen Sinn! Es ist Rache, die Sarax verübt! Deshalb ist er auch hinter Quirin her!"

Ronda riss ihre blauen Augen weit auf, als sie in Quirins entsetztes Gesicht sah. Dieser konnte nicht glauben, was er da hörte. Mit einem Schlag wurde ihm speiübel, sein Herz begann, zu rasen, und er bekam einen dicken Kloß im Hals. Auch Merthin und Irma wurden geradezu überrollt von Rondas Worten. Und noch ehe sie ihre zermürbenden Fragen loswerden konnten, knallte plötzlich mit einem gewaltigen Ruck die Hüttentür auf. Erschrocken fuhren die vier in die Höhe.

Arlon stand keuchend vor ihnen und sagte aufgebracht: „Lotta ist verschwunden."

Nervös und hektisch suchten Ronda und die Burschen jene Stelle des kleinen Gebirgsbächleins ab, an der Lotta noch wenige Minuten zuvor Wasser geschöpft hatte. Quirin rannte schnell zu Ronda vor und keuchte aufgeregt, als er energisch an ihrem Rock zupfte.

„Ronda, bitte, rede mit mir! Was hast du in deinem Traum gesehen? Weißt du nun etwa, warum Sarax meine Eltern …"

Die Alte fiel dem Jungen sogleich ins Wort. „Nicht jetzt, Quirin, bist du des Wahnsinns? Wir können doch nicht mitten im Wald darüber sprechen! Los, such lieber Lotta!", giftete sie ihn entschlossen an. Sie war ganz aufgebracht vor Nervosität. Plötzlich rief Irma verzweifelt den Namen ihrer kleinen Schwester in die dunklen Tiefen des Waldes hinein. Sogleich stürmte Ronda zu ihr hinüber und hielt ihr den Mund zu.

„Bist du noch bei Sinnen, Kindchen?", raunzte sie Irma grob an. „Hör sofort auf, zu schreien! Niemand darf uns bemerken, verstanden!"

Das Mädchen versuchte, sich loszureißen, und umklammerte dabei Rondas fleischigen Arm mit ihren schwachen Fingern. Sofort kam Arlon lautlos herbeigeeilt und zog die beiden auseinander.

„Seid still", flüsterte er und sah sich misstrauisch um, „ihr schreckt den Wald auf."

Ängstlich sah Irma ihn an, sie zitterte. Arlon nahm Ronda die Petroleumlampe vorsichtig aus der Hand und leuchtete behutsam in die Dämmerung hinein. Angesichts ihrer schrecklichen Angst um das kleine Mädchen war ihnen allen ihr Glück, solch ein wertvolles Leuchtmittel in der verlassenen Hütte gefunden zu haben, nicht wirklich bewusst. Überhaupt hatte ihnen dieses kleine Waldhäuschen in jeglicher Hinsicht die Haut gerettet, und noch immer erschien es im wahrsten Sinne des Wortes unglaublich, dass eine derart üppig ausgestattete Unterkunft mitten in den tiefsten Wäldern weit hinter Birgenwerd verlassen war. Doch keiner von ihnen verschwendete in diesem Moment auch nur einen einzigen Gedanken daran. Je dunkler es um sie herum wurde und je schneller die Nacht über die tiefen Wälder hereinbrach, umso nervöser und angsterfüllter wurden sie. Immer weniger vermochten sie in der Dunkelheit zu sehen, kaum etwas war hinter den dunklen Schatten der riesigen Bäume und Bodengewächse zu erkennen.

Ronda winkte die Burschen energisch zu sich her. „Bleibt zusammen, wir dürfen uns nicht trennen!", flüsterte sie aufgebracht, „wir gehen nur am Bach entlang, sonst verlaufen wir uns. Wir müssen unsere Hütte wiederfinden, oder es ist aus mit uns."

Merthin und Quirin sahen sie mit großen Augen an. Ronda hatte wahrlich das Talent, ihre ohnehin schon gewaltige Angst noch weiter zu schüren. Arlon ging mit lautlosen Schritten am Bach entlang weiter in den Wald hinein, die anderen folgten ihm und hielten sich dabei gegenseitig mit festem Griff an den Gewändern. Nach wenigen hundert Metern blieb er plötzlich stehen und streckte die Petroleumlampe weit vor sein Gesicht.

„Da liegt jemand", flüsterte er und verfinsterte seinen Blick. Irma rannte zu ihm nach vorne und schaute mit tränengefüllten Augen um sich. Jetzt erkannte auch sie in der Dunkelheit zwei Füße, welche über einem kleinen Fels am Bachufer lagen. Erschrocken hielt sie sich die Augen zu und weinte aufgelöst in sich hinein. Ronda nahm sie überraschend fürsorglich in ihre Arme und starrte gebannt zu Arlon. Dieser ging langsam weiter, und als er am Felsen angekommen war und mit seiner Lampe den Boden ausleuchtete, fuhr es ihm durch Mark und Bein.

Merthin stürmte zu ihm nach vorne, sah zum Bachufer und ließ einen entsetzten Schrei los. Reflexartig hielt er sich sogleich wieder den Mund zu, dicke Schweißperlen rannen über sein pausbäckiges Gesicht. Mit weit aufgerissenen Augen stand er neben Arlon und klammerte sich panisch an dessen langes Leinengewand. Quirin und Ronda liefen ebenfalls mit versteinerten Mienen zu ihnen hinüber, Irma folgte und wagte nicht, ein einziges Mal aufzublicken. Sie drängten sich alle um Arlon und starrten fassungslos auf den Felsen.

Der Leichnam eines Mannes lag vor ihren Füßen, sein Kopf schwamm mit dem Gesicht nach unten im rauschenden Wasser des Gebirgsbaches. Der Leib des Toten war geradezu übersät von tiefen Biss- und Kratzwunden, zerfleischte Darmschlingen hingen aus seinem aufgerissenen Bauch heraus.

Die Burschen waren fassungslos, ein dicker Schauer lief ihnen den Rücken hinunter und brachte ihre Beine zum Schlottern. Ronda sah mit versteinertem Blick die Leiche an und drückte Irmas Kopf dicht an ihren fülligen Busen.

„Es ist nicht Lotta, keine Angst, meine Kleine, keine Angst, alles ist gut", flüsterte sie ihr gütig ins Ohr und tröstete das völlig verstörte Mädchen.

Arlon wagte sich nach einigen Momenten direkt zu dem Toten. Er schlich ans Ufer des Baches und beleuchtete den gesamten Körper des Mannes von oben bis unten, jede Wunde und jeden Kratzer sah er sich mit finsterem Blick an und blieb dabei überraschend ruhig. Zum Entsetzen der Burschen berührte er den Leichnam an mehreren Stellen, drückte seine bleichen Daumen in die Haut des Toten und roch an ihm. Schließlich huschte er lautlos wieder zu den anderen.

„Lange liegt er hier noch nicht, vielleicht einen Tag oder zwei", flüsterte er mit gedämpfter Stimme und sah Ronda an.

Diese schien ganze Bücher aus Arlons Gesicht lesen zu können. Ihre faltigen Augen sahen sich nervös in der Dunkelheit um. Mittlerweile war es stockfinstere Nacht geworden, nichts war mehr in den Tiefen der Wälder zu erkennen. Dichte Baumkronen versperrten ihnen den Blick auf den Sternenhimmel, und hätten sie ihre Petroleumlampe nicht dabeigehabt, wären sie in der Dunkelheit wohl sogar über ihre eigenen Füße gefallen. Arlon leuchtete der Alten ins Gesicht, ihr Gesicht erschien dabei noch blasser und faltiger als sonst.

„Meinst du etwa", flüsterte sie und sah ihm dabei fest in die Augen, „es war, es waren ..."

Sie hörte auf, zu sprechen, und musterte Arlon intensiv. Er nickte.

„Was ..., wer ..., was meinst du, Ronda?", fragte Quirin mit zittriger Stimme und wischte sich den Schweiß von der Stirn.

Sie hielt ihren Zeigefinger vor ihre rissigen Lippen und drückte die wimmernde Irma dicht an sich. Plötzlich krachte etwas im Unterholz. Erschrocken drehten sie sich alle um und drängten sich dicht aneinander. Niemand wagte, ein einziges Wort zu sagen.

Arlon leuchtete in die Dunkelheit hinein. Es war nichts zu sehen.

„Lasst uns zur Hütte zurückkehren, rasch", flüsterte Ronda, doch sogleich raschelten erneut die Sträucher, nur einen Steinwurf von ihnen entfernt.

Erstarrt vor Schreck rührten sie sich nicht und sahen sich hektisch um. Dieses Mal kam das Geräusch aus einer anderen Richtung. Plötzlich funkelte etwas in der Finsternis. Quirin konnte kaum atmen, eine solche Angst suchte ihn heim. Mit langsamen, vorsichtigen Schritten schlichen sie am rauschenden Bachufer entlang, Arlon versuchte dabei angestrengt, den Waldboden auszuleuchten. Dicht aneinander gedrängt, huschten sie ein paar Meter bachaufwärts, doch sogleich knackte der trockene Waldboden erneut lautstark, dieses Mal hinter ihnen.

Panisch drehten sie sich um, die Jungen klammerten sich angsterfüllt an Arlons Leinenhemd. Etwas schien sich ihnen zu nähern. Ronda keuchte angestrengt und hielt Irma fest im Arm. Sie erkannten immer noch nichts. Quirin perlte der Schweiß vom Kopf, er lief ihm den Nacken hinunter und nässte sein Hemd. Arlon streckte seinen linken Arm nach hinten, als wollte er alle beschützen. Aufgeregt hielt er die Lampe in verschiedene Richtungen. Ronda, Irma und die Burschen blieben dabei dicht an seinem Leib und versuchten förmlich, sich hinter seinen schmalen Schultern zu verstecken. Immer wieder riss er energisch die Petroleumleuchte hin und her, versuchte, die Dunkelheit in Schach zu halten und möglichst viele jener Dinge erkennen zu können, welche sich heimtückisch in der Tiefe des Waldes versteckten.

Sein hektisches Leuchten brachte die Schatten der breitstämmigen Bäume zum Tanzen, es entbrannte ein ungleicher Kampf zwischen dem zaghaften Glimmen der Petroleumflamme und der schier unendlich tiefen Dunkelheit, und nur allzu schnell wurde deutlich, dass das lodernde Flämmchen nicht den Hauch einer Chance hatte. Merthin packte Quirin verzweifelt am Arm, sie zitterten am ganzen Leib.

Plötzlich krachten wieder dürre Zweige im Unterholz, dieses Mal auf der anderen Seite des Baches. Hektisch blickte Quirin hinüber. Ronda hob langsam einen kurzen, wuchtigen Ast vom Boden auf und packte ihn an seinem spröden Ende. Wie einen Prügel umklammerte sie ihn energisch, so, als wollte sie sich bewaffnen. Erschrocken ließ Irma sie los und vergrub sich sogleich in Arlons Leinengewand. Quirin versuchte verzweifelt, etwas in der Finsternis zu sehen, doch es war einfach nichts zu erkennen, was diese verdammten Geräusche hätte verursachen können.

Dann erstarrte er vor Schreck. Mit einem Mal waren zwei Augen zwischen den Bäumen auszumachen, sie waren von leuchtend roter Farbe. Anfangs noch kaum zu erkennen, schienen sie nun näher zu kommen. Quirin wusste nicht, wie ihm geschah.

Plötzlich hörten sie hinter sich, etwa zwanzig, dreißig Meter entfernt, ein tiefes Knurren. Zu Tode erschrocken, drehte sich Merthin um und konnte ebenfalls rötliche Augenpaare in der Tiefe des Waldes sehen, dieses Mal überdeutlich. Geradezu lodernd funkelten sie ihm entgegen, es waren sicherlich drei oder vier an der Zahl. Irma wimmerte bitterlich und presste sich mit aller Macht an

Arlons Rücken. Ronda wischte sich hektisch den Schweiß aus den Augen und umklammerte ihren Stock mit festem Griff. Arlon leuchtete nervös in die Nacht hinein und versuchte, etwas zu erkennen. Langsam tauchten immer mehr leuchtende Augen auf, sie funkelten gefährlich aus der Dunkelheit heraus und schienen sie zu umzingeln. Ronda würgte angestrengt ihre Spucke hinunter, ihre Kehle war staubtrocken. Sie packte Arlon am Arm und sah ihn kurz an, dann flüsterte sie zu den Burschen: „Auf mein Zeichen rennen wir los, bachaufwärts, in Richtung Hütte."

Die Jungen wagten nicht, ein einziges Wort zu sagen. Plötzlich krachte es erneut im Gebüsch, dieses Mal direkt vor ihnen. Ronda hielt ihren wuchtigen Ast nach vorne und keuchte.

„Jetzt!", brüllte sie und rannte los.

Die Burschen packten sich an den Armen und sprangen ihr hinterher. Irma begann, zu schreien, und kaum hatte sie damit angefangen, raschelte und krachte das Unterholz. Ein wolfartiges Knurren und Jaulen schallte mit einem Schlag überdeutlich aus der Dunkelheit. Irma schrie weiter, sie rannte in Todesangst Ronda hinterher und schaute immer wieder panisch um sich. Dichte Augenpaare näherten sich ihnen von rechts und links, und als Arlon für einen kurzen Moment das Licht seiner Lampe zur Seite richtete, gefror Quirin fast das Blut in den Adern. Zwei riesige pechschwarze Wölfe jagten nur wenige Meter neben ihnen zwischen den Bäumen hin und her, ihre tiefroten Augen flackerten ihm förmlich aus der Finsternis entgegen.

Merthin ließ einen lauten Schrei los, als mit einem Mal einer der Wölfe einen weiten Sprung über den Bach machte und ihnen plötzlich den Weg abschnitt.

„Hier entlang!", brüllte Ronda und fuchtelte mit ihrem Ast wild um sich, als sie die Richtung änderte und tief in den Wald rannte.

Arlon überholte sie zügig und leuchtete ihnen den Weg, sie liefen über Stock und Stein, mehrfach stolperte Quirin und fiel beinahe zu Boden. Merthin riss ihn keuchend immer wieder nach oben und schnaufte wie ein Tier.

Die Wölfe holten weiter auf. Sowohl von hinten als auch von den Seiten jagten sie ihnen unnachgiebig zwischen dicht stehenden

Bäumen nach, sie hetzten sie unter angsteinflößendem Knurren und ließen sie mit ihren lodernden Blicken nicht einen Moment aus den Augen. Plötzlich schoss einer der Wölfe von rechts aus dem Unterholz und sprang direkt neben Irma. Entsetzt schrie sie auf. Ronda schubste Merthin grob beiseite, holte gekonnt mit ihrem wuchtigen Ast aus und schlug dem Wolf damit mit voller Kraft in die Rippen. Sogleich jaulte das Monstrum lautstark auf und verschwand wieder in der Dunkelheit.

Nun schienen die übrigen Angreifer noch wilder und entschlossener zu werden. Die schwarzen Wölfe hetzten die Gefährten quer durch den Wald, sie jagten sie über Felsvorsprünge und umgestürzte Bäume und holten immer weiter auf.

Quirin rannte, so schnell er nur konnte. Immer wieder kreischte er auf, als Baumwurzeln und Steine ihn zum Stolpern brachten, er sprang zwischen den dicken Baumstämmen hin und her, sein Gesicht wurde dabei unbarmherzig von Dornengewächsen und abgetrockneten Ästen zerkratzt. Erneut schrie Merthin, als einer der Wölfe wieder einen gewaltigen Sprung machte und sich Arlon mitten in den Weg stellte. Erschrocken blieb dieser mit einem groben Ruck stehen, Irma, Ronda und die Burschen rannten ihn dabei fast über den Haufen. Panisch brüllte er den knurrenden Wolf an, er schlug mit der Petroleumlampe um sich und versuchte verzweifelt, das Furcht einflößende Tier auf Abstand zu halten. Irma weinte, hektisch blickte sie um sich und schrie erneut auf, als sie vor sich zwei weitere Untiere wahrnahm. Immer mehr der pechschwarzen Wölfe schlichen dicht um sie herum, ihre gefährlichen Augen leuchteten wie Feuerglut in der Dunkelheit.

Sie waren umzingelt.

„Bleibt zusammen!", mahnte Ronda die Burschen und fuchtelte entschlossen mit ihrem Ast vor den Wölfen herum.

Die blanke Angst war ihr überdeutlich ins Gesicht geschrieben. Aus nächster Nähe konnten die Jungen jetzt die riesigen Tiere sehen, sie mussten mindestens zweieinhalb Meter lang sein. Ihre blutroten Augen funkelten aus ihren pechschwarzen, struppigen Gesichtern. Knurrend fletschten sie ihre scharfen Zähne. Ronda brüllte die Wölfe immer wieder mit aller Kraft an, sie versuchte, sie mit ihrem dicken Stock einzuschüchtern, auch Arlon fauchte in seiner Verzweiflung wie ein wild gewordenes Tier.

Die Wölfe kamen immer näher und umkreisten sie eng. Eines der Tiere versuchte bereits, anzugreifen. Arlon stellte sich ihm dabei sogleich mutig in den Weg und schlug mit seiner Lampe nach dem riesigen Wolf.

Plötzlich hallte ein gewaltiges Röhren durch den Wald. Zu Tode erschrocken, schrien Irma und die Burschen laut auf und sahen sich panisch um. Sofort schmetterte ein weiterer dröhnender Ruf durch die Nacht, er hallte ohrenbetäubend zwischen den Bäumen und ließ sie alle verstummen. Quirin sah sich angstvoll um, und sofort bemerkte er, dass die Wölfe unruhig wurden. Sichtlich eingeschüchtert wichen sie ins Unterholz zurück und schienen Deckung zu suchen. Ihre Augen glimmten nur noch zaghaft aus der Dunkelheit heraus, und als ein weiteres entsetzlich lautes Röhren durch den Wald schmetterte, flüchteten die Wölfe und verschwanden in der Finsternis. Plötzlich krachte es gewaltig. Entsetzt schrie Irma auf und klammerte sich an Arlons Leinenhemd. Sogleich knackte und knisterte es laut aus der Tiefe des Waldes heraus, ein Baumstamm jaulte ächzend auf und schien umzuknicken. Panisch sprangen sie alle auseinander, als unter lautem Splittern und Krachen eine Tanne über sie herniederbrach.

Quirin konnte sich gerade noch mit einem großen Sprung zur Seite retten, als er vom Baum erfasst wurde. Schwere Nadelzweige warfen ihn zu Boden und begruben ihn unter sich, der wuchtige Stamm verfehlte seinen Kopf dabei nur um Zentimeter. Kaum war die Tanne zu Boden gerauscht, röhrte ein weiterer Schrei durch die Nacht. Hastig kroch Quirin unter den stechenden Ästen hervor. Als er nach oben blickte, gefror ihm beinahe das Blut in den Adern.

Vor ihnen stand ein geradezu verstörend großer, fremdartiger Bär. Schnaufend und knurrend bäumte er sich vor ihnen auf, und als Irma einen angsterfüllten Schrei losließ, brüllte das monströse Tier lautstark zurück und brachte mit seinem dröhnenden Ruf die Zweige der entwurzelten Tanne zum Zittern. Der Bär stellte sich mit einem Ruck auf die Hinterbeine und türmte sich förmlich vor ihnen auf, er musste nun mindestens fünf Meter hoch sein. Niemals zuvor hatte jemand von ihnen einen derart riesigen Bären gesehen, seine Pranken hatten gigantische Ausmaße und waren mit langen, scharfen Krallen gespickt. Quirin wusste nicht, wie ihm geschah, und noch ehe er selbst reagieren konnte, packte ihn Ronda am Arm und riss ihn zu sich.

„Lauft!", brüllte sie und sprang ins Unterholz. Arlon, Irma und Merthin rannten ihr, wie vom Blitz getroffen, sofort hinterher.

Sogleich grollte der Bär ohrenbetäubend und warf sich wieder auf seine Vorderbeine, der Waldboden erzitterte dabei unter seinem massigen Gewicht. Wütend jagte er seine Beute, er stürmte wie ein Geschoss durch die Dunkelheit, seine großen Pranken rissen dabei ganze Büsche aus und schleuderten sie durch die Luft. Das Unterholz krachte und splitterte lautstark unter seinen zentnerschweren Beinen. Mit lautem Röhren und Schnaufen hetzte er die Fliehenden quer durch den Wald, machte mehrfach große Sprünge zwischen den knorrigen Bäumen und knickte junge Fichten und Tannen um, als wären sie Streichhölzer.

Quirin rannte, so schnell er nur konnte, mehrfach stolperte er in der Finsternis über Äste und Wurzeln und wurde dabei sogleich wieder von Merthin ruckartig hochgezogen. Arlon überholte Ronda mit schnellen Schritten und leuchtete ihnen aufgebracht den Weg, der Bär hetzte sie dabei immer tiefer in den Wald hinein und ließ nicht eine einzige Sekunde von ihnen ab. Über Stock und Stein wurden sie gejagt, sie sprangen über Felsvorsprünge und liefen durch dichtes Unterholz, Dornenranken und dürre Äste zerkratzten ihnen dabei ungnädig die Gesichter und zerrissen ihre Kleider.

Das wuchtige Tier holte auf und brüllte durch den ganzen Wald hindurch, der Wiederhall betäubte Irmas Ohren und ließ sie entsetzt aufschreien. Quirin stolperte über den zerklüfteten Waldboden und keuchte aus voller Kehle, verzweifelt rang er um Atem. Plötzlich stürzten sie alle zu Boden und schlitterten einen steilen Abhang hinab. Quirin überschlug sich mehrfach, Irma und Ronda schrien um ihr Leben und ruderten wild mit den Armen, während sie auf dem Rücken liegend den Erdhügel hinabglitten. Spitze Steine und herausstehende Wurzeln bohrten sich ungnädig durch ihre Gewänder und zerkratzten ihnen die Haut.

Arlon verlor die Petroleumleuchte, eine lange Baumwurzel riss sie ihm grob aus der Hand. Die Lampe zerschellte klirrend auf einem Stein. Quirin stürzte immer weiter in die Tiefe, Wurzelwerk und Sträucher rissen ihm dabei unbarmherzig die Handflächen auf. Der Bär war am oberen Ende des Abhangs stehen geblieben und brüllte ihnen wütend nach. Als Quirin schon beinahe bewusstlos war, wurde er ein letztes Mal in die Luft geschleudert und stürzte anschließend in ein Gebüsch. Merthin rauschte sogleich nach, er fiel auf weichen, eher schlammigen Boden und hatte ein unbeschreiblich großes Glück, denn um Haaresbreite wäre er mit seinem Hinterhaupt gegen einen Felsen geschlagen.

In Quirins Kopf drehte sich alles. Einige Momente blieb er in dem Strauch liegen, ehe er wieder zu sich kam. Röchelnd und hustend blickte er langsam nach oben, und bevor er auch nur irgendetwas sehen konnte, packte ihn jemand grob an den Schultern und zog ihn hoch. Quirin war nicht mehr Herr seiner Sinne, den panischen Aufschrei seiner Freunde nahm er nur als weit entfernten dumpfen Hall wahr. Er blinzelte, und nur zögerlich verschwand der Schleier vor seinen Augen. Jemand rüttelte grob an ihm, seine schwachen Beine wippten dabei wie betäubt an seinem Leib hin und her.

Langsam klarte sein Blick auf, und als er wieder scharf sehen konnte, schaute er in wütende tiefgrüne Augen, und er erstarrte vor Schreck. Vor Quirin stand ein fremdes Wesen und hielt ihn mit baumartigen verästelten Händen an den Schultern in die Luft, seine Beine baumelten über dem Boden. Quirin wagte nicht, einen einzigen Laut von sich zu geben. Er konnte nicht glauben, welch seltsame Kreatur da vor ihm stand. Ein Wesen, dessen Arme und Beine wie die Äste eines Baumes aussahen, dessen Leib einem dichten Geflecht von Rankengewächsen und Sträuchern glich und dessen überraschend menschliches Gesicht von grüner Farbe war, stand aufgebracht vor ihm und musterte misstrauisch seinen menschlichen Körper.

Sichtlich verärgert rüttelten die astartigen Hände an Quirin. Das seltsame Wesen war von überschaubarer Statur, kaum größer als Quirin selbst, dafür aber wesentlich stärker und kräftiger. Wie eine Märchenfigur glich sie weder Mensch noch Tier, weder Baum noch Strauch, aber sicherlich einer verstörenden Mischung aus all jenem. Mit tiefgrünen Augen sah der Baummann dem Jungen direkt in die Augen.

Irma und Merthin schrien laut auf, doch sogleich wurden auch sie von zwei weiteren der seltsamen Baumgeschöpfe gepackt und mit den zweigartigen Händen gefesselt. Arlon und Ronda wollten Quirin schon zur Hilfe eilen, da schossen mit einem Schlag gewaltige Rankenwurzeln aus dem Boden und umschlangen ihre Leiber in Sekunden. Sie alle schrien sich die Seele aus dem Leib, doch sogleich schlängelten sich gekräuselte Äste in ihre Gesichter und drückten ihnen mit Laubblättern die Münder zu.

Quirin versuchte, sich loszureißen, aber das Baumwesen ließ ihn nicht los, im Gegenteil. Energisch schüttelte ihn das furchterregende Geschöpf hin und her, und als Quirin dicht vor das leuchtend grüne Gesicht gezogen wurde, flüsterte ihm der grüne Baummann mit rauschender und verzerrter Stimme zu: „Ihr solltet nicht hier sein!"

Kapitel 11

Quirin wurde grob zu Boden geworfen, als die seltsamen Baumwesen nach einem langen Fußmarsch endlich für einen kurzen Moment eine Rast einlegten. Viele Stunden lang hatten die leuchtend grünen Geschöpfe Ronda, Arlon, Irma und die Jungen an den Händen gefesselt vor sich hergescheucht und ihnen dabei nicht eine einzige Pause gewährt. Mindestens vier oder fünf Mal hatten Irma und Merthin versucht, davonzulaufen, doch sogleich waren schnellwüchsige Ranken aus dem lockeren Boden geschossen und hatten sie in Sekundenschnelle wieder eingefangen. Selbst der dickköpfige Merthin hatte rasch begriffen, dass ein Fluchtversuch nicht mehr als ein müdes, hämisches Grinsen in den tiefgrünen Gesichtern ihrer Widersacher auslöste und sie niemals auch nur den Hauch einer Chance hatten, sich aus ihrer Gewalt zu befreien. Keuchend rieben sich die Burschen ihre verschwitzten Gesichter und sahen sich eingeschüchtert um. Überraschend gut konnten sie ihre Umgebung in der tiefen Nacht erkennen, ein wolkenloser, sternklarer Himmel erleuchtete die Finsternis, und selbst die schmale Sichel des zunehmenden Mondes schien wohlwollend und sanft auf ihre verzerrten Gesichter.

Merthin fiel auf, dass Arlon und Ronda immer wieder intensiv den Mond betrachteten, beinahe wirkte es so, als würde er sie trotz der beängstigenden Lage, in der sie sich alle befanden, beruhigen.

Quirin stand gequält vom Boden auf, seine zerfetzten Kleider schlotterten an seinem dürren Leib. Eine unbeschreibliche Stille breitete sich um ihn herum aus, keiner seiner Freunde, auch er selbst nicht, konnte auch nur ein einziges Wort von sich geben. Fremdartige Rankengewächse schlängelten sich eng um ihre Hälse und drückten ihnen mit ledrigen Blättern die Münder zu. Irma wimmerte leise in sich hinein, bittere Tränen rannen über ihr ebenmäßiges Gesicht und perlten an den glatten Rankenblättern ab. Sie war am Ende ihrer Kräfte angelangt. Der Verlust ihrer geliebten Schwester, die schreckliche Begegnung mit Sarax und nun auch noch das Martyrium dieser Furcht einflößenden Baumwesen, all jenes lastete wie eine zentnerschwere Last auf ihr und löschte allen Mut ihn ihr aus.

Quirin blickte sich eingeschüchtert um. Er sah das angsterfüllte Gesicht seines Freundes, der wie Irma schwer von den letzten Stunden gezeichnet schien, und konnte in seinen Augen nur allzu deutlich ablesen, dass seine Kräfte langsam schwanden. Merthins Mut, seine Tapferkeit und sein sonniges Gemüt, all das schmolz dahin wie ein dicker Schneeball, den man ins Feuer geworfen hatte. Ronda versuchte angestrengt, ruhig zu bleiben, doch auch sie wirkte sichtlich verstört und hatte Angst, da konnte sie Quirin nichts vormachen. Nur Arlon blieb wie fast immer ruhig. Kein einziges Mal hatte er versucht, zu fliehen, nicht einmal hatte er den Kampf mit diesen scheußlichen Wesen aufgenommen, und was Quirin am meisten verwirrte, er hatte noch immer seine menschliche Gestalt und verwandelte sich nicht zurück. Quirin hatte gehofft, dass Arlon ein zweites Mal einen Trumpf aus dem Ärmel ziehen würde, einen Zauberbann über die fremden Wesen legte oder strahlend weiße Tiere zur Hilfe rief, doch nichts von all dem passierte. Bis zum heutigen Tage konnte Quirin nicht einschätzen, welche Fähigkeiten der weiße Mann in sich trug oder welche Macht er besaß. Es blieb Arlons Geheimnis.

Eines der drei Geschöpfe kam auf Irma zu und hob vorsichtig ihr gesenktes Haupt empor. Lange musterte es das Mädchen mit wissenden Augen, zarte Pflanzensprossen wuchsen ihm dabei aus den astartigen Händen und schlängelten sich behutsam, wie zarte Finger, um die Wangen des Mädchens. Irma presste ihre Augen zusammen und atmete erschöpft durch die Nase ein und aus, sie konnte sich nicht mehr wehren.

„Warum seid ihr hier?", sprach das fremde Wesen und sah Irma tief in die Augen.

Seine fremde, verzerrte Stimme klang wie ein rauschender Laubwald, durch den eine zaghafte Brise wehte. Quirin war zutiefst eingeschüchtert und gleichzeitig auch ein klein wenig fasziniert von ihren überraschend menschlichen Gesichtszügen. Ihr leuchtendes Grün erhellte dabei die Dunkelheit und spiegelte sich in seinen eigenen Augen wider. Plötzlich zogen sich die Ranken, die ihre Hälse umschlangen, zurück. In Sekunden schrumpften die ledrigen Blätter zu kleinen Sprossen zusammen und gaben ihre Münder endlich wieder frei. Irma begann bitterlich, zu weinen, und hielt sich ihre gefesselten Hände vor ihr ebenmäßiges Gesicht.

„Menschen", zischte eines der anderen Wesen verachtend hinüber und warf Merthin grob zu Boden.

Ronda wischte sich nervös ihre rissigen Lippen an den Händen ab und wollte schon ängstlich zu sprechen beginnen, da stapfte eines der Geschöpfe mit schweren Schritten zu ihr hinüber und sah sie mit funkelnden Augen an.

„Schweigt still!", raunte es aufgebracht, die feingliedrigen Blätter, die wie Haare seinen Kopf bedeckten, rauschten wie ein Laubbaum im Wind. „Ihr habt hier nichts zu suchen! Wie seid ihr überhaupt hierhergekommen? So tief im Schattenwald sollte keiner von euch menschlichem Gesindel unseren Frieden stören!", schmetterte es weiter, seine astartigen Finger bekamen dabei plötzlich scharfe Dornen und ballten sich zur Faust.

Niemand wagte, etwas zu erwidern. Das dritte Geschöpf stampfte entschlossen zu Arlon hinüber und musterte ihn intensiv. Die langen dünnen Äste auf seinem Kopf schlängelten sich mit einem Mal nach vorne und streiften ausgiebig durch Arlons Haar. Er ließ es geschehen und blieb dabei völlig ruhig.

„Und du bist nicht du selbst, eine falsche Borke verhüllt dein wahres Sein", säuselte es ihn an und verfinsterte dabei seinen Blick. „Warum sollten wir euch am Leben lassen, ihr dreckigen Menschen?", fauchte es weiter, seine rauschende Stimme bekam dabei einen dunklen Hall und klang wie ein knorriger Eichenbaum, dessen knarzende Äste in einem Sturm hin und her gerissen wurden.

Das Geschöpf, welches Irmas Kopf nach oben hielt, brüllte plötzlich lautstark seine beiden Artgenossen an. Verärgert ließen die beiden von Ronda und Arlon ab. Intensiv sahen sie sich in die Augen, sie schienen wortlos miteinander zu sprechen, ihre zweigartigen Finger kräuselten sich dabei aufgeregt hin und her.

„Es liegt nicht bei uns, über euch zu entscheiden", sprach eines der drei Baumwesen nach einigen Momenten schließlich zu ihnen und sah dabei Quirin intensiv an.

Etwas ruhiger als noch zuvor flatterten die Blätter auf dem Kopf des Fremden und bewegten sich im Takt seiner geräuschvollen Stimme.

„Folgt uns! Und keine Ausflüchte, oder wir werfen euch Xeraxa zum Fraß vor!"

Zutiefst eingeschüchtert folgten sie einem der fremden Wesen zu einem dampfenden Sumpf, der sich in Nebel gehüllt vor ihnen aufmachte. Die beiden anderen Geschöpfe stapften ihnen lautlos hinterher und ließen Quirin und sein Gefolge nicht eine Sekunde aus den Augen. Immer wieder sahen sich die Burschen angsterfüllt um, sie hatten eine unermessliche Furcht vor dem, was sie als Nächstes erwarten würde. Mehrfach blickten sich Merthin und Quirin aufgewühlt in die Augen und versuchten, sich heimlich zu verständigen, doch kaum waren die Köpfe der Jungen nahe genug beisammen, riss sie eines der hinteren Baumwesen grob auseinander und verfluchte sie jähzornig. Quirin zog seine gefesselten Hände dicht an seinen Körper heran und versuchte, den strammen Griff der Ranken unbemerkt zu lockern, doch es gelang ihm nicht, nicht einmal ansatzweise. Je nervöser seine Bewegungen wurden, umso fester zogen sich die Gewächse um seine Handgelenke und Arme zusammen. Quirin keuchte verzweifelt. Er hatte gehofft, heimlich seinen Stein aus der Hosentasche ziehen zu können, doch er schaffte es nicht. Der Stein, so dachte der Junge sich, hätte diese grässlichen Baumwesen vielleicht umstimmen können. Schließlich war er doch der Beweis dafür, dass Quirin und seine Freunde nicht ohne Grund den Schattenwald betreten hatten, wahrlich nicht. Wenigstens hätte der Junge ihn für einen kurzen Augenblick berühren wollen, damit der Stein ihm, wie zuvor schon einige Male, wieder neue Kraft und Hoffnung geben könnte. Bitter nötig wäre das gewesen, denn nun, da seine Reise immer gefährlicher und verstörender wurde, spürte Quirin, wie sein Mut dahinschwand.

Er fühlte sich gefangen, doch nicht nur körperlich. Die Angst davor, welch schauderhafte Dinge sie als Nächstes heimsuchen würden, lähmte ihn regelrecht und raubte ihm fast den Verstand. Er wähnte sich wie in einem schrecklichen Traum, einem Albtraum, der ihn regelrecht zermürbte und aus dem er beim besten Willen nicht aufwachen konnte. Je tiefer der Junge in seine Gedanken abrutschte, umso behäbiger schritt er voran, und es dauerte nicht lange, bis ihm eines der Baumwesen seine hölzerne Faust grob in die Rippen stieß und ihn mit einem giftigen Gesichtsausdruck zur Eile mahnte.

Als die Gefangenen auf einem schmalen Baumgeflecht, das wie eine Art Weg durch den Sumpf führte, den dichten Nebel durchquerten, hielten sich Arlon, Ronda, Irma und die Jungen mit ihren gefesselten Händen an ihren Gewändern fest, um nicht versehentlich ins Moor zu stürzen. Die grünen Gesichter der baumartigen Wesen leuchteten dabei diffus im dichten Schleierdunst des stinkenden Tümpels. Mehrmals stolperten die Burschen über schlängelnde Baumwurzeln und Rankensprossen, auf denen sie das Moor durchliefen. Nach vielen Minuten erst wurde der Nebel etwas dünner, und langsam konnten sie wieder mehr von der Umgebung erkennen. Als sie schließlich den Morast hinter sich gelassen hatten, erschrak Quirin.

Vor ihnen türmte sich in der Dunkelheit ein meterhoher dichter Dornenwald auf. Wie eine unüberwindbare Wand stand er vor ihnen, monströse Schlingpflanzen, mit Stacheln, so dick wie Kohlköpfe, schraubten sich weit in den Himmel hinein und versperrten ihnen den Weg.

„Folgt mir, aber zögert nicht. Eilt!", befahl ihnen eines der Wesen mit stechendem Blick und gab ihnen einen Wink mit seinem verästelten Arm.

Plötzlich, wie von Zauberhand, wichen ein paar der wuchtigen Dornenranken unter lautem Rauschen und Knacken zurück und bildeten eine Art Tunnel. Merthin und Irma trauten ihren Augen nicht. Noch ehe sie reagieren konnten, schritt eines der Wesen durch den Durchbruch hindurch und verschwand in den Tiefen des Dornengeflechts.

„Los, los, folgt ihm!", fauchten die beiden anderen Geschöpfe Quirin und seine Freunde an, packten sie mit ihren Astarmen und warfen sie in den Tunnel hinein. Sie fielen allesamt auf den staubigen Boden, und kaum waren sie wieder aufgestanden, rauschten die Dornenranken hinter ihnen lautstark und verschlossen in Windeseile den Tunneleingang. Mit Stacheln, so scharf wie Schwerter, rollten die Pflanzen wie eine Walze auf sie zu.

Sie alle rannten schreiend los und liefen durch den Rankentunnel, während dieser sich hinter ihnen immer schneller verschloss und sie jagte. Lautstark krachte und knarzte es um sie herum, dicke Dornenschlingen prasselten wenige Meter hinter ihnen zu Boden und drohten sie alsbald zu überrollen. Die Burschen brüllten aus vollem Hals, sie rannten, so schnell sie nur konnten, und hetzten dabei dem leuchtend grünen Baumwesen nach, das in irrsinniger Geschwindigkeit vor ihnen lief und in der Dunkelheit zu verschwinden drohte. Immer schwächer wurde der grüne Schein. Irma schrie panisch auf, als ihre Kleider an den stacheligen Gestrüppen zerrissen, und als sie plötzlich stolperte und fast zu Boden fiel, packte sie Arlon mit einem gekonnten Griff und warf sie sich auf den Rücken. Aufgebracht zeterte sie weiter, während Arlon immer zügiger rennen musste, um nicht von den niederprasselnden Schlingpflanzen erfasst zu werden.

„Schneller!", brüllte Ronda zu den Jungen nach vorne, und als sie nach hinten sah, ließ sie einen entsetzten Schrei los.

Eine meterlange Ranke rauschte auf sie nieder, und erst im allerletzten Moment konnte sie Arlon gerade noch zur Seite stoßen. Die messerscharfen Stacheln zerrissen Rondas Rock und hätten um ein Haar ihren Leib zerfleischt. Noch schneller als zuvor sprang Ronda verzweifelt zwischen den rauschenden Schlingen hin und her. Mittlerweile war kaum noch etwas Licht von dem fremden Wesen vor ihnen zu sehen, immer schneller rollten die Dornengewächse wie eine Welle hinter ihnen her, und als es schon fast zu spät war, konnten sie alle in letzter Sekunde mit einem großen Sprung das Ende des Tunnels erreichen.

Arlon, Irma, Ronda und die Jungen landeten mit völlig zerrissenen Kleidern und aufgeschürften Beinen im Staub und rangen angestrengt nach Luft. Erschöpft und atemlos wanden sie sich mit gefesselten Händen am Boden.

Das fremde Baumwesen wartete bereits auf sie. Mit forschenden Augen sah es sie an, die rauschenden Kopfblätter wippten emsig hin und her. „Seid still!", befahl es ihnen mit verzerrter Stimme. „Seid endlich still! Und folgt mir."

Als die Gefährten keuchend dem seltsamen Geschöpf folgten, kamen sie aus dem Staunen nicht mehr heraus. Eine faszinierende Welt tat sich vor ihnen auf und zog sie sofort in ihren Bann. Mit einem Mal wich für einen kurzen Moment die Angst und brachte ihre großen Augen zum Funkeln. Sie gingen durch einen leuchtenden Wald, er war voller fremder Baum- und Pflanzenarten, die die Jungen noch nie in ihrem Leben gesehen hatten. Riesige Bäume standen majestätisch vor ihnen, ihre mächtigen Wurzeln verzweigten sich weitläufig über der Erde und bildeten natürliche Tore und Wege. Zahllose Blumen säumten den Wegesrand, ihre wunderschönen Blüten leuchteten in den unterschiedlichsten Grüntönen, mal grell, mal gedämpft, und tauchten zusammen mit weißlich leuchtenden Riesenpilzen den Wald in ein anmutiges Licht. Dichte Sträucher in den unterschiedlichsten Farben und Formen erstreckten sich neben ihnen, ihre weichen, behaarten Blätter streichelten Quirin zärtlich übers Gesicht, als er sie berührte. Ein kleiner Fluss schlängelte sich ruhig durch den mystischen Wald, geradezu wohltuend und beruhigend plätscherte er vor sich hin und trug dabei die großen Blätter fremdartiger Schwimmpflanzen heroisch auf seiner glitzernden Oberfläche.

Leuchtend grüne Schmetterlinge zogen tanzend ihre Kreise über Irma und Ronda, das faszinierende Spiel brachte das junge Mädchen für einen flüchtigen Moment des Glücks zum Staunen. In der Ferne war das beruhigende Zwitschern zahlloser Vögel zu vernehmen, ihr wohlwollender Gesang umschmeichelte Merthins Ohren und zauberte ein kaum merkliches Lächeln auf sein verhärmtes Gesicht.

Lautlos schritt das fremde Wesen vor ihnen durch den Wald. Es streckte immer wieder seine astartigen Hände aus, und sogleich sprossen filigrane Wurzelstöcke aus seinen Zweigfingern und schlängelten sich emsig um Blätter, Baumrinden, Pilze und Sträucher. Die Gewächse des Waldes schienen mit ihm zu kommunizieren, das Geschöpf schloss für einige Sekunden seine Augen und sog scheinbar die Gedanken der Pflanzenwelt in sich auf. Weiter und weiter gingen sie in den tiefen Zauberforst hinein, und als er sie mit seinen funkelnden Farben und anmutigen Gewächsen geradezu betörte und vollkommen faszinierte, fühlten sie alle, für den kostbaren Moment eines flüchtigen Augenblicks, Ruhe und Frieden in sich.

Sie schritten durch eine mächtige Baumwurzel hindurch und stiegen dann eine geschwungene Treppe aus geschlängelten Ästen empor, welche weitläufig um einen gigantisch großen Baum herumlief. Sein Stamm, so schätzte Quirin, musste einen Durchmesser von mindestens zwanzig Metern haben. Nach unendlich vielen Stufen waren sie schließlich mitten in der weit verzweigten Baumkrone angekommen, sie standen auf einem ausladenden Plateau und waren von zahllosen, meterdicken Ästen umgeben.

Das leuchtende Baumwesen stellte seine Kopfblätter senkrecht auf, als wollte es mit ihnen lauschen. Intensiv musterte es jede Furche der Baumrinden, jedes Blatt und jeden Zweig, und schließlich berührte es einen dicken Ast. Sofort wucherten emsige Triebe aus seiner Hand und schlängelten sich tief in die rissige Rinde.

Quirin schaute sich ängstlich um. Niemand außer ihnen war zu sehen. Irma versteckte sich hinter Arlon und blinzelte eingeschüchtert zu dem seltsamen Geschöpf hinüber. Es hielt seine Augen geschlossen und schwieg. Scheinbar hatte es keinerlei Bedenken, dass seine Gefangenen weglaufen könnten. Wie sollten sie auch, mitten in einem völlig fremden Wald, ja mehr noch sogar, in einer ganz eigenen Welt, weit weg von allen Orten, die sie kannten. Sie wären allein niemals wieder nach Hause gekommen, jedem von ihnen war das klar, zumal noch immer straffe Schlingpflanzen ihre Hände zusammenbanden und sie in ihren Bewegungen stark einschränkten. Jeder Fluchtversuch war zum Scheitern verurteilt.

Einige Minuten verstrichen. Merthin schmiegte sich eng an Quirins Brust, seine Blicke sprachen Bände. Plötzlich riss das verästelte Geschöpf seine Augen auf und schreckte sie mit einem Fauchen aus ihren Gedanken.

„Ihr wartet hier!", giftete es sie an und machte einen groben Wink mit seinen Armen.

Sofort bewegten sich einige der knorrigen Äste des riesigen Baumes und verzweigten sich neu. Sie bildeten eine Art Sitzbank, und nur Sekunden später sprossen mit einem Mal frische Zweige heraus, umschlangen Ronda, Arlon, Irma und die Burschen mit festem Griff und zogen sie auf die Äste. Wie auf Stühlen gefesselt saßen sie plötzlich nebeneinander. Hämisch grinste sie das fremde Wesen an, es lachte mit verzerrter Stimme und sagte schließlich: „Bargar und Dendora werden zu euch kommen und über euer Schicksal entscheiden!"

Dicke Schweißperlen liefen Quirin über die Stirn, als er angestrengt versuchte, den festen Klammergriff der Rankenpflanzen zu lockern. Doch kaum begann er, sich zu rühren, zogen sie sich noch enger zusammen und schnürten ihm beinahe die Brust ab. Merthin sah ihn verstört an, er atmete lautstark, seine fülligen Wangen zitterten. Ronda und Arlon blickten sich immer wieder in die Augen, sie flüsterten unverständliche Worte, doch sogleich fuhr das fremde Baumwesen dazwischen und riss grob ihre Köpfe auseinander. Quirin versuchte abermals, eine Hand frei zu bekommen, er wollte seinen Stein berühren, ihn hervorziehen. Sein Gefühl sagte ihm, dass er damit das Blatt wenden könnte. Doch er konnte ihn nicht greifen, bei Weitem nicht. Zu eng schnürten sich die lebendigen Pflanzen um seinen Leib, ihre ledrigen Blätter schlängelten misstrauisch vor seinem Gesicht hin und her, beinahe so, als wollten sie Quirin ansehen.

Ihm wurde schwindlig. Erschöpft schloss Quirin die Augen. Wieder zogen die dunklen Bilder der letzten Wochen an ihm vorbei. In seinem Kopf drehte sich alles, seine Gedanken wurden in einem Sturm aus Verzweiflung und Hoffnungslosigkeit durcheinandergewirbelt, sie vermischten sich mit unendlich vielen quälenden Fragen und ergossen sich über Quirin wie klebriges Wachs, das ihn in Windeseile dick überzog und vollständig lähmte.

Plötzlich krachte und knarzte es laut. Mit einem Mal bewegten sich die dicken Äste des riesigen Baumes. Zäh und langsam verzweigten sie sich neu und bildeten allmählich eine ausladende Treppe. Dicke Äste und Zweige formten zusammen mit Laubblättern und Trieben richtige Stufen, die Jungen kamen aus dem Staunen nicht mehr heraus.

„Verbeugt euch, Menschengesindel!", fauchte ihnen das fremde Wesen aufgebracht zu, und sogleich drückten die emsigen Rankengewächse ihre Köpfe ruppig nach unten.

Auch das Baumwesen kniete sich nieder und schien sich zu verbeugen. Langsam stapften zwei Geschöpfe die lange Baumtreppe hinauf, eines von ihnen musste ziemlich groß und wuchtig sein, so hörten sich jedenfalls seine Schritte an. Die Anwesenden konnten nichts sehen, zu tief drückten die Schlingpflanzen ihre Häupter auf ihre Beine herab.

Plötzlich blieben die beiden hoheitlichen Wesen stehen. „Wer wagt es, unser Reich zu betreten?", schmetterte eine tiefe, wuchtige Stimme Quirin und seinen Freunden entgegen. Sie hörte sich an wie das dumpfe Knarzen einer schweren alten Eiche, die im Wind hin und her wehte, dabei aber überaus kräftig und herrisch. Niemand von ihnen wagte es, eine Antwort zu geben. Mit bebenden Schritten stapfte eines der beiden Geschöpfe weiter. Durch einen kurzen Wink seines Armes ließen die Rankenpflanzen ein wenig nach, und die Gefangenen konnten wieder emporblicken.

Entsetzt rissen Merthin und Irma ihre Augen weit auf. Sie konnten nicht glauben, was sie sahen. Ein noch viel größeres Baumwesen als jene drei, welche sie entführt hatten, stand vor ihnen und sah sie zornig an. Mindestens drei Meter hoch musste es sein, seine stämmigen Beine bestanden aus eng geflochtenen, dicken Baumästen, welche eine knorrige Rinde aufwiesen. Seine langen Arme sahen ähnlich wie jene der anderen Geschöpfe vom Sumpf aus, jedoch waren sie deutlich wuchtiger. Das strahlend grüne Gesicht war umringt von tiefen Astrinden, und auf seinem Haupt trug das Geschöpf ein leuchtendes hochgestelltes Blatt. Es sah aus wie eine Art Kopfschmuck und machte das furchterregende Geschöpf noch höher, als es ohnehin schon war. Ein dichtes Laubkleid umgab seinen verzweigten Körper. Es sah so aus, als bestünde sein Leib vom Hals bis zu den Füßen aus dem knorrigen Astgeflecht eines alten unbekannten Baumes. Nur sein Gesicht, und dies überraschte Quirin erneut, erschien erstaunlich menschlich.

Das zweite Geschöpf war auf der Treppe stehen geblieben und musterte die Gefangenen unwirsch. Ebenfalls sehr groß, nur eine Handbreit kleiner vielleicht als das andere, war es deutlich filigraner. Seine recht dünnen Gliedmaßen glichen eher einem dichten Pflanzengestrüpp, zahlreiche wunderschöne Blätter überzogen die Arme und Beine und muteten beinahe wie ein Kleid aus Pflanzen und Blütenblättern an. Auch das zweite Wesen trug ein Blatt auf dem Kopf.

„Was habt ihr Menschen hier zu suchen?", wurden die Gefangenen mit schneidender Stimme befragt.

Niemand antwortete. Völlig eingeschüchtert und verängstigt zitterten die Gefangenen und gaben keinen Mucks von sich. Irma wimmerte leise in sich hinein und wagte nicht, nach oben zu blicken.

Plötzlich begann Arlon, zu sprechen. „Wir müssen zum Fluss des Vergessens", sagte er überraschend ruhig und sah dabei dem fremden Wesen selbstsicher ins Antlitz.

Erschrocken drehten sich Irma, Ronda und die Jungen zu ihm hinüber. Das knorrige Wesen sah sie erstaunt an und begann sogleich, lautstark zu lachen. Sein knarzendes, bebendes Gelächter schmetterte durch den leuchtenden Wald, dunkel und fauchend hörte es sich an, beinahe so, als würde ein trockener Strauch in Flammen aufgehen. Während es Arlon weiter höhnisch auslachte, ächzten erneut die schweren Äste in der Baumkrone auf und formten plötzlich, wie von Zauberhand, aus ihren Trieben und Zweigen einen kunstvollen Tisch und zwei nebeneinanderstehende Stühle, auf denen sich sogleich das wuchtige Baumwesen mit einem lauten Rums setzte und sich vor Lachen seinen hölzernen Leib hielt. Die grünen Blätter an seinem Körper wippten dabei im Takt seiner Stimme und begannen, zu rauschen.

„Hast du das gehört, Dendora?", sprach es weiter und kniff seine Augen zusammen, „sie wollen zum Fluss des Vergessens!"

Das filigrane Geschöpf am Fuße der Baumtreppe ließ ein müdes Lächeln über ihr grünes Gesicht huschen. Offensichtlich, zumindest ihrem Namen nach, musste sie ein weibliches Baumgeschöpf sein, was auch zu ihrer feingliedrigen Statur und dem ebenmäßigen Gesicht passte. Sie setzte sich, ohne ein Wort und beinahe lautlos, neben ihren knorrigen Artgenossen an den Tisch. Mit ruhigem Blick leuchtete Dendora in die entsetzten Gesichter der Gefangenen, das große, grüne Blatt auf ihrem fein verzweigten Kopf strahlte dabei majestätisch und überlegen auf sie hiernieder. Die lichten Blätter und Blüten auf ihrem Leib bewegten sich ruhig und anmutig hin und her, sie funkelten im gedämpften Licht um die Wette und suchten in ihrer Farbenpracht und Schönheit Ihresgleichen. Plötzlich schlug das wuchtige Wesen neben ihr mit hölzerner Faust auf den Tisch und brüllte Arlon an.

„Was glaubt ihr eigentlich, wer ihr seid?", fauchte es wütend und sein Blick verfinsterte sich. „Ihr Menschengesindel seid doch alle gleich! Niedergebrannt gehört ihr, genau wie unsereins von euch niedergebrannt wurde!", schmetterte es weiter und wollte schon von seinem geflochtenen Stuhl aufspringen, da legte ihm Dendora ihre feine Hand auf die raue, knorrige Schulter und sah ihn ruhig an. Zahlreiche feine Wurzeln sprossen ihr aus den Fingern und schienen das aufgebrachte Geschöpf wieder zu beruhigen.

„Bargar, Bargar", flüsterte ihm Dendora ruhig zu und streichelte mit ihren Wurzelsprossen über seinen knorrigen Kopf.

Dann sah sie zu Quirin und seinen Freunden hinüber. Ihr intensiver Blick musterte jeden von ihnen ausgiebig, die Burschen wagten dabei nicht, in ihre tiefgrünen Augen zu sehen.

„Was wollt ihr hier?", fragte Dendora mit hocherhobenem Haupt, ihre Stimme klang dabei wesentlich ruhiger und weicher, war aber nicht minder verzerrt als jene ihrer Artgenossen, und sicherlich fehlte es ihr nicht an Kraft und Überlegenheit.

Als Arlon zu sprechen beginnen wollte, stürmte Bargar sofort auf.

„Wagt es nicht, uns anzulügen! Unsere Sumpfschönheit, Xeraxa, wartet nur darauf, sich an eurem Fleisch satt zu fressen!", schüchterte er die Burschen und ihr Gefolge ein, und wieder war es Dendora, die ihn besänftigen musste.

„Sprecht!", befahl sie Arlon, ihre feinen Blätter rauschten dabei im Wind.

Ronda sah zu Arlon, ihr faltiges Gesicht war gezeichnet von Furcht und Angst. Sie nickte ihm zu. Schließlich schilderte Arlon in knappen Worten ihre Reise. Die beiden Baumwesen hörten ihnen misstrauisch zu, nicht eine Silbe entging ihnen. Arlon sprach leise und ruhig, Bargar musterte ihn intensiv, und ab und zu verfinsterte sich sein Gesicht, die groben Äste seiner knorrigen Hände ballten sich dabei zu Fäusten und streiften über den verflochtenen Tisch. Als Arlon schließlich erwähnte, dass sie Adons Hilfe brauchten, um Sarax auszuschalten, schlug er wutentbrannt auf das verzweigte Tischgeflecht und brachte das Laub an seinem Körper zum Knistern.

„Du sprichst nichts als Lügen mit falscher Borke an deinem Leib!", brüllte er ihn an und sah erzürnt zu Ronda hinüber. Erschrocken blickte diese auf und wagte nicht, ein einziges Wort zu sagen. Wütend schmetterte er weiter. „Ihr Menschen lügt doch alle, ihr seid alle gleich!"

Erneut sprang Bargar auf. Mit misstrauischem Blick musterte Dendora Ronda und Arlon, ihr leuchtendes Blatt begann, zu pulsieren. Sie blieb ruhig und schloss ihre Augen. Sie legte ihre verästelten Hände auf den Tisch, und sofort sprossen aus ihren Fingern zahlreiche Triebe und Wurzeln. Immer schneller schlängelten sich ihre Triebe an den Tischbeinen des Baumes entlang und umwickelten in Sekunden die wuchtigen Äste, auf denen Arlon, Ronda, Irma und die Burschen gefesselt waren. Schnell erreichten die emsigen Wurzelsprossen ihre Gesichter und tasteten ihre Köpfe und Leiber ab. Entsetzt versuchte Irma, auszuweichen, doch sie hatte keine Chance. Beinahe schon zärtlich wurden sie von Dendoras Sprossen gestreichelt und gekitzelt. Irma schaute dabei verängstigt zur Seite.

„Euer Schicksal hat euch nicht umsonst zusammengetragen", sprach Dendora mit einem Mal ruhig und hielt ihre grünen Augen dabei geschlossenen, „und eure Geschichte ergibt Sinn, das spüre ich ohne jeden Zweifel."

Plötzlich bemerkte Quirin, wie die Rankenpflanzen, die ihn fesselten, sich regten und in seine Hosentasche fuhren.

„Nein!", schrie Quirin erschrocken, doch noch ehe er irgendwie reagieren konnte, holten die emsigen Gewächse seinen Stein hervor und brachten ihn zum Tisch.

„Gebt ihn mir wieder, bitte! Wir haben euch nichts getan!", rief Quirin zu Dendora hinüber, doch noch ehe er weitersprechen konnte, drückte erneut ein kräftiges Rankenblatt auf seinen schreienden Mund und brachte ihn zum Schweigen. Auch Ronda stöhnte entsetzt auf, als auch ihr Stein von ihrer silbernen Kette gerissen und neben Quirins gelegt wurde. Erschrocken schaute Bargar auf die blauen Steine und musterte sie intensiv. Dendora öffnete ihre Augen, und kaum hörte ihr Laubgewand zu pulsieren auf, zogen sich die feinen Sprossen ihrer hölzernen Hand wieder zurück und verschwanden zügig in ihren zweigartigen Fingern.

„Anscheinend habt ihr die Wahrheit gesprochen", zischte sie leise und betrachtete die Steine wissend. „Auch wenn zwei von euch ihr wahres Gesicht zu verbergen versuchen", sprach sie knisternd und verzerrt weiter und sah dabei mit erhobenem Haupt Arlon und Ronda finster an.

Ronda konnte sich nicht mehr halten.

„Gebt auf der Stelle unsere Steine zurück!", raunzte sie die beiden erbost an und versuchte dabei angestrengt, ihren fülligen Körper aus dem Klammergriff der Rankengewächse zu befreien. „Ihr habt nicht das Recht, über uns zu richten! Wir haben euch nichts getan. Lasst uns weiterziehen, wir werden auch garantiert nie wiederkommen, vorher gehe ich lieber ins Wasser, als noch einmal zu euch zurückzukehren!", brüllte sie sie weiter außer sich vor Wut an, Zorn verzerrte ihr altes Gesicht.

„Schweigt still!", schmetterte Bargar ihnen herzlos entgegen und schlug dabei mit hölzerner Faust auf die dicken Äste des Tisches.

Ronda ließ sich nicht abschrecken.

„Lass uns zufrieden, Bargar!", kreischte sie, ihr Kopf lief dabei rot an. „Und was soll das Geschwätz, von wegen, ich würde mein wahres Gesicht verbergen? Gar nichts mache ich, ich bin genau die, die hier vor euch steht!", wetterte sie weiter und sah dabei missmutig zu Dendora hinüber.

„Doch du warst einst jemand anders", antwortete die Baumfrau bestimmt und beruhigte abermals ihren tosenden Gemahl.

Die Jungen erschraken. Ein bedrückendes Schweigen breitete sich plötzlich aus und umfing sie wie ein dichtes Netz, aus dem es kein Entkommen gab. Mit großen fragenden Augen blickten sie die Alte an.

Entsetzt sah Ronda zu Dendora hinüber. „Du kannst unsere Steine nicht lesen, nur wir sind in der Lage dazu."

„Nein", antwortete ihr Dendora in wohl überlegten Worten. „Aber ich kann spüren, was jeder von euch in sich trägt, insbesondere den Schmerz. Und nur allzu viel davon hat jeder der hier Anwesenden in sich, nicht nur ihr, auch wir natürlich, versteht ihr?"

Fassungslos lauschten sie alle ihrer hoheitsvollen Stimme. Unglaublich anmutig und edel schillerte ihr Blumenleib, die zarten Blätter an ihren Armen und Beinen kräuselten sich um ihren strauchartigen Körper. Sie stand langsam von ihrem Stuhlgeflecht auf und schritt beinahe lautlos zu Ronda hinüber. Intensiv sah sie ihr in die Augen und musterte ihr volles Gesicht. Schließlich sprach sie mit klarer Stimme: „Und so sind wir am Ende des Tages möglicherweise gar nicht so verschieden, wie ihr vielleicht denkt. Wüsstet ihr von all den hässlichen Dingen, die ihr Menschen, ja, euresgleichen, unserem Volk und unseren geliebten Wäldern angetan habt, wäret ihr nicht erschrocken über Bargars Zorn, sondern dankbar dafür, dass ihr überhaupt noch lebt!"

Fassungslos saßen Quirin und seine Freunde da und wussten nicht ein einziges Wort, das als Antwort genügen würde.

Zornig schaute Dendora sie an, sie schritt rauschend vor ihnen auf und ab und verfinsterte immer wieder ihren Blick.

„Doch", sprach sie dann mit kühler Stimme weiter, „wie so oft bei euch Menschen, führen unüberlegte und selbstsüchtige Taten zu Kummer und Verdruss auf allen Seiten. Und so kommt es, dass es durch eure widerwärtigen Machenschaften am Ende zu viele gibt, die für eure Dummheit und euren Machthunger bezahlen müssen."

Wieder unterbrach sie sich selbst und sah sie alle mit funkelnden Augen an. Dann stellte sie sich zu Ronda und strich ihr mit ihren zweigartigen Fingern durchs Haar. „Umso weniger begreife ich, warum du für sie, für diese Menschen, dein Volk verlassen hast", murmelte sie leise und rauschte dabei mit ihren zarten Blättern.

Dann verfinsterte sich ihr Blick und sie fauchte Ronda wütend an. „Dein eigenes Volk hast du verlassen für einen Menschen! Doch teuer hast du für deine Dummheit bezahlt. Sieh dich an! Alt und kraftlos bist du geworden, ohne deinen Stein würde niemand sehen, dass du einst zu Adons Volk gehörtest!", zischte sie weiter, ihre verzerrte Stimme begann, zu knistern, und füllte sich mit Abscheu und Verachtung.

Quirin riss seine Augen weit auf. Wenn Ronda, so dachte er, einst zu Adons Volk gehört hatte und ihr Stein ein Beweis, ein Zeichen dafür war, dann musste auch seine Mutter einst zu diesem Volk gehört haben. Schließlich waren sich die Steine zum Verwechseln ähnlich, und Ronda hatte ihm selbst in Birgenwerd erzählt, dass sie früher zum Gleichen Stamm wie Gela gehört hatte. Mussten sie etwa deswegen zu Adon, damit er ihnen beim Kampf gegen Sarax beistehen würde? Tausend Gedanken schossen dem Jungen durch den Kopf.

Ronda, die neben Quirin saß, begann, laut zu schnaufen. Unheilvoll sah sie Dendora an, eine tiefe Wut kochte in ihr hoch.

„Weil eben nicht alle Menschen gleich sind, deshalb habe ich mein Volk verlassen!", zürnte sie. Ein drückendes Schweigen machte sich abermals breit. Ronda atmete aufgebracht ein und aus, lange überlegte sie, ob sie weitersprechen sollte. Schließlich tat sie es und fuhr mit verbitterter Stimme fort: „Und weil wir uns geliebt haben, er und ich. Doch leider konnte keiner in meinem Volk meine Liebe, unsere Liebe, verstehen, weil er ein gewöhnlicher Mensch war und ich zu Adons Stamm gehörte. Und eigentlich gehöre ich noch immer dazu, bis zum heutigen Tag. Und es verging nicht eine Nacht, in der ich mein Volk nicht vermisste. Oft wollte ich heimkommen und konnte es nicht, zu tief war ich verletzt, und es hat mich zerstört. Ich wollte zurückkehren, doch was ist das für eine Heimat, in der nicht geduldet wird, wie man fühlt und wen man liebt? Was hat das noch mit Liebe zu tun? Und weißt du etwa, wie der Gedanke zermürbt, wenn man nicht mehr nach Hause kommen kann?"

Ronda begann, zu weinen. Sie schluchzte lautstark. Bittere Tränen rannen über ihre fleischigen Wangen, sie vermischten sich in Sekunden mit dem Staub auf ihrer Haut und fielen als trübe Tropfen auf ihr Gewand hinunter.

Dendora sah sie überrascht an. Niemand sagte ein Wort, und jeder von ihnen, ohne eine einzige Ausnahme, spürte sofort, dass Rondas Gefühle echt waren. Sie weinte aus vollem Herzen und war am Ende ihrer Kräfte. Als die Rankenpflanzen mit einem kurzen Wink von Dendoras Hand Rondas fülligen Leib freigaben, sackte die alte Frau wie ein nasser Lumpen zu Boden und hielt sich ihre faltigen Hände vors Gesicht. Lautlos schritt Dendora zu ihrem Gemahl zurück und berührte ihn zärtlich mit ihren Zweigfingern.

Die beiden schauten Ronda intensiv an, und selbst Bargar, rau und voller Härte, sah die Menschenfrau für den Hauch einer Sekunde mitleidig an. Ihre beiden großen Kopfblätter leuchteten gedämpft auf die entsetzten Gesichter der Burschen, und auch Arlon und Irma waren sichtlich schockiert und tief bewegt von Rondas bitteren Worten.

„Nun dann ...", fuhr Dendora leise fort und verlieh ihrer sonst überlegenen Stimme einen etwas sanfteren Unterton, „... so denke ich, können wir deinen Schmerz verstehen, so wie du den unseren.

Und so müssen wir alle manchmal einen hohen Preis für Jenes bezahlen, was andere verschuldet haben. Niemand ist davor gefeit."

Sie ließ ihre leuchtenden Augen über den funkelnden Wald streichen. Das zärtliche plätschern des Flusses war in der Ferne zu vernehmen und legte ein beruhigendes Rauschen über die Bäume. Dendora griff langsam nach den beiden blauen Steinen und betrachtete sie ausgiebig. Dann schritt sie erneut zu Ronda, zog ihre faltige Hand zu sich her und legte die Steine hinein. Überrascht sah Ronda sie an und beruhigte sich langsam wieder. Nach einer langen Pause sprach Dendora schließlich weiter: „Und dennoch haben wir nichts mit euch oder euren Sorgen zu tun. Sarax, das ist gewiss, ist nicht unser Feind, sondern eurer. Wir haben nichts mit ihm zu tun."

Plötzlich sprang Arlon auf und versuchte, sich von den Rankenpflanzen zu befreien, doch er schaffte es nicht. Selbstsicher sah er die Baumwesen an. „Aber ihr müsst uns zum Fluss des Vergessens bringen, sonst werden wir Adon nie erreichen!", rief er in scharfem Ton.

Sogleich schlug Bargar wütend auf das Holz unter seinen Händen.

„Wir müssen gar nichts!", brüllte er und vergrub seine mächtigen Hände tief im Geäst des Tisches.

Sogleich schossen harte, knorrige Zweige aus seinen hölzernen Fingern. Plötzlich, wie auf seinen Befehl, verschwanden langsam die leuchtenden Farben im gesamten Wald. Es wurde stockfinster, und ihre grünen Gesichter erhellten den mächtigen Baum, in dessen Krone sie sich befanden.

„Zeig endlich dein wahres Gesicht!", fauchte er Arlon weiter an.

Kaum hatte er zu Ende gesprochen, winkte er mit einem ruppigen Hieb seines Kopfblattes die Rankenpflanzen zurück, und sogleich riss Arlon seine Arme nach oben und verwandelte sich in seine eigentliche Gestalt. Leuchtend weiße Kristalle sprossen plötzlich aus seinem Haupt, er wuchs in die Höhe und begann, zu leuchten. In Sekundenschnelle waren seine Füße in dichten Nebel gehüllt, und als seine Verwandlung nach wenigen Augenblicken vollzogen war, sah er Bargar mit leuchtend weißen Augen an.

Dieser erschrak. Arlons weißer Schein vermischte sich mit dem Grün der Baumwesen und erhellte zusammen mit ihnen die gesamte Baumkrone. Erstaunt stand Dendora auf und raschelte aufgeregt mit ihrem Blütenkleid. Arlon sprach ruhig weiter: „Ihr müsst uns dorthin bringen, schnell, wir haben nur noch wenig Zeit. Bitte!"

Die beiden Jungen, Irma und Ronda sahen ihn fassungslos an. Langsam zogen sich die harten Wurzeln aus Bargars Hand zurück, und allmählich tauchten die prachtvollen Farben des leuchtenden Waldes wieder auf. Angestrengt keuchte er, sein Laub rauschte dabei erregt. Dendora beruhigte sich schnell. Langsam schritt sie zu Arlon, sah ihm in sein bleiches Gesicht und strich über sein auffallendes Haar.

„Ja", sagte sie schließlich, „viel Zeit habt ihr wahrlich nicht mehr. Euer Feind ist euch schon näher, als ihr glaubt. Und du, Arlon, auch du solltest dich beeilen. Sira ist schwach, das spüre ich. Zu lange kenne ich sie schon, als dass sie dies vor mir verbergen könnte. Eine lange Freundschaft verbindet uns, denn auch ihr Volk erlitt ein ähnliches Schicksal wie das unsere."

Die Burschen starrten sie fassungslos an, auch Arlon blickte überrascht in ihr edles Gesicht. Dendora schritt langsam zum Tisch, und als sie mit ihren hölzernen Fingern darüberstreifte, wuchs sogleich eine leuchtende Pflanze mit einer funkelnden schillernd grünen Blüte. Behutsam zupfte sie sie ab und hielt sie in ihren zweigartigen Fingern. Als sie zu ihnen zurückkehrte, sprach sie mit weiser Stimme weiter: „Doch gebt acht, denn euer Ziel ist gefährlich. Ein tückischer Fluss wartet auf euch. Viele kehrten von dort nie zurück, und diejenigen, die es taten, waren nicht mehr dieselben."

Irma und die Jungen erschraken. Eine drückende Stille breitete sich aus. Und als wäre dies nicht schon verstörend genug gewesen, jagte Dendora ihnen mit ihren weiteren Worten noch größere Angst ein.

„Eine entsetzliche Macht hat dieses Gewässer. Es kann töten, aber auch erschaffen. Nicht umsonst suchte Sarax diesen Fluss vor langer Zeit auf. Also gebt acht, und vergesst euch nicht!", sagte sie, und noch bevor einer von ihnen etwas erwidern konnte, pustete sie betäubenden Blütenstaub über Quirin und sein Gefolge und ließ sie in wenigen Sekunden ohnmächtig werden.

Kapitel 12

Quirin schlief unruhig und wälzte sich aufgewühlt hin und her. Zitternd und zuckend lag er da und verzerrte sein schmales Gesicht, der Staub auf seiner Stirn vermischte sich dabei mit dicken Schweißperlen und verklebte seine Haare. Verängstigt presste er seine Augen zusammen, sein gesamter Leib schlotterte. Ein schrecklicher Albtraum suchte ihn heim.

Tiefe, dunkle Linien zogen durch seinen Kopf, ein schwarzer Dunstschleier umhüllte alsbald seine wirren Gedanken und scheuchte ihn durch die Finsternis. Quirin rannte durch einen rauchartigen dichten Nebel. Einsam und verlassen irrte er in der Dunkelheit umher, gehetzt und getrieben fühlte er sich dabei und wusste nicht, wohin er laufen sollte. Verzerrte Gestalten tauchten immer wieder vor ihm auf, ihre scheußlichen Fratzen jagten ihm schreckliche Angst ein. Plötzlich stand er am Grab seines Vaters. Quirin sackte entsetzt zu Boden, er blickte panisch um sich und schrie um Hilfe, doch niemand war zu sehen, niemand nahm Notiz von ihm oder scherte sich um sein Leben. Mit einem Schlag tauchten fremde Gestalten neben ihm auf, und als sich der pechschwarze Rauch um ihre Gesichter herum verzog, erkannte Quirin sie. Seine Stiefmutter und ein paar Bewohner seines Heimatdorfes standen neben dem Grab und trauerten um Quirins Vater. Der Junge wollte vom Boden aufstehen, doch er konnte nicht, er war wie gelähmt. Verzweifelt rief er zu ihnen hinüber, so laut er nur konnte, bis sein Hals schmerzte, doch niemand beachtete ihn. Bittere Tränen rannen über sein blasses Gesicht, als sich die Anwesenden vor seinen Augen im Rauschen des Windes auflösten.

Tiefe Einsamkeit umschloss Quirin, sie warf ihn weit in den schwarzen Nebel hinein und löschte die flackernden Lichter in ihm aus. Plötzlich war er alt und gebrechlich, sein ausgezehrter Leib sackte zusammen und er fiel kraftlos zu Boden. Langsam krochen schwarze Schatten aus der Erde heraus und griffen nach seinen schwachen Armen, sie packten seinen Kopf und drückten sein Gesicht in das Grab hinein. Entsetzt sah er, wie sein toter Vater vor ihm lag. Er wollte zu ihm laufen, doch er konnte sich nicht bewegen, wallender dunkler Rauch packte ihn an seinen Füßen und hielt ihn fest. Verzweifelt schlug er um sich, er schrie, doch niemand hörte ihn. Die dicken Narbenstränge am Hals seines Vaters begannen plötzlich, zu bluten, und als Quirin aus vollem Hals zu brüllen begann, schmetterte ihm ein schreckliches Kreischen aus der Finsternis entgegen.

Sarax. Seine lodernd roten Augen huschten durch den Nebel, seine entsetzlich fauchende und klirrende Stimme rief dabei immer wieder Quirins Namen. Sarax begann, den Jungen zu jagen. Quirin rannte durch den schwarzen Rauch, das verstörende Fauchen hetzte ihn unaufhörlich hin und her. Verzweifelt versuchte Quirin zu entkommen, doch Sarax' glühende tiefrote Augen verfolgten ihn weiter, sie hetzten seinen alten, ausgemergelten Körper in der Finsternis und ließen nicht eine Sekunde von ihm ab. Mit einem Schlag wurde Quirin am Hals gepackt, schwarze Eisenfinger bohrten sich in sein Fleisch hinein und drückten ihm die Kehle zu. Schon lief dem Jungen das warme Blut den Hals hinunter, und als er im letzten Moment mit seinen schrumpeligen Fingern in seine Hosentasche fuhr, kreischte Sarax laut auf und warf Quirin weit von sich weg.

Halb tot lag er am Boden, der schwarze Rauch umschloss ihn in der Finsternis. Doch dann, mit einem Mal, blendete ihn ein helles Licht. Ein kräftiger, leuchtend blauer Strahl durchzog die Dunkelheit und scheuchte den dunklen Nebel zur Seite. Plötzlich war Quirin wieder jung, seine Kräfte kamen zurück und ließen neuen Mut in ihm wachsen. Als er in das wunderschöne tiefblaue Licht sah, reichte ihm eine strahlende Frau ihre zarte Hand. Fasziniert von ihrer Anmut und Schönheit legte Quirin seine Hände in ihre, und in diesem Moment, in diesem kleinen, bescheidenen Augenblick, kehrten Freude und Glück in ihn zurück. Er fühlte sich geliebt und geborgen, eine zärtliche Wärme durchzog seinen gesamten Leib, und mit einem Mal schien alle Angst, alle Einsamkeit und aller Schmerz von ihm abzufallen.

Immer weiter wich die Dunkelheit zurück, und als er nach vorne blickte, konnte er im Licht der aufgehenden Sonne einen Weg sehen. In einiger Entfernung standen ein paar Gestalten auf diesem Weg und schienen auf ihn zu warten. Freundlich winkten sie ihm zu, doch Quirin konnte sie nicht erkennen. Als er wieder in das Gesicht der Frau sah, lächelte diese ihn gütig und liebend an, ihre wunderschönen strahlend blauen Augen füllten sich dabei mit Freudentränen. Sie streichelte Quirin übers Gesicht und half ihm vom Boden auf, um sich sodann gemeinsam mit ihm auf den Weg zu machen. Überglücklich hielt Quirin ihre Hand.

Und gerade, als er zu ihr sprechen wollte, krachte es lautstark, und er fiel mit einem riesigen Schreck aus einem winzigen Zwergenbett.

Merthin hatte sich im selben Augenblick seinen Kopf an einem niedrigen Wandregal angeschlagen und rieb sich jammernd die Stirn. Erschrocken schaute Quirin um sich und zog seine Hand an die Brust, seine Finger hielten mit festem Griff seinen blauen Stein. Schnell wickelte er ihn in die Stofflumpen, welche neben ihm auf den Holzdielen lagen. Er lag auf dem Boden eines hölzernen Zimmers, grelle Sonnenstrahlen schienen durch ein winziges Fenster in sein verschwitztes Gesicht und blendeten ihn. Als Quirin zur Seite blickte, sah er zwei kleine Holzbetten in der niedrigen Kammer, in einem davon lag Merthin und rieb sich seinen schmerzenden Kopf. Seine stämmigen Waden lagen auf der kunstvoll geschnitzten Bettkante, er war viel zu groß für das zierliche Gestell.

Überhaupt war alles in dieser behaglichen Kammer erstaunlich klein. Der runde Fensterrahmen, die geschwungene Zimmertür, die kunstvollen Wandregale und Kleiderschränke, selbst die bemalten Tontöpfe unter den kurzen Betten, einfach alles war wie für kleine Kinder im Alter von höchstens acht oder neun Jahren gemacht. Die ebenmäßigen, sauber verarbeiteten und aufwendig verzierten Möbel und Kammerwände des hölzernen Gemachs erstaunten Quirin. Wer auch immer sie gemacht hatte, schien sein

Handwerk wahrlich zu verstehen. Vorsichtig stand Quirin vom Boden auf, gerade so konnte er sich im Raum aufrichten, ohne sich seinen Kopf an der Holzdecke zu stoßen. Merthin sah ihn lächelnd an.

„Ach, Gott sei Dank, Quirin, wir leben noch! Ich dachte schon, ich träume", sprach Merthin leise und atmete dabei erleichtert auf. „Was ist passiert? Wo sind wir?"

„Ich weiß es nicht", antwortete Quirin und hielt sich die Hände vors Gesicht.

Noch immer steckte ihm der aufwühlende Traum tief in den Gliedern.

Mit großer Vorsicht stand nun auch Merthin aus dem viel zu kurzen Bett auf und achtete penibel darauf, sich nicht noch einmal den Kopf zu stoßen.

„Quirin, schau nur, hier ist ja alles winzig klein!", sprach Merthin erstaunt weiter und ließ seine großen Augen durch die Kammer schweifen.

„Ja. Wie bei Zwergen", antwortete Quirin.

Erschrocken sah ihm Merthin in die Augen. „Oh nein. Sind wir jetzt etwa bei den Zwergen? Was ist das nun schon wieder für eine Teufelei? Nicht schon wieder irgendwelche Zauberwesen!", keuchte er aufgebracht.

Mit eingezogenem Kopf schlich er zu dem winzigen Fenster und sah vorsichtig hinaus. Sie befanden sich anscheinend im Stamm eines mächtigen Baumes, seine schweren Äste verzweigten sich weitläufig vor dem Fenster. Noch nie zuvor hatte Merthin etwas Derartiges gesehen, es musste eine Art Häuschen mitten in einem Baumstamm sein, ein Baumhaus, sozusagen. Plötzlich schallte lautes Gelächter von unten zu ihnen herauf. Die Burschen horchten gespannt. Immer wieder hörten sie lautes Lachen, es waren fremde Stimmen, sie hörten sich aber nicht bösartig an, im Gegenteil. Eher wie derbes Grunzen drang es durch die kunstvoll geschnitzte Kammertür. Dann hörten sie mit einem Mal Rondas Stimme. Erstaunt lauschten sie und versteckten sich hinter der Tür, als jemand die Treppen zu ihrem Zimmer heraufpolterte. Das Holz der Stufen quietschte dabei fröhlich mit jedem Schritt. Lachend warf Ronda die Kammertür auf und schlug sie Merthin ins Gesicht.

„Aua!", brüllte er und rieb sich seine breite Nase.

„Ach, Jungchen, was machst du denn schon wieder für Unsinn?", sagte sie und sah ihn grinsend an.

Mit bester Laune stand sie gebeugt im Türrahmen und schaute die Burschen munter an, die plötzlich die Welt nicht mehr verstanden. Ein starker Biergeruch stieg Quirin in die Nase, und als Ronda laut rülpste, wedelte er entsetzt mit seinen Händen.

„Nicht schlecht, dieses Gamboo, nicht schlecht. Genau das Richtige nach dieser Nacht.", flüsterte sie in sich hinein und sprach weiter. „Los, ihr bleichen Burschen, hopp, hopp, es gibt endlich etwas zu essen."

Noch ehe sich die verdutzten Jungen besinnen konnten, zog Ronda sie hinter der Tür vor und ging mit ihnen eine schmale Wendeltreppe nach unten.

Als sie alle gemeinsam an einem langen, für sie viel zu niedrigen Esstisch saßen, trauten sie ihren Augen nicht.

Vier seltsame zwergenartige Wesen saßen ihnen gegenüber und schlürften genüsslich aus ihren kunstvoll geschnitzten Krügen. Ihre langen Nasen tauchten dabei in den Schaum ihres Gebräus, und kaum hatten sie ihr Getränk beiseitegestellt, putzten sie sich allesamt gleichzeitig ihre Nasenspitzen an fein gestickten Tüchern ab und grinsten sie freundlich an. Ihre ledrige Haut legte sich dabei in tiefe Falten, während ihre langen, spitz zulaufenden Ohren emsig zwischen ihrem fein gebürsteten grauen Haar hindurchblitzten.

Noch nie in seinem Leben hatte Quirin solche Wesen gesehen. Sie waren sicherlich nicht größer als einen knappen Meter und von gedrungener Statur. Ihre menschlichen urigen Gesichter und ihr schütteres Haar ließen sie alt erscheinen, sie wirkten auf ihn wie kleine Gnome, jedenfalls hatte Quirin sie sich so immer vorgestellt. Durch ihr freundliches, grunzendes Lachen und durch Ronda, die sichtlich gelöst neben ihnen saß und sich ausgiebig das seltsame Gebräu schmecken ließ, stellte sich bei den Burschen bald eine gelockerte Stimmung ein. Als Quirin seinen Blick streifen ließ, sah er, dass sie offensichtlich in der Küche des Zwergenhauses saßen. Zahlreiche gusseiserne Töpfe und Pfannen hingen akkurat aufgereiht an den hölzernen Wänden, viele kunstvolle Schnitzereien befanden sich an den winzigen Fenstern und an der Haustür. Diese seltsamen Wesen hatten sich ihr Zuhause beinahe schon erstaunlich akribisch und geschmackvoll eingerichtet. Am Küchenherd stand ein weiterer von ihnen, ebenfalls sehr klein, und schnitt emsig und gut gelaunt duftendes Rauchfleisch in eine große Pfanne. Das lange, aufwendig geschneiderte Hemd wippte dabei im Takt seiner Handbewegungen.

Ein köstlicher Duft breitete sich in der ganzen Stube aus. Erst jetzt, da die Burschen ihn ausmachen konnten, merkten sie, wie hungrig sie waren. Seit fast zwei Tagen hatten sie nichts mehr in den Magen gekriegt, sie waren schon ganz schwach vor Hunger. Das kleine Wesen am Herd wischte sich immer wieder seine Stirn und roch intensiv mit seiner langen Nase an dem gekochten Mahl. Allerlei Gewürze warf es mit aufgeweckten Augen hinein und rieb sich die Hände.

„Oh, wie köstlich! Nun denn, meine Brüder, es ist fertig!", sagte er mit leicht heiserer Stimme und stellte das Essen sogleich auf den Tisch.

Sofort begannen die fünf zwergartigen Wesen genüsslich und schmatzend zu essen, jeder von ihnen hatte einen handgeschnitzten Löffel und tunkte damit in die schwere Eisenpfanne. Auch die Jungen und ihre Freunde hatten kunstvoll verziertes Besteck vor sich liegen, und als die freundlichen Geschöpfe sie aufforderten, es sich schmecken zu lassen, langten sie sogleich kräftig zu. Sie hatten allesamt einen gewaltigen Hunger, besonders Merthin schaufelte das wohlschmeckende Mahl förmlich in sich hinein, er schmatzte und schlürfte dabei laut und ließ sich durch nichts und niemanden stören. Auch Ronda und Quirin schlangen die angebratenen Kartoffelscheiben mit Rauchfleisch und Bohnen gierig hinunter, und selbst Irma, noch immer eingeschüchtert und betrübt, aß eine ordentliche Portion. Nur Arlon schaute ihnen lediglich ruhig zu und nahm nichts zu sich.

„Arlon, mein Junge, ich werde dich nie verstehen. Lass dir doch nicht diesen Festschmaus entgehen, bist eh viel zu dünn", sagte Ronda schmatzend zu ihm und schlürfte gierig das schäumende Getränk hinunter.

Sie schien etwas betrunken zu sein, dabei aber auch fröhlich und gelöst. Die Burschen wollten lieber gar nicht wissen, was alles in diesem Zwergengebräu drin war, sie schlangen ausgehungert das Mahl in sich hinein, und als die Pfanne leer war, fühlten sie sich proppenvoll.

Ronda drehte sich zu Irma und strich ihr überraschend zart und wohlwollend übers Haar. Tiefe Traurigkeit erfüllte das ebenmäßige Gesicht des Mädchens. Die Ereignisse der letzten Tage hingen schwer wie Blei über ihrem Gemüt. Wo ihre geliebte Schwester wohl steckte? Ob sie noch am Leben war? Nicht nur Irma beschäftigten diese Fragen, auch Quirin und seine Freunde machten sich unendlich große Sorgen um Lotta, war diese doch gerade einmal elf Jahre alt und nun ganz allein, irgendwo da draußen in diesen schrecklichen Wäldern. Irma hatte mehrfach Ronda und Arlon angefleht, mit ihr nach Lotta zu suchen. Doch nur allzu schnell hatten diese ihr klargemacht, dass eine Suche, mitten in den unergründlichen Tiefen des Schattenwaldes, völlig aussichtslos war. Lange hatte es gedauert, bis Irma diese bittere Erkenntnis begriffen hatte. Seither wirkte sie noch betrübter und eingeschüchterter als je zuvor.

Quirin blickte mitleidig zu ihr hinüber. Er konnte sich an einem Finger ausrechnen, woran sie gerade dachte. Auch er fragte sich, was mit Lotta passiert war, doch es war nicht das Einzige, das ihm Kopfzerbrechen bereitete. Noch immer konnte er sich keinen Reim darauf machen, was es mit Ronda wirklich auf sich hatte. Obwohl diese gefährliche Reise nun schon so lange andauerte, hatte sie bis zum heutigen Tag nicht einmal erwähnt, dass sie und sicherlich auch Quirins Mutter früher zu Adons Stamm gehört hatten. Je mehr Quirin in seinen Gedanken versank, umso wirrer wurden sie, und ganz besonders eine Frage quälte ihn immer wieder: Warum war Sarax nur ausgerechnet hinter ihm her? Ronda war ihm bis heute die Erklärung hierfür schuldig geblieben. Als sich das Chaos in seinem Kopf allmählich legte, fasste der Junge einen felsenfesten Entschluss: Er musste mit Ronda reden, und zwar so schnell wie möglich.

Plötzlich wurde Quirin aus seinen Gedanken gerissen, als Ronda laut auflachte und dabei ihren Krug auf den niedrigen Esstisch knallte. Sie schien sich bestens mit den fünf zwergartigen Geschöpfen zu verstehen und scherzte geradezu unbekümmert mit ihnen herum.

„Kennt ihr euch etwa?", fragte Merthin vorsichtig nach. Er versuchte seinen Ärger über Ronda vor den Gnomen zu verbergen, obgleich es ihm schwerfiel. Wie konnte sie sich nur, nach allem, was passiert war, einfach betrinken? Schließlich wurde ihre Lage immer verzwickter, und Lotta war noch immer verschwunden. Niemand wusste, was mit ihr geschehen war, und das belastete Merthin ungemein.

„Ach, Jungchen, du wieder. Muss man sich etwa kennen, um sich zu verstehen? Seid unseren Freunden lieber dankbar, dass sie uns im tiefschwarzen Wald gefunden und uns mit zu sich genommen haben", antwortete Ronda mal wieder etwas ruppig und wischte sich dabei den Schaum aus dem Gesicht.

„Es ist uns eine Ehre, wann hat man schon einmal den Sohn von Königin Sira bei sich", antwortete einer der Gnome und wedelte dabei aufgeregt und freudig mit seinen langen Ohren. „Obwohl ich sagen muss, wenn ihr gestattet, ich habe mir euch anders vorgestellt. Hätte uns Dendora nicht gebeten, euch aufzulesen ...", sprach er mit heiserer Stimme weiter, seine großen grauen Augen wurden dabei von tiefen Lachfalten umrahmt.

„Ich ziehe diese Erscheinung vor, wenn ich so weit weg von meiner Heimat bin. Man kann nie wissen, wen man vor sich hat", antwortete Arlon ruhig und sah den Zwerg lächelnd an.

Abermals hatte er sich wieder, und das konnte Quirin diesmal sogar verstehen, in seine menschliche Gestalt verwandelt. Sein eigentliches Antlitz, da war sich der Junge sicher, hätte mit seinem hellen Leuchten wer weiß wen in diesem schrecklich dunklen Wald angelockt.

Arlon strich sich mit seinen bleichen Fingern durchs Haar. „Und außerdem", sprach er weiter, „wäre ich mit meiner wahren Statur nun wirklich niemals in euer kleines Baumhäuschen hineingekommen. Und bitte, meine Freunde, seid nicht so förmlich. Meine Mutter ist keine Königin, zumindest nicht in euren Reihen. Aber dass ihr mein Volk schätzt, ehrt uns." Ein kleines Lächeln huschte über seine blassen Lippen.

„Und ob, und ob ...", sagte ein anderer Gnom und kratzte sich an seiner langen Nase, „wir schätzen euer Volk. Wir schätzen es. Auch Dendora und Bargar achten wir sehr, doch sind sie manchmal etwas schwierig."

Betreten blickte er zur Seite und bekam sogleich von einem seiner Artgenossen einen Klapps auf den Kopf.

„Was Gammon eigentlich sagen wollte, ist, dass ihr bei uns herzlich willkommen seid", sprach ein anderer der kleinen Geschöpfe und lächelte sie dabei mit seinen schiefen Hasenzähnen an.

Merthin betrachtete sie ausgiebig. „Seid ihr Zwerge?", fragte er etwas plump, und sogleich bekam er von Ronda einen Hieb auf den Hinterkopf.

Die Geschöpfe sahen ihn überrascht mit großen grauen Augen an.

„Aber nein, wir sind doch keine Zwerge!", antworteten sie ein wenig beleidigt und tranken alle zugleich aus ihren Krügen.

Völlig synchron und mit den gleichen emsigen Bewegungen wischten sie sich ihre kleinen Münder an ihren Ärmeln ab und sprachen stolz im Chor: „Wir sind Gimmlinge!"

Am Nachmittag schlug das Wetter um. Dichte Gewitterwolken zogen langsam aus den Höhen des mächtigen Südwestgebirges zu ihnen herüber und machten dem behaglichen Herbsttag im lichten Waldgebiet der Gimmlinge den Garaus. Schnell verdeckten die Wolken die niedrig stehende Sonne. Ein kühler Wind strich durch den Wald und brachte die wundersamen Bäume und Sträucher zum Rauschen.

Noch immer saß Ronda neben Irma im weichen Moos des Waldbodens und schlang ihre fleischigen Arme um das zitternde Mädchen. Hilflos sahen die Jungen aus dem kleinen Küchenfenster der Gimmlinge zu ihnen hinüber und wussten nicht, was sie tun sollten. Schon über eine Stunde war es nun her, dass Irma schreiend aus dem kleinen Gimmlingshäuschen gerannt und nach wenigen Metern weinend zusammengebrochen war.

Sie hatte von Lottas Tod erfahren. Merthin machte sich schwere Vorwürfe, doch er konnte nichts dafür, auch ohne ihn wäre die Frage nach Lotta zwangsläufig irgendwann auch im Gespräch mit den Gimmlingen aufgekommen.

Die kleinen Geschöpfe standen vor Quirin und Merthin an der Fensterbank und blickten mitleidig auf das arme Mädchen. „Hätten wir doch bloß nie etwas gesagt", wimmerten sie im Chor und zogen mit ihren faltigen Händen ihre spitzen Ohren nach unten.

Arlon schritt lautlos zu ihnen ans Fenster, er musste sich weit nach unten bücken, um etwas sehen zu können.

„Es ist nicht eure Schuld. Auch nicht die deine, Merthin. Hättest du nicht nach Lotta gefragt, dann hätte es Irma selbst getan", bemerkte Arlon leise.

Behutsam sah er ihnen allen in ihre tränengefüllten Augen und blieb dabei völlig ruhig.

Quirin selbst war ein dicker Schauer über den Rücken gelaufen, als die Gimmlinge ihnen auf Merthins Frage hin von ihrem schrecklichen Fund im tiefen Wald erzählt hatten. Zwei Tote waren ihnen beim Sammeln von Pilzen und Kräutern aufgefallen oder zumindest das, was die Tiere davon übrig gelassen hatten. Als Irma daraufhin mit zitternder Stimme ihre kleine Schwester mit ihren roten Kräusellocken und dem Sommersprossengesicht beschrieben hatte und die Gimmlinge nur noch mit gesenkten Häuptern genickt hatten, war sie schreiend aus dem Baumhäuschen gerannt und lag seither aufgelöst auf dem Waldboden.

Ronda versuchte, sie zu trösten, doch es gelang ihr nicht, nicht einmal ansatzweise. Irmas Körper schüttelte sich vor Verzweiflung. Mit einem Mal sah Quirin, wie Ronda einen Stoffballen aus ihrer Rocktasche zog und ihn behutsam und vorsichtig auf Irmas Gesicht drückte. Erst wehrte sich das Mädchen noch dagegen, dann erschlafften langsam ihre Glieder, und schließlich lag sie mit geschlossenen Augen in Rondas Armen.

Merthin stürzte aus dem Baumhäuschen heraus und rannte auf sie zu. „Was tust du da, du bringst sie noch um!", brüllte er Ronda wütend an und beugte sich zu Irma hinunter.

„Ach was, umbringen, du Tölpel!", giftete sie energisch zurück und schob ihn beiseite. „Es ist besser, wenn sie jetzt schläft. Sieh sie dir doch an! Sie ist mit den Nerven völlig am Ende", fauchte sie weiter.

Merthin sah sie verzweifelt an, Schuldgefühle und Angst um Irma suchten ihn heim. Als sich die beiden langsam wieder beruhigten, warf sich Ronda ihr Haar aus dem Gesicht und sagte etwas ruhiger: „Hilf mir lieber, sie hineinzutragen, sie muss sich ausruhen."

Als Ronda mit Arlon und den Burschen dicht gedrängt um das kleine Bettchen herumsaß, streichelte sie zart über Irmas schlafendes Gesicht.

„Wie lange wird die Wirkung deines Zaubers anhalten?", fragte Quirin und strich dabei über Merthins Schulter.

„Es ist kein Zauber, Jungchen. Das waren nur ein paar Akelleblätter und ein wenig Bilsenkraut. Die Wirkung wird nicht lange anhalten."

Merthin kämpfte mit den Tränen. Er machte sich schreckliche Vorwürfe und fühlte sich für Lottas Tod verantwortlich. Hätte er damals, in Birgenwerd, nicht Irma und damit auch ihre Schwester in all das mit hineingezogen, dann wäre die Kleine sicherlich noch am Leben, so dachte er. Quirin versuchte, Merthin zu trösten, doch zu schwer lasteten dessen Gedanken auf ihm. Ronda wirkte plötzlich in sich gekehrt. Ihre gute Laune, ihr volles Lachen, es war wohl dem Gebräu der Gimmlinge geschuldet gewesen. Und nun, da seine Wirkung verflogen war, wurde sie nur allzu schnell von ihren Ängsten und Sorgen eingeholt.

„Ein Zauber, Jungchen", flüsterte sie leise in sich hinein und holte tief Luft. „Wenn ich das nur könnte, zaubern. Dann würde ich vieles verändern, besonders mein eigenes Leben."

Ihre Stimme wurde dünn und schwach. Tief gezeichnet saß sie neben Irma und wirkte auf die Burschen verbittert und ratlos.

Quirin sah ihr in ihre alten blauen Augen. „Ronda, was sollen wir tun? Wie soll es jetzt nur weitergehen?", fragte er mit zaghafter Stimme.

„Ich weiß es nicht", antwortete sie mit leerem Blick.

Ihr Gesicht erschien noch fahler als sonst, dichte Falten umrahmten ihre traurigen Augen. Lange Momente des Schweigens verstrichen. Schließlich holte Ronda tief Luft und sah Quirin mit einem kaum merklichen Lächeln an.

„Aber ich weiß, dass du stark bist, Quirin. Du weißt, was zu tun ist. Geh zu Adon. Mit seiner Hilfe wirst du Sarax bezwingen. Und ich bin mir sicher, dass Merthin dich begleiteten wird", sprach sie in ungewöhnlich ruhigen und gütigen Worten.

Quirin sah Ronda erschrocken an. „Soll das etwa heißen, dass du nicht mehr mit uns kommst?", fragte er mit zittriger Stimme und fasste nach ihrer rissigen Hand.

„Ja. Das heißt es. Meine Reise endet hier", antwortete sie und kämpfte dabei mit den Tränen.

Ihre dicken Finger streichelten über Quirins unruhige Hand. Merthin sah sie entsetzt an.

„Nein, nein, das darfst du nicht! Wir brauchen dich! Wie sollen wir das alleine jemals schaffen?", sagte Quirin verzweifelt und rüttelte an Rondas Hand.

„Ich kann nicht!", begann die Alte zu wimmern, und nur knapp konnte sie verhindern, dass ihr dicke Tränen über das Gesicht liefen.

Plötzlich rannte sie fluchtartig aus der kleinen Schlafkammer der Gimmlinge, polterte die Treppe hinunter und lief aus dem Baumhäuschen.

Arlon sprang mit einem Satz vom Boden auf. „Versteht ihr denn nicht? Sie will nicht zu Adon. Zu tief sitzt ihr Schmerz", flüsterte er den Jungen mit kühlem Gesichtsausdruck zu und lief ihr hinterher.

Aufgebracht schrie ihm Quirin nach: „Und was ist mit meinem Schmerz? Wen kümmert der?"

Dicke Tränen der Verzweiflung rannen über sein schmales Gesicht, in Sekunden zogen die schrecklichen Bilder seines Albtraums wieder an seinen Augen vorbei. Merthin nahm ihn fest in die Arme, auch er kämpfte mit den Tränen. Als sie sich langsam wieder ein wenig beruhigt hatten, bemerkten sie, dass Irma allmählich aufwachte. Sie drehte ihr schönes Gesicht auf dem weichen Daunenkissen hin und her und rieb sich die Augen.

Inzwischen war es schon später Nachmittag geworden und die Sonne ging langsam unter. Ein zarter Windhauch streifte durch den lichten Wald. Das beruhigende Rauschen der Bäume umschmeichelte sie, die beiden Jungen kamen allmählich zur Ruhe und warteten geduldig, bis Irma ihre blauen Augen wieder aufschlagen würde.

Am Abend saßen sie alle gemeinsam in der unteren Stube des Gimmlingshauses und schwiegen sich an. Eng zusammengekauert hockten sie auf ihren kleinen Schemeln um den Esstisch herum und sprachen kein einziges Wort miteinander. Nicht ein Mal sahen sie sich an, jeder ließ verbittert den Kopf hängen.

Einer der Gimmlinge begann unterdessen damit, das Nachtmahl zuzubereiten. Eine duftende Pilzsuppe war es diesmal, die in einem großen gusseisernen Topf auf dem kleinen Herd köchelte. Ihr wohlriechender Dampf verteilte sich im gesamten Baumhäuschen der freundlichen Geschöpfe und ließ die kalten Glasscheiben der Küchenfenster beschlagen. Als das kleine Wesen schließlich den dampfenden Kessel auf den Tisch wuchtete und sich zu seinen Artgenossen setzte, begann niemand mit dem Essen. Eine drückende Stille breitete sich aus. Mitleidig sahen die Gimmlinge zu Ronda und Irma hinüber. Die beiden Frauen sahen sichtlich mitgenommen aus.

„Nun esst doch erst einmal, dann ist alles gleich nur noch halb so schlimm", sprachen die fünf Geschöpfe wie im Chor und ließen traurig ihre langen Ohren hängen.

Als keine Antwort kam, sprang einer von ihnen emsig auf und polterte zu einem Wandregal, in dem ein kunstvoll gefertigtes Holzfass stand.

„Trinkt doch einen Schluck Gamboo, dann ist euch gleich leichter!", sagte der Gimmling mit heiserer Stimme zu ihnen und zapfte sogleich einige Becher des schäumenden Gebräus.

„Ja, Gamboo, dann seid ihr wieder fröhlich!", riefen die anderen Gimmlinge zugleich und rieben sich freudig ihre faltigen Hände.

Kaum standen die Holzbecher auf dem Tisch, griffen die fünf Gnome sogleich gierig danach und tauchten ihre Nasen tief in den Schaum des Getränks. Sie bemerkten, dass keiner ihrer Gäste nach den Bechern griff. Auch die Holzlöffel für die Suppe lagen immer noch unberührt neben ihnen. Traurig sahen die Gimmlinge ihre Besucher an.

„Aber ihr müsst doch etwas essen", flehte eines der Geschöpfe Ronda und Irma an und stellte dabei bedächtig seinen Krug beiseite.

Erst nach langem Zögern begannen die beiden, mehr aus Höflichkeit denn aus Hunger, ein paar Löffel der Pilzsuppe zu nehmen. Schließlich tauchten auch die Jungen ihre Löffel in den heißen Eintopf und aßen, sie sahen dabei nicht einmal nach oben.

Obgleich das Mahl der Gimmlinge wirklich vorzüglich schmeckte, hatte Quirin nach wenigen Bissen genug. Er hatte überhaupt keinen Appetit, im Gegenteil. Wie ein Sack Wackersteine lagen ihm die letzten Stunden im Magen, und als sich erneut eine drückende Stille um sie alle herum ausbreitete, merkte er, wie seine Gedanken abschweiften. Er konnte einfach nicht begreifen, warum Ronda sie nun, gerade in diesem schwierigen, ungewissen Moment, verlassen wollte. Ihre Worte kreisten zusammen mit den schrecklichen Ereignissen der letzten Wochen in seinem Kopf wie ein mächtiger Wirbelsturm, der jeden klaren Gedanken sogleich auseinanderriss und weit in die Nacht hinausschleuderte.

Erst nach langen, beklemmenden Minuten begann Arlon, sich mit den Gimmlingen zu unterhalten. Mal wieder hatte er das Essen nicht angerührt. Bedachtsam sah er die kleinen Wesen an, während diese sichtlich geknickt und traurig ihre Suppe schlürften.

„Könnt ihr uns zum Fluss des Vergessens bringen?", fragte er sie und ließ dabei seinen Blick durch die Küchenstube schweifen.

Die Gimmlinge sahen ihn mit großen Augen an.

„Der Fluss des Vergessens", hauchte einer von ihnen mit heiserer Stimme und sah eingeschüchtert zu seinen Artgenossen hinüber.

Sichtlich beunruhigt, begannen sie, unverständliche Dinge zu murmeln, mal kratzte sich einer von ihnen aufgeregt an der Nase, mal ließ ein anderer ängstlich seine langen Ohren hängen.

„Nun?", sprach Arlon ruhig weiter und sah ihnen bestimmt in ihre uralten Gesichter.

„Wenn es euer Wunsch ist, Prinz Arlon, wenn ihr es wirklich wünscht, dann sicherlich …", sprach einer von ihnen weiter. „Aber es ist ein sehr gefährlicher Ort …"

Arlon sah ihn furchtlos an. „Wir müssen ihn überqueren, nur so gelangen wir zu Adon", antwortete er.

Die Gimmlinge schluckten verängstigt.

„Wenn der Prinz es wünscht", wiederholten sie gemeinsam und legten dabei ihre spitzen Ohren dicht an ihre faltigen Hälse.

„Aber wir können nicht mit euch hinübergehen … nicht hinübergehen", wimmerte einer von ihnen und bekam sogleich einen Hieb von einem anderen in die Rippen.

„Wir sind doch nur Gimmlinge, wir gehören nicht dort hin, viel zu gefährlich ist es dort, viel zu gefährlich!", sprach ein anderer und kratzte sich nervös am Kinn.

Sogleich bekam auch er einen Seitenhieb von seinem Artgenossen.

„Was Gammon und Gummin damit sagen wollen, mein Prinz, ist, dass wir euch dorthin begleiten werden, so, wie es uns Bargar und Dendora aufgetragen haben. Aber dann müssen wir wieder umkehren", sprach ein anderer Zwerg weiter und sah Arlon verängstigt in die Augen.

Dieser blieb ruhig und nickte.

Ronda und Irma saßen schweigend neben ihm und sahen nicht einmal nach oben. Auch die Burschen schienen wie gelähmt zu sein und sagten keine Silbe.

„Doch lasst uns im Morgengrauen aufbrechen, nicht mehr heute", fuhr der Gimmling fort, „nachts sollte man den Wald nicht durchqueren, zu gefährlich, viel zu gefährlich."

Nervös schaute er mit seinen grauen Augen aus dem beschlagenen Küchenfenster in die Dunkelheit hinaus. „Wir sollten noch etwas schlafen, bevor wir aufbrechen", flüsterte er mit heiserer Stimme zu ihnen hinüber.

Plötzlich hob Ronda den Kopf und sah ihn an. „Geht nur, meine Freunde. Ruht euch aus." Sie rieb sich mit ihren Händen übers Gesicht und strich sich ihr Haar aus der Stirn. „Wir müssen noch ein paar Dinge bereden", sprach sie weiter und sah dabei zu Irma und den Jungen.

Erstaunt sahen die kleinen Wesen sie an. Ronda atmete tief ein und sagte mit betrübter Stimme zu den Gimmlingen: „Wir brechen, wie ihr gesagt habt, im Morgengrauen auf."

Längst waren die fünf kleinen Zwergengeschöpfe in ihre kunstvoll gezimmerten Holzbettchen gekrochen, als Ronda endlich ihre seltsamen Mixturen in der Küchenstube des Baumhauses verteilt hatte. Immer wieder war sie in die hintersten Ecken des fein eingerichteten Zimmers gekrochen und hatte dabei das glitzernde Pulver akribisch und verbissen auf die ebenen Bodendielen gestreut. Jedes Körnchen hatte seinen vorherbestimmten Platz, so schien es.

Das grunzende Schnarchen der Gimmlinge tönte unterdessen leise und beruhigend durch den gesamten Baumstamm und war sogar noch unten in der Stube zu hören. Merthin spielte mit einer der drei Bienenwachskerzen, welche auf dem niedrigen Esstisch standen. Ronda rieb sich immer wieder ihr müdes Gesicht. Sie schien lange zu überlegen, was sie sagen sollte. Quirin sah sie mit traurigem Blick an, seine sonst wachen Augen füllten sich dabei mit Tränen.

„Ronda, bitte, du darfst uns nicht allein lassen", sprach er leise, seine Stimme versagte dabei beinahe.

„Ach, Jungchen", erwiderte sie mit leerem Blick, „ich weiß, dass du es nicht verstehen kannst. Aber ich kann nicht zu Adon mitkommen. Ich kann es einfach nicht. Ich werde noch mit euch bis zum Fluss des Vergessens gehen, doch dann muss ich heimkehren. Ich kann nicht zu Adon. Ich schaffe das nicht ..."

Auch sie kämpfte mit den Tränen. Einige Minuten dauerte es, bis sie sich wieder beruhigt hatte. Schließlich atmete sie entschlossen durch und fuhr fort.

„Egal, wie auch immer, hier geht es nicht um mich. Ich habe bereits mit Arlon gesprochen, auch er ist der Meinung, dass ihr erfahren müsst, was mir Sira in meinem Traum offenbarte." Als sie abermals stockte, sprang Quirin aufgebracht von der Sitzbank auf. „Was, Ronda, was hat sie dir gesagt?", fragte er aufgelöst, er war der Verzweiflung nahe.

Merthin und Irma sahen sie aufgewühlt an. Schließlich fuhr die Alte fort: „Anfangs, nachdem ich Gelas Stein gelesen hatte, wusste ich lediglich, dass Sarax sie getötet und Quirins Vater um ein Haar erwürgt hätte, doch ich konnte nicht erkennen, warum es geschah. Sira konnte es, als sie in den Brunnen blickte. Sie sah viel mehr als ich. Warum sie mir erst viel später in meinem Traum kurz hinter Birgenwerd erschien, weiß ich nicht. Wie auch immer, jedenfalls weiß ich seither, warum Sarax Gela umgebracht hat. Er tat es, weil er sie einst liebte ..."

Quirin gefror beinahe das Blut in den Adern, als er Rondas Worte vernahm. „Was sagst du da?", sprach er mit zittriger Stimme.

„Ja, so war es, ich bin mir sicher. Sira zeigte es mir in meinem Traum überdeutlich", sprach die alte Frau weiter und schaute dabei in die entsetzten Gesichter von Quirin, Merthin und Irma.

„Aber ..., aber, was soll das heißen? Das kann nicht sein", stotterte Merthin und sah sie fassungslos an.

„Doch", erwiderte sie entschlossen, „so war es." Ronda rang nach Atem, minutenlang. Eine quälende Stille breitete sich aus, und es dauerte eine gefühlte Ewigkeit, ehe sie endlich weitersprach: „Der Brunnen ließ Sira weit tiefer blicken, als ich es für möglich gehalten hatte. Sie sah, dass damals, als Gela Adons

Stamm verließ, Sarax sich unsterblich in sie verliebte. Er war zu der Zeit noch nicht das Monster, das er heute ist, nein, er war ein gewöhnlicher Menschenmann. Es muss vor seiner schauderhaften Verwandlung geschehen sein. Wie auch immer, jedenfalls wies Gela ihn ab, weil sie natürlich sofort sein schlechtes Gemüt spürte. Doch Sarax ließ nicht locker, er lauerte ihr immer wieder auf, bis zu jenem Tag, an dem er sich fast an ihr vergangen hätte. Quirins Vater rettete sie in letzter Minute, in seiner Wut schlug er Sarax halb tot. Das muss der Moment gewesen sein, in dem Sarax Quirins Eltern zu hassen begann, und deshalb hat er sie … deshalb hat er deinen Vater …" Ronda stockte und rang um Fassung. Quirin konnte nicht glauben, was er hörte. Sein Puls begann, zu rasen, entsetzt hielt er sich seine zitternde Hand vor den Mund. „Und deshalb hat er deine Eltern später, als er seine entsetzliche Macht besaß, erneut auf so schreckliche Art heimgesucht. Er wollte sich rächen. Und weil du ihr Sohn bist, will er nun auch dich töten!", sagte sie verzweifelt zu Quirin und sah ihn eindringlich an. „Und er wird nicht eher ruhen, bis er es zu Ende gebracht hat. Du musst zu Adon, nur mit seiner Hilfe kannst du Sarax vernichten!"

Dem Jungen zog es fast den Boden unter den Füßen weg. Schwer atmend saß er neben Merthin, und seine Lippen waren vor Angst und Verzweiflung wie versiegelt. Merthin schaute Arlon an, dieser saß steif neben ihm und nickte.

Quirin begann, zu zittern, dicke Tränen kugelten über seine Wangen. Eine unbeschreibliche Mischung aus Angst, Wut und Hass breitete sich augenblicklich in ihm aus und verzerrte sein Gesicht. Er konnte nicht glauben, was Ronda erzählte, doch nun, mit einem Schlag, ergab plötzlich alles einen Sinn. Ronda wollte noch weitersprechen, doch Arlon fiel ihr sogleich ins Wort.

„Nun denn, meine Freunde, es ist genug für heute", sprach er mit leisen Worten und strich Quirin über seinen bebenden Leib. „Ruht euch nun aus, so gut es geht. Wir haben morgen eine gefährliche Reise vor uns."

190

Kapitel 13

Ein leichter Dunstschleier hing über dem Wald, als sie am nächsten Morgen aufbrachen. Die Sonne versteckte sich noch weit hinter dem Horizont und ging nur sehr langsam auf, sodass es im Unterholz noch recht dunkel war. Die Gimmlinge huschten zügig durch das Gestrüpp, mit ihren wunderlichen Pilzen leuchteten sie dabei den Weg aus.

Quirin hatte die kleinen Gimmlinge beim Aufbruch beobachtet. Es war schon wirklich erstaunlich gewesen, als die fünf kleinen Geschöpfe wenige Meter von ihrem Waldhäuschen entfernt tellergroße, grün gefleckte Riesenpilze aus dem Waldboden gerupft und dann so lange an ihnen gerieben hatten, bis diese schließlich wie von Zauberhand zu leuchten begannen. Mit ihren verblüffenden Leuchtmitteln in der einen und ihren fein genähten Wandersäckchen in der anderen Hand schritten sie nun eilig voran.

Der unbekannte Weg führte sie über Stock und Stein, die Burschen stolperten immer wieder und hatten Mühe damit, den emsigen Gimmlingen zu folgen. Niemand sprach ein Wort. Mehrfach hatte Ronda allen eingebläut, dass sie so leise und unsichtbar wie nur irgendwie möglich sein müssten, keiner dürfe sie bemerken.

Ronda ging dicht hinter Irma her, Arlon war vor ihr. Sie wollten dem Mädchen das größtmögliche Gefühl von Sicherheit geben, zu sehr war sie noch immer mitgenommen vom Tod ihrer Schwester. Mit verängstigtem Blick folgte sie Arlon schnellen Schrittes und zuckte bei jedem krachenden Ast eingeschüchtert zusammen.

Langsam ging es merklich bergauf. Die Burschen konnten den steilen Anstieg des Waldes in der aufgehenden Sonne immer besser erkennen, sie befanden sich nun unmittelbar am Fuße des mächtigen Südwestgebirges. Spitze Felskanten ragten überall aus dem Waldboden heraus und zerklüfteten den Weg. Quirin stolperte immer wieder, Merthin, der hinter ihm ging, half ihm unermüdlich weiter und bemühte sich dabei ab und an um ein Lächeln.

„Wir laufen schon seit Stunden", flüsterte er Quirin zu und keuchte dabei. „Ich gehe mal fragen, ob wir nicht eine kurze Rast machen können."

Mit leisen Schritten eilte Merthin zu Ronda und Arlon nach vorne. Quirin lächelte ein wenig. Er war heilfroh, dass er wenigstens einen Freund wie Merthin hatte, einen, der immer da war und auf den er sich einfach verlassen konnte. Besonders jetzt, in diesem schweren Moment, war er für ihn eine unverzichtbare Stütze. Noch immer konnte Quirin nicht fassen, was Ronda ihm gestern Nacht erzählt hatte, und noch weniger konnte er nun damit umgehen. Die Wahrheit über seine Eltern und Sarax, diese Wahrheit, diese Gewissheit, sie türmte sich vor Quirin auf und brüllte ihn förmlich an, sie war wie ein wütender Löwe, der knurrend vor ihm stand, und der Junge wusste nicht, ob er angreifen oder davonlaufen sollte. Eine unbeschreibliche Mischung aus Angst und Wut, Trauer und Schmerz breitete sich in ihm aus und verband sich dabei auf gefährliche Art und Weise mit dem tiefen Verlangen nach Rache und Vergeltung.

Quirin versank in Gedanken. Mit einem Mal tauchten wieder die schrecklichen Bilder aus seinem Albtraum vor ihm auf, sie vermischten sich in Sekunden mit den Furcht erregenden Ereignissen der letzten Wochen und vernichteten jeden klaren Gedanken in seinem Kopf. Sein Blick wurde unscharf und verschwamm schließlich immer stärker, ihm wurde plötzlich speiübel, und er musste sich an einem Felsvorsprung festhalten, um nicht umzukippen. Langsam spürte er, wie eine seltsame fremde Kraft seine Brust abschnürte und ihn in die Knie zwang. Er sackte zusammen. Mit einem Schlag wurde ihm schwarz vor Augen, und er bekam unerträgliche Kopfschmerzen. Verkrampft lag er am Boden und hielt sich panisch seine Schläfen, während sein gesamter Leib zu schlottern begann. Ein unbeschreiblicher Schmerz ergriff ihn und quetschte unbarmherzig seinen Schädel zusammen. Plötzlich hörte er ein entsetzliches Kreischen in seinem Kopf. Sarax rief seinen Namen. Immer wieder hörte er das entsetzliche Fauchen in seinen schmerzenden Ohren, das mehrmals seinen

Namen schrie. „Quirin! Quirin!", kreischte es unaufhörlich in seinen Gedanken.

Sein Kopf fühlte sich an, als wäre er in einem Schraubstock eingequetscht, immer enger und enger wurde er gedreht und ließ Quirin Leiden spüren, wie er sie noch nicht erlebt hatte. Die schreckliche, unverkennbar scheußliche Stimme von Sarax tobte in seinem Schädel, sie fesselte unbarmherzig seinen Körper und ließ ihn beinahe den Verstand verlieren.

Als er schon fast ohnmächtig zu werden drohte, ließ Quirin plötzlich einen gewaltigen Schrei los. „Sarax! Sarax!", brüllte er und riss seine Augen weit auf. Mehrmals schrie er lautstark in die Tiefen des Waldes hinein und schlug dabei wild um sich. Zu Tode erschrocken, kamen Ronda, Arlon und Merthin sofort herbeigerannt. Verzweifelt hielten sie ihm den Mund zu, doch Quirin wehrte sich mit aller Kraft dagegen und riss sich wieder los. „Sarax! Ich werde dich töten! Ich werde dich töten!", schrie er aus der Tiefe seiner Seele und strampelte energisch mit Händen und Füßen.

Merthin packte ihn entschlossen von hinten und presste seine Hände auf Quirins Mund. Nur mit Mühe konnte er ihn halten. Ronda und Arlon ergriffen seine Arme, und erst nach einigen Momenten beruhigte sich Quirin wieder. Keuchend sackte er erneut zu Boden und hielt sich seinen schmerzenden Kopf. Er war schweißgebadet.

„Bist du noch bei Sinnen, Jungchen?", zischte ihn Ronda wütend an und sah sich nervös um.

Aufgeregt kamen Irma und die Gimmlinge herbeigeeilt.

„Ihr müsst leiser sein! Ihr müsst leiser sein!", flüsterten die kleinen Wesen wie im Chor und hielten sich dabei ihre faltigen Finger vor die dürren Lippen.

Als sie sahen, wie Quirin völlig entkräftet nach Atem rang, rissen sie ihre grauen Augen weit auf.

„Was ist passiert?", fragten sie entsetzt und begannen sogleich damit, Quirin mit ihren fein gestickten Taschentüchern den Schweiß abzuwischen.

Noch ehe jemand etwas sagen konnte, schoss plötzlich ein Schwarm pechschwarzer Flughunde aus einer nahe gelegenen Felsenhöhle. Irma ließ entsetzt einen Schrei los und duckte sich panisch, als die Tiere dicht über ihren Köpfen kreisten und sie mit leuchtend roten Augen anblickten. Als Ronda und Arlon mit Ästen nach ihnen schlugen, flogen die schwarzen Tiere kreischend nach oben und verschwanden im dunklen Baumkronendach des Waldes. Arlon sah ihnen mit finsterem Blick nach.

„Schnell, wir müssen hier weg", sprach er ungewöhnlich aufgeregt. „Man hat uns entdeckt!"

Nervös rannten die Gimmlinge mit ihren leuchtenden Pilzen durch die Morgendämmerung und winkten die anderen immer wieder aufgeregt zu sich, wenn die Burschen oder Irma nicht schnell genug den schwierigen Waldweg hinaufkamen.

„Schneller, schneller!", flüsterten sie alle gleichzeitig und sprangen emsig über abgebrochene Baumstämme und mächtige Felsbrocken.

Immer steiler ging es nun bergauf, die Jungen hatten größte Mühe damit, den flinken Wesen hinterherzukommen. Langsam wurde der Wald lichter, sie rannten auf ein kleines Gebirgstal zu. Die Sonne war mittlerweile schon fast aufgegangen, immer besser konnten sie die Umgebung nun erkennen. Keuchend eilte Merthin den Abhang hinauf, er zog Quirin dabei hinter sich her und ließ dabei nicht einmal seine Hand los.

„Schnell, wir müssen raus aus dem Wald!", schnaufte Ronda aufgeregt und wuchtete ihren schweren Körper überaus geschickt und flink zwischen den Felsbrocken hinauf.

Arlon sprintete zu den Gimmlingen nach vorne. Plötzlich blieb er stehen und gab den anderen ein Handzeichen.

„Wartet!", flüsterte er, die kleinen Geschöpfe drängten sich dabei aufgeregt um seine langen Beine herum.

„Was ist?", keuchte Ronda.

Nervös winkte sie die Burschen zu sich her und legte schützend ihren dicken Arm um Irma. Sie war dem Mädchen nicht ein einziges Mal von der Seite gewichen. Arlon hielt den Finger vor seine bleichen Lippen und horchte. „Ich glaube, wir sind in Sicherheit", flüsterte er und ließ misstrauisch seinen Blick schweifen.

Sie standen nun am Rande des Schattenwaldes und blickten direkt auf eine unendlich weite Gebirgslandschaft. Mächtige Berge türmten sich tausende Meter hoch vor ihnen auf und wurden ganz langsam von der aufgehenden Sonne erleuchtet.

„Wo sind wir?", fragte Merthin keuchend und wischte sich ängstlich den Schweiß von der Stirn.

„Das ist das mächtige Südwestgebirge", antworteten die Gimmlinge im Chor und rissen ihre mausgrauen Augen weit auf.

„Wie sollen wir da nur jemals durchkommen?", fragte Merthin und schaute sich verängstigt um.

Während die Gimmlinge zusammen mit Irma und den Burschen eingeschüchtert in die unendlichen Weiten des Gebirges blickten, blieb Arlon völlig beherrscht. Er sah Ronda mit seinen kühlen Augen an.

„Du musst mit ihnen kommen, Ronda, du kennst den Weg am besten", flüsterte er zärtlich.

Er legte dabei seine Hand auf ihre dicken Schultern. Erschrocken wich die alte Frau zurück und schüttelte heftig den Kopf. Ihre fleischigen Wangen zuckten vor Erregung. Quirin sah in Rondas erstarrtes Gesicht, als er mit einem Mal wieder bei Sinnen war. Aufgebracht rüttelte er an ihrem Arm und flehte sie verzweifelt an.

„Bitte Ronda, wir schaffen das nicht ohne dich!", flüsterte er mitgenommen, seine dünne Stimme versagte ihm dabei fast.

„Nein, nein, ich kann nicht, niemand kann das von mir verlangen!", zischte sie wütend und kämpfte mit den Tränen. „Ich gehe zurück, ihr müsst das allein schaffen!"

Plötzlich rüttelte Irma energisch an Rondas Arm und schaute sie mit tränennassen Augen an. „Ich komme mit dir, ich will weg von hier, bitte!", sprach sie verzweifelt und begann, bitterlich zu weinen.

Ronda nahm sie mütterlich in die Arme und streichelte ihr über den Kopf. Sie nickte ihr zu. Arlon schritt lautlos zu den beiden

Frauen hinüber und nahm sie ruhig und schützend in den Arm. Zu dritt standen sie nun vor Merthin und Quirin und schauten in deren erstarrte Gesichter.

Obgleich die drei nur eine Handbreit von den Jungen entfernt waren, schien es plötzlich, als wären sie in weite Ferne gerückt.

„Auch für mich ist die Reise hier zu Ende", sagte Arlon leise und sah Quirin dabei fest in die Augen. „Ich muss zu meinem Volk zurück, Malwa ist sehr schwach. Sarax hat sie schwer verwundet. Ich muss zu ihr."

Fassungslos schaute Quirin ihn an. „Aber, aber das könnt ihr nicht machen!", schluchzte er lautstark und wischte sich dicke Tränen aus seinem schmalen Gesicht.

„Wir brauchen euch, bitte! Wir wissen noch nicht einmal den Weg!", wimmerte Merthin verzweifelt.

Eine drückende Stille breitete sich aus, keiner wusste, was er sagen sollte. Ronda wischte sich ihre nassen Augen an ihrer schmutzigen Leinenbluse ab. Lange sah sie die Jungen an und erwiderte schließlich: „Wir werden euch noch bis zum Fluss begleiten, dann ..."

Sie hatte ihren Satz noch nicht zu Ende gesprochen, da krachte es plötzlich lautstark hinter ihnen im Unterholz. Erschrocken drehten sich alle um und blickten in den schwach erleuchteten Wald. Irma ließ einen entsetzten Schrei los, als ihr mit einem Mal funkelnd rote Augen entgegenstarrten.

„Lauft!", schrie Ronda aus voller Kehle, packte sogleich Irma an der Hand und rannte in das Gebirgstal hinein.

Erschrocken liefen ihr die anderen hinterher. Kaum waren die Burschen mit Arlon und den Gimmlingen aus dem Schattenwald herausgelaufen, hörten sie schon ein tiefes Jaulen und Knurren hinter sich. Ein Rudel pechschwarzer Wölfe hatte sie gewittert und hetzte ihnen blutdurstig hinterher. Merthin brüllte entsetzt, als er hinter sich blickte und mindestens zwei Dutzend der riesigen zähnefletschenden Tiere sah. Ihre lodernden Augen funkelten in der morgendlichen Dämmerung und verfolgten sie. Die Gimmlinge schrien mit ihren heiseren Stimmen wild durcheinander und warfen ihre leuchtenden Pilze und Wandertücher beiseite.

„Schnell, hier entlang!", riefen sie zugleich und rannten auf eine steile Felswand zu.

Mächtige Berge türmten sich vor ihnen auf, als sie alle schreiend und schnaubend über das kleine Steinplateau liefen und dabei bitterlich von den Wölfen gehetzt wurden. Die großen schwarzen Tiere machten immer wieder gewaltige Sprünge und versuchten, ihnen den Weg abzuschneiden. Sie holten weiter auf, ihr scheußliches Knurren versetzte die Burschen in blanke Panik.

„Hier hinauf, schnell!", riefen die Gimmlinge zu Arlon und Ronda hinüber und huschten sogleich in flinken Sätzen eine annähernd senkrechte Felswand nach oben.

Arlon packte Irma in Windeseile auf seine Schultern und kletterte zügig den riesigen Berg hinauf. Immer weiter holten die Wölfe auf, schon waren die ersten nur noch wenige Meter von ihnen entfernt und rissen ihre Mäuler weit auf. Plötzlich machte eines der großen Tiere einen gewaltigen Sprung und landete nur eine Armlänge entfernt vor Merthins Füßen. Geschockt sprang der Junge auf einen Felsen, Quirin hetzte ihm sogleich hinterher. So schnell sie nur konnten, kletterten sie die spitze Felsenwand nach oben, die Wölfe sammelten sich dabei in Scharen unter ihnen. Immer wieder sprangen einige der gut zweieinhalb Meter langen Tiere weit nach oben und schnappten mit ihren langen, scharfen Zähnen nach den Burschen, ihre mächtigen Krallen zerkratzten dabei die moosbewachsenen Felsen des Berges.

Quirin rutschte in seiner Panik ab und schlitterte nach unten. Er schrie verängstigt auf, als einer der Wölfe plötzlich nach seinen Füßen schnappte. Hilflos drehte Merthin sich um, hielt sich mit einer Hand an einem Felsvorsprung fest und packte Quirin mit der linken Hand am Arm. Kaum hatte er ihn ein Stück nach oben gezogen, machte ein anderes Vieh einen gewaltigen Sprung und erwischte Quirin an der Hose. Sofort riss es den Jungen wieder nach unten, Merthin konnte ihn gerade noch halten. Schmerzverzerrt schrie dieser auf, als seine rechte Hand, mit der er sich an der Felswand festhielt, vom scharfen Gestein aufgeschlitzt wurde. Quirin baumelte wimmernd an Merthins Arm und strampelte wild mit den Beinen, während ihn die Wölfe zähnefletschend von der Felswand reißen wollten. Merthin schrie vor Schmerzen. Das Blut floss ihm aus der Hand und lief ihm den Arm hinunter, während er verzweifelt versuchte, Quirin wieder nach oben zu ziehen.

Schon begann seine Hand, zu rutschen, als Arlon im letzten Moment zu Merthin hinunterkletterte und, mit Irma auf seinem Rücken, den zitternden Arm des Jungen packte. Quirin konnte schließlich mit einem gewaltigen Ruck wieder mit seinen Füßen die Felsenwand erreichen, fast hätte er dabei Merthin die Schulter ausgekugelt.

„Arlon!", rief Ronda von oben hinunter und griff nach seinem dünnen Arm.

Während die Wölfe unterdessen immer weiter nach Quirin schnappten und wild durcheinandersprangen, kletterte dieser, so schnell er nur konnte, weiter nach oben, mehrmals rutschte er dabei ab und schnitt sich seine Finger an den scharfen Felskanten auf. Arlon zog Merthin zu sich her und schlang dessen rechten Arm um seinen Hals.

„Irma, gib mir deine Hand!", brüllte Ronda von oben und packte das Mädchen.

Mit einem gewaltigen Ruck zog sie Irma zu sich und kletterte mit ihr auf einen großen Felsvorsprung. Arlon kam mit Merthin hinterher, und schließlich zogen sie einige Augenblicke später auch Quirin auf den riesigen Felsen. Keuchend und schnaufend lagen sie allesamt am Boden und rangen nach Atem. Merthin hielt sich seine linke Schulter und presste die Augen verkrampft zusammen, er wand sich am Boden vor Schmerzen.

Die Untiere sprangen noch immer die Felswand hoch und rissen dabei ihre tiefen Mäuler weit auf, doch sie konnten trotz ihrer gewaltigen Statur den Felsvorsprung nicht erreichen, er lag zu hoch. Wütend jaulten sie den Burschen nach, ihre lodernd roten Augen funkelten dabei deutlich aus der Morgendämmerung heraus.

„Husch, Husch!", riefen die Gimmlinge im Chor, sie warfen ein paar kleine Felsbrocken nach den Wölfen und machten sie dadurch noch wilder.

Die Wölfe erkannten schnell, dass sie ihre Beute nicht erreichen konnten, und liefen einige Meter ins Tal hinein, um nicht von den Steinen der Gimmlinge getroffen zu werden. Sie stellten sich in einem Kreis auf, es mussten mindestens dreißig Tiere oder mehr sein. Ihr pechschwarzes struppiges Fell gab ihnen im tiefen Schatten der Berge gute Tarnung, sodass von ihnen nicht viel mehr als ihre leuchtend roten Augen zu sehen war. Kaum waren die Burschen wieder zu Atem gekommen, begannen die Wölfe laut zu jaulen. Unglaublich hässlich und heiser hörte es sich an, nicht wie das Heulen gewöhnlicher Wölfe.

Kaum hatten die Tiere mit ihrem schrecklichen Rufen begonnen, verdunkelte sich der Horizont. Schwarze Wolken zogen rasch vor die aufgehende Sonne und hingen alsbald über dem gesamten Tal. Entsetzt sahen Ronda, Irma und die Jungen nach oben, auch die Gimmlinge tummelten sich unruhig um Arlon und schauten mit weit aufgerissenen Augen zum Horizont. Schnell standen Quirin und Merthin vom Boden des Felsvorsprungs auf und sahen gebannt zum Himmel.

„Beeilt euch, wir müssen Deckung suchen!", flüsterte Ronda.

„Hier entlang, dort drüben beginnt der Gebirgspfad zum Fluss des Vergessens!", riefen die Gimmlinge aufgeregt und wackelten dabei nervös mit ihren langen Ohren.

Tatsächlich sahen sie nun, nur wenige Hundert Meter von ihnen entfernt, einen schmalen Felsenweg, der sich über ihnen um den Bauch des mächtigen Berges herumschlängelte. Das ferne Ende des Weges war in der Dunkelheit nicht zu erkennen.

„Los, schnell, alle nach oben!", rief Arlon und nahm sogleich Merthin auf die Schultern.

Während es immer dunkler um sie herum wurde, kletterten sie alle, so flink sie nur konnten, den riesigen Berg weiter hinauf und versuchten, den nahe gelegenen Felsenweg zu erreichen. Arlon kletterte mit Merthin auf seinem Rücken angestrengt bergauf, unter der schweren Last des Jungen rutschte er immer wieder ab und konnte nur unter größten Anstrengungen einen Absturz verhindern. Verzweifelt krallte sich Merthin dabei an Arlons Schulter fest, noch immer konnte er seinen linken Arm kaum bewegen und drohte bei jeder ruckartigen Bewegung in die Tiefe zu stürzen. Auch Quirin schlitterte wieder und wieder an den glatten Steinwänden hinunter, jedes Mal brüllte er dabei panisch auf. Die scharfen Felssplitter zerrissen unbarmherzig seine dünnen Gewänder und schlitzten Risse in seine Haut. Als Merthin keuchend zum Horizont blickte, ließ er einen entsetzten Schrei los. Die Gefährten blickten in den Himmel und sahen, wie drei übergroße nachtschwarze Vögel mit leuchtend roten Augen direkt aus den dunklen Wolken herausgeschossen kamen.

„Zum Felsenweg, schnell!", brüllte Ronda verzweifelt und zog Irma zu sich nach oben.

Die Gimmlinge schrien zugleich auf und huschten den Berg hinauf, sie konnten mit ihren kleinen Leibern und kräftigen Beinen förmlich von Felskante zu Felskante springen. Kaum waren die fünf Zwergwesen auf dem schmalen Plateau des Gebirgspfads angekommen, streckten sie sogleich ihre kurzen Arme aus und zogen Ronda und Irma zu sich hinauf.

Plötzlich kreischten die Vögel ohrenbetäubend laut und rauschten im Sturzflug auf sie zu. Ihre Flügelspannweite musste mindestens drei Meter betragen. Merthin quetschte mit seinem Arm beinahe Arlons Hals zusammen, so verkrampft und panisch klammerte er sich an ihn. Ronda und Irma streckten hektisch ihre Hände nach Arlon aus und wollten ihn zusammen mit Merthin nach oben auf den Pfad ziehen, doch Arlon rutschte immer wieder unter Merthins schwerer Last ab. Fast hätte er Quirin mit nach unten gerissen, als dieser dicht hinter ihnen die Felswand hinaufkletterte. Irma lehnte sich weit über die Felskante des Gebirgspfads, um ihren Arm noch weiter nach Arlon ausstrecken zu können. Dicke Tränen rannen dabei über ihr ebenmäßiges Gesicht, und als sie erneut nach oben blickte, schrie sie panisch auf. Die Raubvögel rauschten direkt auf Quirin und Arlon zu und waren nur noch wenige Meter von ihnen entfernt. Ihr schreckliches Kreischen betäubte ihre Ohren, und noch ehe Arlon den Felsenweg erreichen konnte, griffen die geflügelten Untiere an. Die nachtschwarzen Ungetüme krallten sich mit ihren riesigen Füßen an den Leinenhemden der Jungen fest und hackten mit ihren messerscharfen Schnäbeln auf sie ein.

Merthin presste seinen Kopf an Arlons Schulter. Er konnte sich nicht im Geringsten gegen die Attacken der Vögel wehren, weil er seinen freien linken Arm noch immer kaum bewegen konnte. Unaufhörlich pickten die Vögel mit ihren gebogenen Schnäbeln nach ihnen, eines der Tiere hackte mehrmals tief in Merthins Rücken und ließ ihn entsetzliche Schmerzen spüren. Arlon versuchte unterdessen verzweifelt, den Felsenweg zu erklimmen, doch die wütenden Angriffe der großen Vögel brachten ihn immer wieder ins Rutschen. Quirin schrie auf, als eines der Tiere ihn mit seinen mächtigen Krallen packte und in die Tiefe stürzen wollte. Die Gimmlinge rannten panisch umher und wussten nicht, was sie tun sollten.

„Los, Freunde, wir müssen angreifen!", rief einer von ihnen mit heiserer Stimme und begann damit, kleine Felsbrocken nach den Vögeln zu werfen. Auch Ronda griff sogleich nach einem großen Stein und schleuderte ihn, ohne zu zögern, in die Tiefe. Sie traf den Vogel, der Quirin schon fast von der Felsenwand gerissen hatte, genau an seinem mächtigen Flügel. Dieser kreischte sogleich auf und ließ von dem Jungen ab. Unermüdlich bewarfen die Gimmlinge nun die anderen zwei Tiere mit Felsbrocken und schlugen sie schließlich in die Flucht.

Unter verstörendem Kreischen schwangen sich die Vögel hoch in die Lüfte und kreisten beunruhigend nah über ihnen. Mit letzter Kraft kletterten Arlon, Merthin und Quirin auf den Gebirgsweg und holten atemlos Luft. Ihre Leiber waren übersät von Fleischwunden und Kratzern. Das schmale Wegplateau, auf dem sie lagen, hing gefährlich nah am Abgrund, es war keine drei Meter breit. Schnaufend wandten sich die Burschen vor Schmerzen im Staub. Sie waren noch nicht einmal richtig zu Atem gekommen, da ließ Irma schon wieder einen lauten Schrei los. Als sie abermals zum verdunkelten Horizont blickten, sahen sie entsetzt, wie sich einer der drei Vögel plötzlich in eine rauchartige dunkle Wolke verwandelte. Sogleich flogen die beiden anderen Tiere direkt in das Nebelgeschwader hinein und erleuchteten den dunklen Rauch mit ihren lodernden Augen. Mit einem Mal sprühten tiefrote Funken aus der Wolke, und es sah so aus, als würde sie zu brennen beginnen.

Dann geschah es.

Die Wolke formte sich mit einem Schlag zu einem gigantisch großen, glühenden Adler. Er kreiste mit flammenden Flügelschlägen über ihnen und zog dabei pechschwarze Rauchschwaden hinter sich her. Mindestens sieben oder acht Meter betrug die Spannweite seiner brennenden Flügel, sie loderten zusammen mit den glühenden Augen des Adlers gefährlich am tiefdunklen Horizont. Quirin und Merthin erstarrten vor Grausen. In ihren weit aufgerissenen Augen spiegelten sich die flammenden Flügelschläge des mächtigen Vogels, während das scheußliche Geschöpf weit über ihnen in den Lüften kreiste. Plötzlich flog es auf sie zu. Gelähmt vor Angst schrien Irma und die Burschen um Hilfe.

„Lauft!", brüllte Ronda entsetzt, griff nach Irmas Hand und hastete mit ihr den gefährlich schmalen Felsenweg nach vorne.

Das Mädchen schrie dabei unaufhörlich in das verdunkelte Gebirgstal hinein. Die dicken Rauchwolken am Horizont breiteten sich immer weiter aus und umschlossen das Tal. Gefährlich dunkel wurde es, sodass der Weg nur noch schlecht zu sehen war. Mehrmals stolperte Ronda über Felsbrocken und Steine, Irma schrie jedes Mal dabei in heller Panik. In der Dunkelheit war der Weg immer weniger zu erkennen, sodass Ronda langsamer laufen musste. Beim ersten falschen Schritt, das wusste die alte Frau genau, würde sie vom Pfad abrutschen und mit Irma in die Tiefe stürzen.

Die kleinen Gimmlinge huschten dicht gedrängt hinter ihr her, die blanke Angst war ihnen deutlich in ihre Gesichter geschrieben. Arlon sah immer wieder zum Horizont. Der rauchschwarze Adler flog mit gewaltigen Flügelschlägen direkt auf sie zu. Als er zu kreischen begann, fuhr es ihnen allen durch Mark und Bein. Unerträglich laut und verstörend schmetterte sein verzerrter Schrei durch die Dunkelheit des Bergtales und prasselte als ohrenbetäubender

Wiederhall auf sie nieder. Entsetzt hielten sie sich alle die Ohren zu und pressten ihre Leiber an die Wand des Berges. Kaum war das entsetzliche Kreischen verstummt, hörten sie die flammenden Flügelschläge immer lauter, und sie versteckten sich völlig panisch zwischen den Felsspalten. Der Vogel rauschte auf sie zu, er zog dabei dichte Rauchschwaden hinter seinen brennenden Flügeln her. Nur allzu wenig Deckung gab ihnen der Berg, sie standen allesamt auf dem schmalen Pfad und konnten nicht fliehen.

Sie saßen in der Falle. Die Burschen brüllten vor Angst und klammerten sich aneinander, Irma presste sich zitternd an Rondas fülligen Leib. Sie schaute sich panisch um, sie konnte die angsterfüllten Gesichter der Gimmlinge in der Dunkelheit deutlich sehen, und das, obwohl sich die kleinen Zwergenwesen tief zwischen den Felsvorsprüngen des Berges versteckten.

Ronda rann der Schweiß in Strömen über ihr erstarrtes Gesicht. Der Adler flog immer schneller um sie herum, er machte mit seinen brennenden Flügeln mächtige Schläge und kreischte dabei immer wieder ohrenbetäubend. Er war nun nur noch einen Steinwurf von ihnen entfernt, als die alte Frau plötzlich in ihre Rocktaschen griff und einen dicken Stoffklumpen hervorzog.

„Arlon!", brüllte sie verzweifelt und warf ihn ihm zu.

Dieser verstand sofort. Er begab sich für einen kurzen Moment aus seiner Deckung und schleuderte den Stoffballen mit einem gekonnten Wurf auf den Adler. Er traf ihn am rechten Flügel. Als die Flammen den Stoffklumpen entzündeten, wurden sie alle von einem tiefgrünen Licht geblendet. Der Adler kreischte laut auf und begann, in der Luft zu straucheln, die Flammen seines rechten Flügels zogen sich für einen kurzen Moment zurück und ließen ihn einige Meter in die Tiefe rauschen.

„Lauft!", schrie Ronda und eilte den Felsenweg weiter nach vorne, die anderen stolperten ihr dabei panisch nach.

Der Adler kreischte verstörend laut, als er ins Tal stürzte. Dicke pechschwarze Rauchschwaden blieben dabei hinter ihm zurück, seine lodernden roten Augen leuchteten aggressiv in der Finsternis. So schnell sie nur konnten, eilten sie allesamt den gefährlich schmalen Felsenweg entlang. Ronda sah sich dabei immer wieder hektisch um und schien etwas an der Bergwand zu suchen. Plötzlich hörten sie ein gewaltiges Rauschen. Der flammende Adler wuchtete sich erneut mit mächtigen Flügelschlägen in die Luft, sein erloschener rechter Flügel entzündete sich dabei rasch von Neuem und entfaltete sich in Sekunden zu seiner ursprünglichen Größe. Das schwarze Untier flog in einem riesigen Kreis an den steilen Felswänden des kleinen Gebirgstal entlang und raste sodann auf Quirin und seine Freunde zu. Noch wilder und aggressiver als zuvor zischte er durch die Finsternis, seine flammenden Flügel streiften dabei die Bergwände und setzten dürre Berggräser und Sträucher in Brand. Schneller und schneller flog das schreckliche Geschöpf, bald war es nur noch wenige Meter von den Burschen entfernt.

Die Freunde rannten um ihr Leben, mehrmals stolperte Quirin über Felsspitzen und wäre beinahe abgestürzt. Merthin, der hinter ihm lief, packte ihn dabei immer wieder mit seiner rechten Hand am Gewand und zog ihn wieder zum Berg hin. Plötzlich spürte er an seinem zerkratzen, aufgerissenen Rücken eine gewaltige Hitzewelle. Als er erschrocken nach hinten blickte, sah er direkt in die tiefrot glühenden Augen des Adlers. Merthin gefror beinahe das Blut in den Adern. Schon riss das flammende Tier seinen gewaltigen Schnabel auf und schoss auf ihn zu, als der Junge plötzlich mit einem heftigen Ruck beiseite gezogen wurde.

Arlon packte sie an den Armen und schleuderte sie in eine winzige Berghöhle. Im allerletzten Moment hatte Ronda deren kleinen Eingang in der Felswand entdeckt und war mit Irma und den Gimmlingen sofort hineingeflohen. Die Burschen flogen schreiend durch die Luft und knallten auf den harten Boden der kleinen Höhle.

Nur Sekunden später schoss der schwarze Adler mit seinen brennenden Flügeln am Höhleneingang vorbei. Eine gewaltige Stichflamme griff nach ihnen, sie verfehlte Quirins Kopf nur um Zentimeter. Augenblicklich wurde die Höhle von beißendem Rauch erfüllt. Die Gefährten begannen, panisch zu röcheln, und hielten sich ihre Kleider vor die Gesichter. Verzweifelt rangen sie nach Atem.

Da kreischte der Adler erneut. Sein ohrenbetäubender Ruf schmetterte an den Bergwänden entlang und hallte unerträglich dröhnend und betäubend im Inneren der Höhle. Die Gimmlinge zogen ihre haarigen Ohren dicht an ihre Wangen. Sie atmeten schwer und rangen nach Luft, der schwarze Ruß auf ihren Wangen vermischte sich mit dicken Schweißperlen.

„Duckt euch!", brüllte Ronda, als der flammende Adler einen gewaltigen Bogen flog und direkt auf den Höhleneingang zuraste.

Irma presste sich verzweifelt an Rondas fülligen Leib, ihr zitterndes Gesicht war dabei völlig verzerrt vor unendlich großer Angst. Quirin und Merthin krochen mit Arlon und den Gimmlingen in die hinterste Ecke der Höhle und klammerten sich schreiend aneinander. Sie konnten die mächtigen Flügelschläge in der Dunkelheit überdeutlich sehen, sie brannten geradezu lodernd in der Luft und kamen immer näher. Der Adler kreischte abermals, und als sie sich alle reflexartig die Ohren zuhielten, geschah es plötzlich.

Ein blendend helles, geradezu betäubendes schneeweißes Licht flutete die kleine Felsenhöhle und erleuchtete das gesamte Gebirgstal. Erschrocken hielten sie sich alle die Hände vor die Gesichter. Der brennende Adler kreischte kurz auf, flog dann sogleich mit einem gewaltigen Rauschen am Eingang der Höhle vorbei und stürzte in die Tiefe. Fassungslos schauten sie alle aus der hintersten Ecke der Felsenhöhle in die Dunkelheit hinein und sahen plötzlich einen seltsamen Lichtertanz. Das brennende Rot des schwarzen Adlers wurde immer wieder von einem hellen Weiß durchzogen, beinahe so, als würden zwei Lichter gegeneinander kämpfen. Arlon sah gebannt zum Höhlenausgang.

„Malwa!", rief er erschrocken und stürzte nach vorne, um ins Tal blicken zu können.

Ronda folgte ihm sogleich, und als sie in die Finsternis blickte, traute sie ihren Augen nicht. Der finstere Adler kämpfte in der Luft mit einem mindestens ebenso großen schneeweißen Falken. Dichte leuchtend weiße Nebelschwaden bildeten seine mächtigen Flügel, seine großen Augen strahlten in einem grellen Weiß durch die Dunkelheit. Die furchterregenden Geschöpfe kreisten wild umeinander, mal griff der eine an, mal der andere, und alsbald schraubten sie sich mit rauschenden Flügelschlägen wieder hoch in die Luft, um vor Rondas und Arlons Augen aufeinander einzuhacken. Merthin und Quirin stürzten ebenfalls zum Höhleneingang und sahen fassungslos auf die mächtigen Tiere. Immer wieder hieb der weiße Falke unerbittlich auf den pechschwarzen Adler ein, er fiepte dabei hell und klar, dabei aber nicht minder kräftig. Immer wilder und aggressiver wurde der Kampf der Vögel, die leuchtenden Augen der gigantischen Wesen huschten dabei hektisch durch die Dunkelheit und erhellten das Tal.

Als der weiße Falke den Adler von oben packte und energisch in der Luft hin- und herriss, schlug dieser mit seinen brennenden Flügeln nach dem Leib des Falken und konnte sich wieder befreien. Mit einem gewaltigen Rauschen schoss er in die Tiefe, machte dort einen weiten Bogen und schwang sich kreischend wieder hoch in die Lüfte. Er flog immer höher und höher und schrie dabei unerträglich, und als er weit entfernt am verdunkelten Horizont kreiste, stürzte er sich mit angewinkelten Flügeln erneut nach unten. Er rauschte direkt auf den Falken zu, und noch ehe dieser ausweichen konnte, riss er ihn mit sich. Mit voller Wucht schlugen die Vögel zugleich an der steilen Felswand des Berges auf, der weiße Falke heulte dabei angestrengt und schlug mit seinem Schädel gegen einen Felsvorsprung. Der brennende Adler hackte unaufhörlich und unter schrecklichem Kreischen auf den Falken ein, dieser schlug mit seinen mächtigen Nebelschwingen nach ihm und hackte zurück. Wie ein tosender Feuerball rollten sie im Flug an der steilen Bergwand entlang und versuchten, sich gegenseitig auszulöschen. Der wallend weiße Nebel des Falken vermischte sich dabei mit den pechschwarzen Rauchschwaden des Adlers, und bald waren sie in einer leuchtenden grauen Wolke eingeschlossen. Brennende Funken und grelle weiße Strahlen sprühten aus ihr heraus, und als der Adler abermals mit seinem entsetzlichen Kreischen begann, geschah es. Ein betäubend weißes Licht schoss aus der grauen Wolke hervor und schleuderte den brennenden Adler mit einem gewaltigen Schlag weit ins Tal hinein. Das grelle Licht flutete das gesamte Tal und blendete Arlon, Ronda und die Jungen. Wie betäubt sackten sie zu Boden und hielten sich ihre Hände schützend vor die Augen.

Der schwarze Adler brüllte, als er mit erloschenen Flügeln im freien Fall in die Tiefe stürzte. Sein rauchartiger Leib löste sich dabei allmählich auf, und als das blendend weiße Licht endlich wieder nachließ, sah Quirin nur noch, wie die Aschereste des Adlers ins Tal regneten. Mit einem Schlag war es völlig still. Keuchend starrten die Jungen in die Finsternis und sahen, wie sich die pechschwarzen Wolken am Horizont langsam auflösten.

„Malwa!", schrie Arlon entsetzt und stürzte panisch aus der kleinen Höhle hinaus.

Er rannte, so schnell er nur konnte, den Felsenweg nach vorne und kniete sich auf dessen schmalen Boden.

„Sira!", rief Ronda und eilte ihm sogleich hinterher.

„Was, was ist passiert?", sprachen die Gimmlinge wie im Chor und blickten zusammen mit Irma aus der hintersten Ecke der kleinen Höhle zu den Jungen hervor.

„Kommt!", rief Quirin aufgeregt und wischte sich den Ruß aus dem Gesicht.

Als Quirin bei Ronda ankam, traute er seinen Augen nicht. Sira lag schwer verwundet mitten auf dem schmalen Felsenweg. Arlon hielt sie in seinen Armen und versuchte, sie zu stützen. Augenblicklich hatte er sich, noch während er aus der Höhle gelaufen war, in seine eigentliche Gestalt verwandelt und sah Merthin und Quirin nun mit leuchtend weißen Augen an. Sira lag regungslos in seinen Armen. Aus ihrem strahlenden Hinterhaupt floss eine funkelnde helle Flüssigkeit. Sie rann ihren Hals hinunter. Ihre Kristalle leuchteten viel schwächer, als die Jungen es kannten, und der Nebel um ihre Füße herum war weit weniger dicht als jener von Arlon. Verzweifelt streichelte dieser über das leuchtende Gesicht seiner Mutter, funkelnde Tränen flossen dabei aus seinen schneeweißen Augen und tropften liebevoll auf sie nieder.

Langsam öffnete Sira ihre Augen, sie glimmten nur noch schwach in der Sonne, welche langsam wieder durch die dunklen Wolken am Horizont schien. Ihre wärmenden Strahlen fielen zärtlich auf sie alle hernieder.

„Malwa, Malwa!", flüsterte Arlon immer wieder zu Sira und nahm sie weinend in den Arm.

Ronda kniete sich wimmernd zu Sira hinab und nahm ihre kalte Hand in die ihre. Die Weiße sah Ronda mit schwachem Blick in die Augen. Sira legte ihr die Hand auf die Stirn.

„Ronda", flüsterte sie mit tonloser Stimme, „du darfst Quirin nicht im Stich lassen. Er schafft es nicht ohne dich." Ronda brach in Tränen aus. Sira streichelte ihr über ihre fleischigen Wangen. „Du musst mit ihm gehen, denn sein Weg ist auch der deine", sprach sie weiter.

„Sira, was ist nur passiert? War der brennende Adler etwa Sarax?", fragte Ronda verzweifelt und wischte sich ihre nassen Augen an ihrem verrußten Gewand ab.

„Nein", antwortete Sira mit schwacher Stimme, „aber sein Geist lenkte ihn. Sarax kann euch jagen, hetzen, ins Verderben stürzen, doch nur des Mondes dunkle Seite zeigt sein wahres Antlitz."

Fassungslos sahen Irma und die Gimmlinge sie an. Siras Blick wurde immer schwächer, nur noch zaghaft schlängelten sich die weißen Nebelschwaden um ihre Füße. Verzweifelt rüttelte Arlon am dünnen Leib seiner Mutter und weinte bittere Tränen. Schließlich sprach Sira weiter.

„Auch du, Arlon, musst mit ihnen gehen", hauchte sie ihm zärtlich zu, „ihr müsst Sarax auslöschen, ehe er euch vernichtet. Und nun, da ich ihn zum zweiten Mal in die Flucht geschlagen habe, ist auch mein Volk in Gefahr." Sie nahm Arlons strahlende Hand und sah ihn fest an. „Dein Volk", sprach sie ruhig weiter, „du musst nun meinen Platz einnehmen, mein geliebter Sohn."

Arlon flossen glitzernde Tränen aus seinen schneeweißen Augen, und noch ehe er etwas antworten konnte, legte ihm Sira die Hand auf die Stirn und Mutter und Sohn schlossen ihre Augen.

Ein Moment der Stille verstrich, als Arlon und Sira scheinbar in Gedanken zueinander sprachen. Die Gimmlinge drängten sich dicht aneinander und wimmerten leise. Ronda wischte sich ihre Tränen aus dem Gesicht.

„Sira, du darfst nicht sterben", flüsterte sie leise und nahm zärtlich ihre Hand.

Als diese nach langen Momenten wieder die Augen öffnete, sah sie mit ermattetem Blick zu Quirin auf.

Erschrocken und ergriffen zugleich kniete er sich zu ihr nieder.

„Und auch du, Quirin, musst diese gefährliche Reise zu Adon wagen und den Kampf mit Sarax aufnehmen, ehe es für euch alle zu spät ist", hauchte sie leise. Vorsichtig legte sie ihre kalte Hand auf seine Stirn. Er ließ es geschehen. Sira schloss die Augen. „Ich sehe viel Mut in dir. Die schweren Bürden deines Lebens, all das Leid, all der Schmerz, all die Einsamkeit, sie waren nicht umsonst. Sie formten dich neu, sie ließen dich wachsen. Sie werden dir die Kraft geben, Sarax zu zerstören", hauchte die weiße Frau leise. Dann öffnete sie ihre Augen wieder und sah Quirin an. Sie strich ihm über sein schmales Gesicht und betrachtete ihn lange. Schließlich fuhr sie fort: „Und nun, da dein Stein dir gezeigt hat, wohin du gehörst, hat dein einsamer Irrweg durch die Dunkelheit ein Ende. Du hast deinen Weg gefunden, Quirin. Nun gehe ihn."

Kaum hatte sie ihre letzten Worte gesprochen, erloschen ihre Lichter. Leblos lag sie in Arlons Armen.

„Malwa! Malwa!", schrie Arlon verzweifelt und rüttelte an seiner toten Mutter. Augenblicklich fingen sie alle zu weinen an, Ronda nahm Irma in die Arme und schluchzte bitterlich. Die Gimmlinge klammerten sich aneinander, ihre langen Ohren hingen freudlos hinunter. Der Nebel um Siras Füße verschwand allmählich, und als sich die Morgensonne ihren Weg bahnte, löste sich Siras lebloser Körper allmählich im zarten Hauchen des Windes auf. Ihr glitzernder Staub zerstreute sich ruhig und sanft im Wind.

Arlon hielt sich weinend seine Hände vors Gesicht, und kaum war Siras Leib gänzlich verschwunden, verwandelte er sich in seine menschliche Gestalt zurück. Ronda nahm ihn liebevoll in den

Arm. Wärmende Sonnenstrahlen fielen auf sie alle hernieder und erhellten allmählich das Gebirgstal, als sich die dunklen Rauchwolken am Horizont auflösten. Der glitzernde Windhauch umschmeichelte sie, er streichelte wohlwollend und gütig über ihre Häupter und machte diesen traurigen Moment für sie alle ein wenig erträglicher.

Als Quirin und seine Freunde einige Stunden später den Felsenweg entlangschritten, sprach niemand ein Wort. Tiefe Stille umschloss sie. Behäbig schlichen sie alle den schmalen Weg entlang des Berges voran und senkten ihre Häupter. Längst waren die Gimmlinge umgekehrt und hatten sich wieder zurück zum Schattenwald aufgemacht.

Viele Stunden schritten Arlon, Ronda, Irma und die Jungen den engen Gebirgspfad bereits entlang, als sie mit einem Mal auf einem gewaltigen Felsvorsprung standen. Erschöpft und müde ließen sie ihre Blicke durch die unendliche Weite des Gebirges streifen. Niemand sprach ein Wort. Quirin starrte den Felsenboden an.

Plötzlich bat die Alte ihn zu sich und hielt dabei ihren Finger vor ihre spröden Lippen. Sie wollte alleine mit dem Jungen sprechen. Überrascht schritt Quirin zu Ronda hinüber. Sie lächelte ihn mütterlich an und legte ihre Hand auf seine Schulter. Traurig sah der Junge in ihre blauen Augen. Die alte Frau atmete tief ein und aus, bevor sie zu sprechen begann: „Quirin, ich wollte dir noch etwas sagen. Als du damals, beim Totenmoor, deinen Stein in Händen gehalten und mir gesagt hast, dass du alles über ihn erfahren möchtest … weißt du noch …?"

Der Junge nickte.

„Ich wollte dir nur sagen … das war sehr mutig von dir. Nicht jeder hätte das getan. Es hat mich tief beeindruckt. In dir steckt mehr, als man anfangs vermutet. Du hast ihn verdient, Gelas Stein. Sie wäre sicher sehr stolz auf dich."

Ronda strich ihm bewegt über seine blassen Wangen. Quirin war tief gerührt von ihren Worten. Schnell holte er seinen Stein aus der Hosentasche und wickelte ihn aus den verschmutzten Stofflumpen. Helle Sonnenstrahlen ließen das Gestein geradezu anmutig und wertvoll schillern. Der Junge betrachtete ihn ausgiebig.

„Weißt du, Ronda, manchmal, wenn ich den Stein berühre ...", flüsterte Quirin, und noch ehe er weitersprechen konnte, legte die alte Frau ihre ausgemergelten Hände auf die seinen. Gütig schloss sie Quirins Hand, sodass er seinen Stein fest umschloss.

„Ich weiß", antwortete sie, „deine Mutter, Gela, sie steht dir bei auf deiner gefährlichen Reise – auf unserer." Ronda hielt einen Moment inne und atmete tief durch. „Ich werde mit dir kommen. Für dich. Für Gela", sagte sie schließlich entschlossen und lächelte ihn an.

Quirin sprang vom Boden auf und umarmte sie innig.

Merthin, der die Worte mitgehört hatte, stürmte ebenfalls sogleich herbei und klammerte sich an Rondas fülligen Leib. Er sah Quirin glücklich an. „Und ich lasse dich sowieso nicht allein losziehen!", versprach er. „Ich gehe mit dir."

Quirin wischte sich Freudentränen aus den Augen, als er plötzlich Irmas zarte Hand auf seiner Schulter spürte. Völlig überrascht sah er das Mädchen an.

„Ich weiß nicht, ob ich euch eine Hilfe bin", sagte sie mit zögerlichen Worten, „aber ich will auch mit euch kommen. Ich bin es meiner Schwester schuldig. Und meinen Eltern." Mit einem Mal wurde ihre Stimme kräftiger, ihr Blick bestimmter. Schließlich sah sie Quirin mit ihren schönen Augen an und umfasste fest seine Schulter. „Ich gehe mit dir", endete sie entschlossen, ein leichtes Lächeln huschte dabei über ihr ebenmäßiges Gesicht.

Als Quirin sie freudig anlachte, legte auch Arlon seinen bleichen Arm um ihn. Ruhig und bestimmt sah er Quirin dabei in die Augen.

„Auch ich komme mit dir. Für Malwa ...", sprach er unerschöpflich sanft, nicht ein Funken Zweifel war dabei in seinen Worten zu hören.

Quirin lächelte gerührt und lehnte erleichtert seinen Kopf an Arlons schmale Brust. Wärmende Sonnenstrahlen fielen auf sie alle hernieder und durchzogen das mächtige Südwestgebirge, das sich vor ihnen in beinahe unendlicher Weite erstreckte.

Lange standen die fünf zusammen und hielten einander fest. Ein zarter Windhauch umschmeichelte sie dabei, und während Quirin voller Glück und Freude neuen Mut schöpfen konnte, gingen ihm wieder und wieder Siras letzte Worte durch den Kopf: „Du hast deinen Weg gefunden, Quirin. Nun gehe ihn."

ENDE

Danksagung

Mein aufrichtiger Dank gilt meiner Lektorin Julia Feldbaum, die mir bei meinem ersten Roman unermüdlich zur Seite stand. Ihre wertvollen, professionellen Hinweise und Tipps waren unerlässlich. Auch ihrem Mann, Matthias Feldbaum, möchte ich für seine ehrliche, fundierte Beratung herzlich danken.

Mein weiterer Dank richtet sich an meine Illustratorin Kristina Gehrmann. Mit ihrem kunstvollen, wunderschönen Coverdesign hat sie meine visuellen Vorstellungen von Quirin und seinem Stein auf beeindruckende Art und Weise zu Papier gebracht.

Ganz besonders möchte ich mich bei all jenen Menschen bedanken, die meinen Traum vom ersten Buch immer wieder bekräftigt und unablässig an mich geglaubt haben. Ohne ihre Liebe, ihre Geduld und ihre Hilfe hätte ich dieses Projekt nicht vollenden können. Ich danke euch dafür von ganzem Herzen.

Natürlich möchte ich auch allen danken, die mein Buch lesen. Jeder einzelne Leser ehrt mich sehr und lässt mich tiefe Dankbarkeit empfinden.

Über den Autor

Dr. med. dent. Thomas Mader wurde am 20.08.1985 in München geboren. Seit vielen Jahren ist es die Leidenschaft des Zahnarztes, in seiner Freizeit Gedichte und belletristische Texte zu verfassen. Mit seinem ersten Roman – Quirin findet seinen Weg – erfüllte sich der Autor einen lang gehegten Lebenstraum.

FSC
www.fsc.org
MIX
Papier | Fördert
gute Waldnutzung
FSC® C083411

Zeitfracht Medien GmbH
Ferdinand-Jühlke-Straße 7
99095 Erfurt, Deutschland
produktsicherheit@kolibri360.de